HOMEM-ARANHA
ETERNAMENTE JOVEM

HOMEM-ARANHA
ETERNAMENTE

UMA HISTÓRIA DO UNIVERSO MARVEL
STEFAN PETRUCHA

© 2022 MARVEL

São Paulo, 2022

Spider-Man: Forever Young

Esta tradução de *Spider-Man: Forever Young*, publicada pela primeira vez em 2021, é publicada por acordo com a Titan Publishing Group Ltd.

marvel.com
© 2021 MARVEL

EDITOR
Luiz Vasconcelos

COORDENAÇÃO EDITORIAL
João Paulo Putini

TRADUÇÃO
Paulo Ferro Junior

PREPARAÇÃO DE TEXTO
Cínthia Zagatto

ARTE DE CAPA
Ed McGuinness
Teo Gonzales

ADAPTAÇÃO DE CAPA E DIAGRAMAÇÃO
João Paulo Putini

REVISÃO
Manoela Alves

Equipe Marvel Worldwide, Inc.
VP, PRODUÇÃO & PROJETOS ESPECIAIS
Jeff Youngquist
EDITORA-ASSISTENTE & PROJETOS ESPECIAIS
Caitlin O'Connell
DIRETOR, PUBLICAÇÕES LICENCIADAS
Sven Larsen
SVP PRINT, VENDAS & MARKETING
David Gabriel
EDITOR-CHEFE
C.B. Cebulski
PRESIDENTE
Dan Buckley
DIRETOR DE ARTE
Joe Quesada
PRODUTOR EXECUTIVO
Alan Fine

Texto de acordo com as normas do Novo Acordo Ortográfico da Língua Portuguesa (1990), em vigor desde 1º de janeiro de 2009.

Esta é uma obra de ficção. Nomes, personagens, lugares e incidentes são produto da imaginação do autor ou são usados ficticiamente, e qualquer semelhança com pessoas reais, vivas ou mortas, estabelecimentos comerciais, eventos ou locais é mera coincidência. O editor não tem nenhum controle e não assume qualquer responsabilidade pelo autor ou sites de terceiros ou seu conteúdo.

Nenhuma parte desta publicação pode ser reproduzida, armazenada em um sistema de recuperação ou transmitida, em qualquer forma ou por qualquer meio, sem a permissão prévia por escrito do editor, nem ser distribuída de outra forma em qualquer forma de encadernação ou capa diferente daquela em que é publicada e sem condição semelhante imposta ao comprador subsequente.

Alameda Araguaia, 2190 – Bloco A – 11º andar – Conjunto 1111
CEP 06455-000 – Alphaville Industrial, Barueri – SP – Brasil
Tel.: (11) 3699-7107 | Fax: (11) 3699-7323
www.gruponovoseculo.com.br |
atendimento@gruponovoseculo.com.br

*Dedicado a Stan Lee, pois sem ele...
já deu pra sacar.*

"Breve como um relâmpago na noite fria,
Aquele que, num fulgor, desvenda tanto Céu e Terra;
E ali está o homem com o poder de dizer 'Vejam!'
As presas da escuridão devorando tudo:
Tão ágil as coisas à luz se tornam confusas."

– SONHOS DE UMA NOITE DE VERÃO,
POR WILLIAM SHAKESPEARE

PARTE 1
JUVENTUDE

NO INSTANTE EM QUE OS DEDOS de Peter Parker soltaram a pressão que faziam na palma da mão, já agarraram o grosso fio de teia que acabara de sair do lançador em seu punho. O cabo tensionou, fazendo-o se impelir para cima numa curva vertical, transformando a cidade de Nova York em um borrão.

Do mesmo modo que a morte de seu tio o havia motivado no início, agora ele tinha outra grande motivação. Peter lutava contra o crime usando a identidade de Homem-Aranha. E ele *gostava* disso: se balançar e mergulhar, saltar e desviar, ir de mastros de bandeiras a edifícios, correr por paredes. Ele se sentia bem. Por outro lado, fingir ser uma pessoa qualquer fazia com que se visse como um maratonista forçado a usar sapatos de chumbo. Não é que ele se sentisse mais como ele mesmo em seus momentos como Aracnídeo... mas certamente se sentia *autorizado* a ser mais ele mesmo.

Entretanto, naquela noite, seus problemas financeiros pesavam tanto que ele nem sequer conseguia aproveitar aquela louca montanha-russa. Apesar da mente afiada, que criara o fluido e o lançador de teia, apesar da força, velocidade e agilidade desproporcionais que recebera da picada de uma aranha radioativa enquanto ainda estava no colégio, o Homem-Aranha só conseguia pensar nas coisas que *não conseguia* fazer.

Não acredito que vendi minha lambreta e não posso nem pagar uma meia-entrada no cinema! Ou comprar livros. Ou comida. Sem falar em pagar o aluguel.

No ponto mais alto de um arco pendular, se soltou da teia; teve a rápida sensação de voar e então pousou suavemente na superfície de tijolos brancos de um edifício antigo.

Se a água não estivesse inclusa nos custos do apartamento, eu já teria morrido de desidratação.

Sentando num beiral de canto, deu um puxão na máscara pelo ponto em que a sentia pinicar sua nuca.

Cresça, Parker! Tanta gente por aí que não tem nem água potável.

Analisou os edifícios silenciosos, as ruas e calçadas iluminadas pelos postes de luz, mas não encontrou nada. Geralmente podia contar com a pomposa frase "eu vou te destruir" vinda de um vilão ou com um assaltante exaltado soltando um "droga, é o Homem-Aranha" para fazer sua mente prolixa se concentrar.

No silêncio, ele não devia respostas a mais ninguém, a não ser a si mesmo.

E agora, o que vai ser? Tomara que role um crime pra que eu possa registrar e vender as fotos para o Clarim? Bem... é... mais ou menos.

Ouviu com atenção, no caso de um grito de ajuda ser ocultado pelos outros ruídos da cidade. Mas até mesmo o tráfego fluía livre e tranquilamente. Um reconhecimento da área não revelou nada mais grave do que alguns carros estacionados em locais proibidos. Até onde podia ver, pela primeira vez na *vida*, a cidade de Nova York estava livre de crimes.

Eventualmente, os eventos mais tardios foram terminando, e as calçadas se enchendo de amigos e casais.

Hora de ir pra casa antes que Harry volte de seu encontro com M.J. Não quero que meu colega de quarto e a namorada me vejam entrando pela janela do nosso apartamento.

Escolhendo o caminho mais curto, ele passou balançando em sua teia pelos enormes galpões do distrito do vestuário. Enquanto passava por um particularmente antigo, um leve arrepio percorreu a ponta de seus dedos dos pés, subiu por seus membros e se uniu na base da espinha. O sentido aranha, que o avisava de perigos iminentes, geralmente era mais do que um alarme, às vezes fazendo-o saltar antes mesmo de se dar conta de que desviava de alguma coisa. Aquele se parecia mais com um arrepio de frio, causado por um vento gelado, a sombra de um desconforto.

Ando muito ansioso. Qualquer coisa me faz pular de medo. Parker, você nunca vai crescer?

• • • •

Sozinho dentro daquele edifício decrépito, Silvio Manfredi, com seus 89 anos de idade, se deu conta de que deixara de lado qualquer necessidade de crescer havia muito, muito tempo. Seu nome nas ruas – Cabelo de Prata – já dizia tudo. Era o líder da Maggia, o maior sindicato criminal da cidade. Era o gorila de costas prateadas, o macho-alfa e – por décadas – alvo de qualquer um que ansiasse tomar seu lugar.

Em sua linha de trabalho, qualquer sinal de fraqueza significava a morte. Cabelo de Prata não podia apenas estar no topo, tinha de se certificar de que todos o vissem nele – até mesmo no quesito estilo. O terno correto em um homem de negócios significa domínio. A arma certa passa a mensagem de que o homem que a carrega sabe como usá-la. E era por conta disso – embora sentisse saudade do seu velho chapéu, do terno risca de giz e dos sapatos de duas cores – que agora só usava o último Brioni e, no lugar de sua velha metralhadora imponente, carregava uma adorável metralhadora de mão capaz de lançar 420 projéteis por segundo.

A experiência também lhe ensinara como farejar uma ameaça. Por isso, quando o advogado com cara de buldogue, Caesar Cicero, suplicou para que ele não fosse até o galpão sem reforços, suas narinas se dilataram. Um bom conselho? Sim, com certeza, mas papo de advogado sempre tem mais de um significado. Cicero, o ambicioso braço-direito de Cabelo de Prata, andava sondando-o em busca de fraquezas, sinais de que o velho havia se tornado frágil o suficiente para que ele pudesse fazer sua jogada.

Mas Cabelo de Prata não caía nessa. A cidade escondia, em seus cantos sombrios, corpos de centenas de idiotas que confiaram tarefas importantes, como aquele encontro, a algum lacaio. Ele sabia bem. Fora ele quem escondera metade desses corpos.

Por isso, apesar das dores, do quadril que estalava ao andar e de um coração que ameaçava lhe dar cabo mais rápido do que a bala de um assassino profissional, Silvio Manfredi se apresentou sozinho, recusando-se até mesmo a levar um único guarda-costas.

Se fosse uma cilada, seria capaz de farejá-la também.

Mas, enquanto os minutos passavam e ele continuava sozinho, o frio penetrando em seus ossos, teve que admitir que, sinais de fraqueza à parte, a morte não era nada mais do que a morte. Mais cedo ou mais tarde, chegaria a um ponto em que confiar em seus instintos envelhecidos poderia não ser uma ideia tão boa. Havia esquecido o endereço três vezes. Quando verificou o caderninho de notas em que costumava escrever coisas que só um tolo confiaria a qualquer desses trecos digitais, quase não conseguiu ler seus próprios garranchos.

Temendo que os tremores tivessem voltado, ele ergueu uma das mãos. Estava firme o bastante, mas os dedos – que já haviam sido capazes de quebrar ossos – pareciam tão enrugados que lhe lembraram os dedos de sua avó.

Pensar naquela bruxa sádica fez com que se sentisse enjoado. Se seus homens estivessem ali, espancaria um deles só para afastar a lembrança. Quando sua santa mãe morrera protegendo-o de um mafioso siciliano em busca de vingança, Silvio fora enviado para viver com sua única parente viva. Aquela megera nunca devia ter sido jovem. Já era empedrada como uma tumba quando se conheceram e ela cuspira suas primeiras palavras para ele:

– *Se non fosse per te, mia figlia sarebbe ancora vivo!*

"Se não fosse por você, minha filha ainda estaria viva!"

E, como a artrite não lhe permitia fechar o punho, ela o espancara com uma colher de pau.

À noite, quando ela achava que ele não estava ouvindo, cantava para si mesma uma canção de ninar, uma lembrança do lugar duro em que nascera, onde só os mais rápidos e mais fortes sobreviviam, e a sobrevivência era celebrada acima de tudo.

Nos dizem que nascemos para morrer
O que não faz sentido, não ilude
Quais entre nós dizem a verdade conhecer
Irão beber, beber o néctar da juventude.

Quando a colher de pau quebrara, ela roubara alguns cobres que sua mãe havia lhe deixado e comprara para si mesma uma nova, feita de ferro. E, depois de um ano de surras, essa também entortara. E a avó a sacudira em sua direção, dizendo:
– *Anche sarai la mia morte!*
"Você vai ser a minha morte também!"
Quando ela finalmente morrera, de um ataque fulminante do coração, ele pensara que o desejo dela tinha se realizado.

Cabelo de Prata tentava se lembrar do segundo verso da canção quando uma tosse o fez girar. Uma figura encapuzada estava parada atrás dele. Devia ter entrado enquanto estava perdido em suas estúpidas reminiscências – um erro que ele não poderia se permitir cometer novamente.

O recém-chegado já estava perto demais para seu gosto.

Escondendo qualquer surpresa, Cabelo de Prata zombou:
– Está atrasado.

A figura deu de ombros, de um modo que não lhe pareceu muito desrespeitoso, fazendo sua capa verde e amarela ondular até o chão. O uniforme provavelmente era usado para tirar a atenção de seu rosto, parcialmente encoberto pelo enorme capuz.

Sua voz era rouca, grave, de idade difícil de supor.
– Disseram por aí que você traria companhia. Tive que me certificar de que vinha sozinho.

Manfredi fingiu sentimentos feridos.
– Acha que eu não cumpriria minha palavra?

O desprezo na resposta foi claro.
– Pelo que conheço de sua história, parte da razão pela qual você sobreviveu até agora é a única palavra que você cumpre ser aquela que lhe melhor convém. Fico feliz que tenha entendido que hoje seja o caso.

Cabelo de Prata exibiu um discreto sorriso e aproximou-se um passo.

– Sua informação sobre a entrega do Rei do Crime foi valiosa. Não precisa temer a Maggia, meu caro... hã... como devo chamá-lo?
– Planejador.
Para evitar rir, Cabelo de Prata travou os dentes, deslocando um pedaço de frango que estivera ali desde o almoço.
– Tudo bem. Por mim, você pode até se apelidar de Lady Gaga. E, agora que nos conhecemos, o que posso fazer por você, Planejador?
– O importante é o que eu posso fazer por você. – A figura sacou uma pasta de arquivo grossa. – Sei que você prefere as coisas no papel.
A impressão minúscula era difícil de ler, mas o que Manfredi viu no cabeçalho fez com que se sentisse jovem de novo.
– É a rede de distribuição de Fisk completa! Posso acabar com ele de uma vez por todas se fizer tudo certo. – Cabelo de Prata estreitou os olhos. – Qual sua relação com o Rei do Crime? Ele matou sua namoradinha ou algo do tipo?
– Isso não é da sua conta.
– Claro que não. Mas é que...
A experiência também o ensinara a não confiar em ninguém a não ser que conhecesse suas fraquezas. E então, fingindo tontura, o velho cambaleou para a frente, planejando arrancar o capuz do Planejador.
– ... eu não gosto de segredos!
Ou ele foi mais lento do que imaginava, ou o Planejador foi muito mais rápido. Seus dedos pegaram apenas o ar; o Planejador já havia saído do caminho. Cabelo de Prata se enrijeceu, esperando um contra-ataque. Mas o encapuzado, rapidamente estabelecendo uma distância confortável entre eles, esperava Cabelo de Prata fazer o próximo movimento.
– Isso foi estúpido – disse o Planejador.
Ele tem razão. Devo ter feito papel de idiota. Se esse tolo abre a boca sobre isso em algum bar, a história se espalha pelas ruas em menos de uma hora. E se Cicero descobre...

O dedo de Cabelo de Prata coçou, sentindo o gatilho da metralhadora em seu bolso. Metade dele queria dar cabo do Planejador ali mesmo, naquele segundo. Mas a outra metade queria manter aquela ligação com o Rei do Crime. Qual seria o passo correto? A indecisão veio junto de um medo aterrorizante.

Repentinamente, sentiu como se um elefante invisível sentasse em seu tórax. Cabelo de Prata gemeu, apertou o peito e caiu de joelhos.

Só quando a agonia fez com que o líder da Maggia se apoiasse no chão com o braço direito, o Planejador se aproximou, convencido de que o ataque cardíaco era verdadeiro.

– Precisa de ajuda? De um médico?

Enraivecido pela piedade naquela voz, Cabelo de Prata voltou seus olhos lancinantes para as sombras dentro do capuz.

– Afaste-se! De que importa se eu viver ou morrer?

– De nada. – O desprezo voltara. – Só quero ter certeza de que essa informação será usada. Se não por você, então por seu sucessor.

– Sucessor? Não haverá um sucessor. *Eu* vou usá-la. Agora, saia, vamos. SAIA DAQUI!

••••

No elegante edifício comercial que se ergue acima da Cozinha do Inferno, a sala de reuniões do Rei do Crime abriga tanto seus confiáveis conselheiros quanto seus capangas contratados. E esses capangas sabem muito bem que apenas os conselheiros têm permissão para falar, mas o novato saliente Tommy Tuttle ainda não tinha aprendido isso.

– Para o que estamos olhando aqui, chefe?

Sua linha de pensamento foi interrompida e Wilson Fisk, também conhecido como Rei do Crime, desviou o olhar para Tommy. Quando o fez, sua cadeira de couro feita sob medida estalou como o casco de um navio. Esperando que seu olhar feroz tivesse se feito entender, Fisk voltou para a imagem projetada na parede.

– As esculturas delicadas são lindas, Wesley, até mesmo hipnóticas. Eu compreendo sua obsessão por elas, mas como este... artefato pode colocar minha organização de volta no topo?

– É um mapa do tesouro, Sr. Fisk, uma chave para o maior segredo de todos os tempos. Através dos séculos, muitos homens morreram por ele, mas, além das especulações mais loucas, ninguém sabe mesmo o que é esse segredo, já que ninguém foi capaz de decifrá-lo.

A resposta estava obviamente incompleta. Sem dúvida, por trás de seus óculos, o empregador esperava descobrir o restante. Era uma das coisas que Wilson gostava em Wesley.

– E você crê que é capaz?

– Não por conta própria, mas pesquisei diversos candidatos e afunilei as opções até chegar a uma única. Ele deve ser fácil de... se conseguir.

Os dedos de Fisk pressionavam as marcas em seu queixo.

– Onde ele se encontra, atualmente?

– A Fundação Nacional de Ciência o tem enviado para diferentes universidades, na esperança de que consiga decifrar o enigma. Por enquanto, está em uma exibição na Universidade Empire State.

Tommy levantou a voz novamente.

– Vai ser fácil agarrá-lo lá. Qual a dificuldade? Um punhado de professores barbudos com ternos de cotovelo forrado?

Apesar dessa segunda falta, Fisk manteve seus olhos na tábula. Os lamentáveis esforços do homem em se apelidar de Tommy "Tagarela" não haviam ajudado. Mas algo naquele garoto fazia com que a esposa de Fisk se lembrasse de seu filho, e por isso, mais uma vez, ignorou a interrupção.

Por sorte, Wesley interveio.

– Na verdade, senhor, a universidade contratou uma empresa externa de segurança para protegê-lo, a Tech-Vault. Na superfície parecem legítimos, mas são dirigidos pela Maggia. Fazem um bom trabalho para seus clientes em noventa por cento do tempo, apesar de informarem seus empregadores quando itens de valor singular são transportados pela cidade.

Fisk se irritou.

– Continue – ordenou.

– Pelo que pude perceber, o conselheiro, Caesar Cicero, considera a tábua conhecida demais para ter qualquer valor no mercado negro. E duvido de que a tenha mencionado para Cabelo de Prata.

– Mas a Maggia não faz ideia de como traduzi-la, e nós, sim. – Os olhos de Fisk brilharam. – Wesley, você se superou. Tenho aguardado uma oportunidade para fazê-los de bobos. E roubar essa coisa debaixo do nariz deles vai ser a mensagem perfeita. Se a lenda se provar real, o maior segredo do mundo, seja lá qual for, será um bônus.

– Obrigado, senhor. Agora só temos que...

A voz de Wesley sumiu. Todos os olhos se voltaram para a porta.

De cara, o Rei do Crime se sentiu irritado por mais uma distração, mas, quando se virou e viu a fonte, sentiu sua expressão feroz se derreter para a de uma criança vulnerável. A presença da mulher alta e esbelta, o preto perfeito de seus cabelos, interrompido pelo choque de um branco imaculado que ia do centro até a ponta dos fios, foi a razão totalmente apropriada para que seus empregados ficassem em silêncio.

– Vanessa, meu amor...

Vanessa Fisk retribuiu com uma versão mais fria daquele olhar afetuoso.

– Perdoe a interrupção...

Lembrando sua tão exercitada educação, o Rei do Crime se levantou, seu abdome empurrando um pouco a mesa.

– Não. Não há motivo para que peça perdão.

Ela estava prestes a tocá-lo, mas não o fez.

– Tentei esperar, mas estava enlouquecendo. Acabei de conversar com um dos antigos colegas de classe do nosso filho. Ele disse que Richard estava desanimado antes de partir para a viagem de esqui, e não consigo parar de me preocupar com isso.

O assunto tão íntimo não surpreendeu ninguém. Ele e sua esposa geralmente agiam como se conversassem em particular, não porque o mundo não importasse, mas porque tinham o poder de colocá-lo em espera.

– Todo mundo que larga a faculdade vira terapeuta licenciado agora? – Lançou a ela um olhar suplicante. – Seu coração é tão grande. Já a vi chorando ao ver o pôr do sol. Richard está aproveitando seus momentos de lazer, só isso, tirando um tempo para pensar nas coisas que preocupam um jovem antes de começar a vida adulta.

A falta de uma resposta imediata o intrigou.

Ela parecia lutar contra uma nuvem sombria dentro de si, um medo... ou uma dúvida.

– Wilson, há algo que você *não* queira me contar?

Suas pálpebras estremeceram.

– Claro que não, Vanessa. Eu nunca mentiria para você.

Tommy Tagarela resmungou, como se concordasse, e Fisk travou os dentes. Pelo canto de seu olho, viu Wesley agarrando o punho do jovem, apertando-o com força.

– Como posso ter certeza disso – ela questionou – se você mente tão bem para os outros?

Aquelas palavras o apunhalaram.

– O quê? Porque eu te amo. Você e Richard são o centro da minha vida, tudo que me guia e me impulsiona.

Fechando a expressão como se não aceitasse completamente a resposta, ela saiu. O modo como seu vestido flutuava no ar lhe causou dor. Quando garota, era propensa à depressão. Agora, seu humor sombrio fazia com que ele a visse como um espectro cinzento que, depois de uma breve visita aos vivos, deve retornar para trás do véu. Era capaz de colocar o mundo aos seus pés, mas não era capaz de protegê-la das profundezas de seus próprios sentimentos.

• • • •

A sala estava tão quieta que ninguém pôde evitar ouvir o sussurro de Tommy Tuttle.

– Vixe. Ela é a única coisa no mundo que coloca medo no Rei do Crime.

Girando como um enorme globo em seu eixo, Fisk travou o olhar no jovem.

– Vou te mostrar o que é medo.

Se lançou para a frente, jogando a enorme mesa para o lado sem fazer o mínimo esforço.

Tommy já havia visto vídeos de ataques de hipopótamos e sabia o quão mortais aqueles animais podiam ser. O Rei do Crime era duas vezes mais rápido. Entretanto, quando o primeiro soco não o lançou direto para a bênção da inconsciência, imaginou que a surra não seria tão ruim. Tommy sabia que merecia a lição. Nunca fora capaz de se manter calado.

Foi só depois do quinto golpe achatar seu rosto que ele se deu conta de que Fisk o mantinha acordado de propósito, para que pudesse sentir cada segundo de dor.

– Ninguém fala da minha mulher. Ninguém.

ATRASADO PARA O COMPROMISSO mais importante do dia, Peter atravessou correndo a praça no centro da Universidade Empire State. Se concentrava em tentar não correr *muito* depressa quando um tapinha em suas costas o assustou.

– Você é Peter Parker, certo?

O rosto que o cumprimentava era amigável, mas desconhecido.

– Certo, se você não for algum credor...?

O estranho estendeu a mão.

– Randy Robertson. Robbie Robertson é meu pai.

Sorrindo, Peter apertou a mão do rapaz, tentando lembrar se o editor do caderno Cidades, do *Clarim Diário*, havia mencionado algo sobre seu filho estudar na UES.

– Certo! – exclamou.

– Meu pai me disse que um de seus fotógrafos freelancers era bem famoso por aqui.

– Famoso? Eu não posso nem pensar em esquecer o crachá de aluno. É ótimo te conhecer, mas... – A parte do "estou atrasado" ficou presa em sua garganta.

Randy parecia tão novo ali quanto seus tênis. Mais um minuto não faria diferença.

– Como está indo? Precisando de ajuda para encontrar algo? Uma cafeteria? O banheiro? Não se pode saber onde fica um sem conhecer o outro, certo?

Randy encolheu os ombros.

– Estou de boa, só queria saber quem era o cara de que tanto ouvi falar. Você vem para o protesto também, certo?

Com um movimento de cabeça, indicou um grande grupo preparando cartazes a alguns metros dali.

Nossa! Como não percebi isso? Deve haver umas cem pessoas.

O ativista Josh Kittling – esse, sim, um famoso de verdade – estava parado no centro da multidão. Voltando sua atenção para Peter, uma voz sonora eclodiu daquele corpo tão franzino.

– Parker, pegue um cartaz. Se você não está conosco, então está contra nós!

Peter sentiu como se a multidão parasse para encará-lo.

– E... contra o que, exatamente, estou indo contra?

– Um modo de ficar sabendo das coisas. – Kittling apontou para o Salão de Exibições que ficava na outra extremidade da praça.

– Aqueles tijolos velhos não estão atraindo as doações que esperavam, então a administração planeja gastar dez milhões para renovar o prédio. Queremos que esse dinheiro seja dado como bolsa de estudos para os mais necessitados.

Normalmente Kittling estava certo, mas não sempre. Com medo do demônio que vive nos detalhes, Peter hesitou em oferecer apoio total.

– Não sei, talvez reformando aquela velharia eles consigam trazer o dinheiro para ajudar no fundo de auxílio financeiro. Dois coelhos com um golpe só, certo?

– Analisamos os números, meu amigo. É hora de agir. *Puxa. Eu gosto do cara, mas da última vez que conversamos eu quase embarquei num bote inflável para caçar navios-tanques que estavam vazando. Estou sempre pronto para ajudar o meio ambiente, mas alguém precisa ficar por aqui para dar conta dos supervilões.*

– Quero saber mais, Josh, mas estou atrasado.

– Certo. Tenho certeza de que seu compromisso é muito mais importante do que evitar que a cultura corporativa destrua nossa educação.

Dessa vez, a multidão começou a rosnar para Peter, até que Randy interveio:

– Acalmem-se. Vocês não sabem o que ele vai fazer.

O chacoalhar de cabeça condescendente de Kittling era enraivecedor.

– Tudo que preciso saber é que ele não vai ficar do lado da nossa comunidade.

Depois de anos sofrendo bullying por ser estudioso, Peter morria de vontade de contar para todos exatamente o que ele defendia sendo o Homem-Aranha, mas não podia. Tentando ignorar as vaias, ele se afastou, rangendo os dentes.

Por mais travada que estivesse sua mandíbula quando saiu da praça, ela rapidamente ficou mole quando ele viu Gwen Stacy. A garota estava encostada na parede da fachada da cafeteria, pressionando os livros contra o peito. O modo como sua face se iluminou quando o viu fez com que ele subitamente notasse como o tempo estava aberto.

– Ei, bonitão! – ela chamou.

Ele caminhou até ela. Gwen ofereceu a bochecha para um beijo, algo que prontamente recebeu.

– Está vendo o protesto ganhando força?

– Sim – ele resmungou. – Tem certeza de que não quer ficar e participar? É provável que, quando voltarmos do Queens, Josh e companhia já tenham tomado Manhattan, o Bronx e Staten Island também.*

– E perder a oportunidade de ouvir você citar a letra de canções antigas? Nunca. Além do mais, já assinei a petição e escrevi ao reitor.

– Há uma petição? Nós temos um reitor?

Ela lhe deu um tapinha no ombro e o empurrou na direção do metrô.

– E salas de aulas também. Te conto tudo sobre elas no caminho para a casa da sua tia.

O ruído do chacoalhar do trem estava tão alto que, sem poder conversar, Peter se contentava em apenas olhar para Gwen. Mesmo sem aquele cabelo loiro platinado, seus olhos de corça e a aparência cativante, ele estaria desesperadamente apaixonado. Sendo a filha de um capitão da polícia, tinha um forte senso moral e uma estrutura ainda mais rígida em se tratando de defender as

---

*   Trecho de "Manhattan", popular canção de jazz, gravada por Ella Fitzgerald, entre outros. Peter faz alusão ao verso que diz: "... have Manhattan, The Bronx and Staten Island too."

coisas em que acreditava. A única questão a respeito de Gwen que sempre o preocupara era: que diabos uma garota daquelas estava fazendo com um cara como ele?

Claro que o que tinham não podia ser considerado uma relação garoto/garota normal. Estava mais para garoto/garota/identidade secreta, com supervilões interrompendo cada passo do caminho. O Saqueador, O Rino, O Magma, O Abutre, O Duende Verde, O Shocker, O Lagarto, O esse, O aquele. Mais cedo ou mais tarde, teria que enfrentar algum canalha que se autodenominava O O.

Quando chegara em sua primeira aula na UES, distraído pelas coisas do Aracnídeo, todos pensaram que era um metido. Mas a garota que agora se aconchegava em seus braços ignorara os avanços de Flash Thompson e se aproximara de Peter primeiro. Por quê? Talvez ela tenha herdado um bom nariz para farejar mistérios. Mesmo assim, sempre que ele "misteriosamente" desaparecia durante uma emergência, ela o considerava um covarde, como todo mundo sempre havia feito.

Na metade da viagem, as portas se abriram. Durante o silêncio momentâneo, Gwen se inclinou e sussurrou algo.

– O que você disse?

– Disse que estou feliz aqui ao seu lado.

Ele a apertou mais.

– Eu sei, ouvi da primeira vez. Só queria ouvir de novo.

Em tempo, quando M.J. começara a dizer que Gwen tinha mais do que sentimentos amigáveis por ele, não conseguira se conformar. Mesmo quando a própria Gwen dissera ter uma quedinha por um "motociclista tímido de cabelos castanhos", achara que ela estava brincando.

Um cutucão no ombro o trouxe de volta para o presente.

– Chegamos, belo sonhador.*

---

* Referência à música "Beautiful Dreamer" dos Beatles.

– Hã?
– Achei que gostava de canções antigas.
– Sim. Certo.

Saíram na estação de Forest Hills na hora do almoço. Peter tentou ser cavalheiro abrindo caminho. Não que sempre tivesse sido um pretendente perfeito. No primeiro encontro, esquecera que ela era uma estudante de ciências como ele. Daquela vez, quando voltara depois de ter sumido para lutar contra o Dr. Octopus, ela não o chamara de covarde, apenas lhe dera um grande abraço, pois realmente temia que ele tivesse se machucado.

Aquilo o fizera pensar.

Ou, talvez, para variar, o fizera parar de pensar tanto.

Conforme caminhavam de braços dados pela rua repleta de árvores de sua antiga vizinhança, se pegou imaginando por que não contava tudo a ela. Conversavam sobre todo e qualquer assunto possível, mas sempre recuava, nunca a deixava entrar completamente em sua vida. A mesma distância que era forçado a manter com todo mundo marcava o período que passava com Gwen.

Ela sentia isso, claro. Sua negação do óbvio se tornara um clichê pessoal.

– Um centavo por seus pensamentos?
– Você vai ficar sem trocados, Gwen.

Ele podia ter dito que estava preocupado com Tia May. Seria verdade. Quando Peter saíra de casa para dividir um apartamento no Village com Harry, Anna Watson, a tia de Mary Jane, se mudara para a casa da mulher que o criara. Alguns dias atrás, a Sra. Watson avisara que Tia May estava se sentindo triste, e até então ele não tinha tido a chance de visitá-la.

Mas não estava pensando só nisso, e não dizer a Gwen a verdade completa parecia um tipo de insulto.

– Por que sempre me interesso pelos pensativos?
– Hã?
– Esquece.

Quando chegaram à entrada da modesta casa de dois andares, a suposta tia triste abriu a porta antes que pudessem bater.

– Peter! Apesar das justificáveis rugas, seu rosto estava brilhante, e seu sorriso, forte como nunca.

Ele beijou as bochechas dela.

– Tô vendo que já sacudiu a poeira, né? A Sra. Watson disse que você não estava se sentindo bem.

– Besteira, não dê atenção a ela! Me sinto forte como um leão, principalmente quando meu sobrinho me visita! – Ela desviou o olhar para Gwen. – Nossa, vocês estão passando bastante tempo juntos!

Gwen a abraçou enquanto entravam.

– Espero que não desaprove, Sra. Parker.

Tia May colocou a mão nos lábios dela.

– Desaprovar? Parece que a coisa é mais séria do que pensei. Só o que posso dizer é que você deixou uma velha besta e sentimental muito feliz.

Anna Watson, que parecia estranhamente quieta, se juntou a eles. Peter deixou seus segredos de lado pelas próximas horas. Bebendo chá e comendo biscoitos, se permitiu aproveitar o raro sentimento de pertencer a uma família. E Gwen fazer parte daquilo deixava tudo ainda mais perfeito.

Já do lado de fora, a garota enganchou o braço no dele.

– Os olhos daquela mulher brilhavam mais do que os de um recém-nascido. Com alguém como ela criando você, não é de se surpreender que você seja tão especial.

• • • •

No momento em que a única parente viva de Peter Parker fechou a porta, Anna Watson se apressou para impedir que ela caísse. Em seguida, a ajudou a chegar no sofá e a deitou. Assim que deixou a amiga numa posição confortável, lhe deu uma bronca:

– May Parker! Por que você não contou para ele a respeito dos resultados dos seus exames? Você não pode protegê-lo para sempre... Ele é um adulto. Tem o direito de saber.

Com a mão fraca, May tentou sinalizar um "deixa disso".

– Eu sei, Anna, eu sei. – Voltou o rosto para a luz do sol da tarde, que entrava pela janela revelando listras amarelas no branco de seus olhos. – Mas Peter sempre sofreu tanto, desde que era criança, e ele parecia tão feliz com a namorada. Não consegui estragar tudo.

Anna Watson suspirou e não disse mais nada.

ENTERRANDO A AGITADA MISTURA de raiva, medo e culpa que assombrava seus sentimentos por Vanessa, o Rei do Crime se esforçou para se concentrar nas notícias.

– ... o número cresceu para mais de mil protestantes, e relatos ainda não confirmados dizem que os estudantes podem tentar tomar o Salão de Exibições. A ocupação de edifícios acadêmicos tem feito parte de protestos estudantis desde a década de 1960, mas...

Apesar de seus ideais ingênuos, os manifestantes eram admiravelmente organizados. Usando conexões em tempo real para apoiar grupos como a União Americana pelas Liberdades Civis, haviam conseguido uma imensa atenção da mídia em apenas algumas horas. A segurança do campus, surpresa pelo tamanho do evento, não se preparara para controlar a multidão atual, que crescia a cada instante.

Era como se cada pedaço do céu houvesse se partido só para ele. Os eventos se moviam tão depressa que ele duvidava de que a tal empresa de segurança de fachada da Maggia, a Tech-Vault, houvesse tido tempo, ou interesse, de aumentar sua presença no campus. Afinal, aquelas crianças, apesar da quantidade, não eram uma verdadeira ameaça para o *status quo*, quanto mais para uma tábula antiga.

Mas Wilson Fisk era.

Usando um lencinho de seda para limpar o sangue que Tommy Tuttle deixara nas juntas de seus dedos, dirigiu-se a Wesley.

– Beira a perfeição. Chegou a hora de atacar. Reúna os melhores que temos e prepare meu carro.

Wesley o encarou.

– Senhor, não está planejando ir pessoalmente, está?

– Claro que estou. Você sabe como Manfredi pensa. Ele pode ter se aposentado há décadas, mas ainda age pessoalmente. Se a questão é impressionar a Maggia, eu tenho que estar lá de corpo e alma.

• • • •

Mesmo estressado como andava, Peter conseguiu se manter naquele clima aconchegante de lar ainda depois de Gwen sair do trem algumas estações antes, com intenção de estudar para uma das aulas da noite. Nem sequer se lembrou de pensar em dinheiro, ou nos manifestantes.

Talvez eu dê uma passada no Salão de Exibições. Posso tirar umas fotos daquela tábula para o Clarim, talvez até tentar conversar com Kittling.

Conforme saía da estação em Greenwich Village, a sensação de Gwen aconchegada em seus braços perdurava, como uma blusa de lã aquecida pela lareira. E foi só quando virou a esquina e viu o tamanho da manifestação que o ar frio atingiu seu corpo.

A praça da UES estava cheia e a multidão forçava o avanço. Reforçando as beiradas, a segurança do campus se esforçava para impedir que as pessoas vazassem para a rua e bloqueassem o tráfego; furgões com antenas das maiores emissoras se enfileiravam numa área reservada para a imprensa, protegida por cordões de isolamento. A unidade do controle de multidão do Departamento de Polícia de Nova York começava a aparecer, mas estava tarde para tentar controlar as coisas.

Ele adorava a Big Apple, mas, só de olhar aquela turba, começou a se sentir claustrofóbico. As unidades de controle de multidão que estavam por perto pareciam preparar os tubos de gás lacrimogêneo. E os estudantes não estavam organizados, não do jeito que eram vistos em outros protestos como o Occupy Wall Street. Aquele parecia mais um show superlotado no qual qualquer pânico poderia causar uma correria capaz de matar alguém.

A massa, por enquanto, tinha uma forma, centrada num pequeno grupo que entregava cartazes e panfletos perto da entrada do salão. Peter aproximou-se devagar, usando seu crachá de estudante para entrar na praça e seu passe de imprensa para acessar a área isolada.

Parece que ter múltiplas identidades nem sempre é algo ruim.

O primeiro rosto que ele reconheceu foi, é claro, o de Josh Kittling. Ele estava literalmente em cima de um caixote, com um megafone na mão. O segundo foi o de Randy Robertson, que parecia meio impressionado e meio aterrorizado.

Seu rosto brilhou quando viu Peter.

– Você vai participar da ocupação?

Ocupação?

Antes que Peter pudesse responder, Kittling virou o megafone em sua direção.

– Finalmente decidiu crescer, Parker?

– Josh, eu concordo completamente com a ajuda financeira. Eu não poderia pagar nem em um milhão de anos se não fosse pela minha bolsa...

– Exatamente, garoto gênio. Essa bolsa te deixa tranquilo, enquanto o resto de nós, que ralou e economizou para chegar aqui, é forçado a abandonar a formação a torto e a direito.

– Eu sei, você está certo, mas eu mal cheguei até aqui sem ser pisoteado. Se você iniciar uma ocupação com essa multidão enorme e alguém começar a empurrar, pode haver pânico. As pessoas podem se machucar. Você ao menos deu tempo para que a administração respondesse?

– Tempo? Você tá brincando? Temos os olhos do mundo voltados para nós, agora. Se não surfarmos nessa onda, a imprensa perde o interesse, e esse é o maior motivo para a administração aceitar nossas exigências.

– Josh, olhe ao redor. Vale o risco?

– Minha resposta é *sim*! Qual vai ser a sua? Você vai ser parte da solução ou vai se esconder como um covarde?

Peter sabia que Kittling estava falando mais para os manifestantes do que para ele, mas o golpe o atingiu num nervo bem sensível. Principalmente quando todos o vaiaram, com exceção de Randy, que parecia confuso.

Peter fechou os punhos. Tentar sair dali antes de perder a cabeça só fez as coisas piorarem; teve que forçar passagem pela densa massa de manifestantes. Acabou chegando a um espaço vazio logo depois de uma fileira de cavaletes que bloqueavam os degraus do salão.

Dois seguranças privados, usando equipamento antimotim, estavam parados diante das portas. Ao ver Peter, um deles ergueu a mão:

– Afaste-se. Nenhum estudante passa desse ponto.

A enorme massa claramente deixava o homem nervoso.

Mas Peter ainda estava fervendo.

– Sério? Achei que esse prédio tivesse sido construído para os estudantes.

O homem avançou em sua direção. Peter sacou sua credencial de imprensa.

– Olha, estou aqui apenas para tirar fotos da tábula.

Com um grunhido símio, o guarda deu passagem.

Vendo isso, alguns dos estudantes avançaram, derrubando os cavaletes. Em pânico, os guardas ergueram seus escudos e cassetetes. Peter ficou tenso, mas Kittling ordenou que os estudantes voltassem.

– Ainda não, ainda não! Nós iremos num grupo pequeno e *juntos*!

É, parece que ele deu ouvidos ao que eu disse sobre a multidão. De toda forma, a ocupação vai rolar logo, logo. O que eu devo... O que eu posso fazer?

Incerto da resposta, Peter entrou, seguiu por um longo hall e acabou na galeria principal.

Pelo menos posso dar uma olhada no que está causando todo esse furor.

Cercada por mais quatro seguranças, a única coisa em exibição na imensa sala revestida de mármore era a tábula. Era surpreendentemente pequena, talvez com uns trinta centímetros. E mesmo as placas que cercavam o mostruário a faziam parecer menor. Pulou algumas frases das legendas sobre sua origem. Eram vagamente interessantes, mas, depois de encontrar a palavra "desconhecida" pela décima vez, parou de ler.

Certamente precisaram de muitas palavras para descrever algo do qual não sabem muito.

Quanto à própria tábula, os escritos ancestrais tinham um jeito bacana, quer dizer, se você gosta de hieróglifos. O fato era que aquilo havia sobrevivido milhares de anos apenas por aquela sensação de maravilhamento. Mas, naquele instante, Peter acabou achando o mostruário muito mais atraente – provavelmente porque ele sabia que a estrutura molecular do polímero transparente era superforte.

Apontou a câmera, pensando nas anotações que Robbie Robertson havia lhe passado sobre a composição (que eram mais úteis do que as que o editor-chefe Jameson havia usado e se resumiam a: "São uma droga!") e tirou algumas fotos tentando fazer o pedacinho de pedra parecer mais impressionante aos olhos destreinados, tais como os seus próprios.

••••

Lá fora, Kittling e seu pequeno grupo de coordenadores lutavam para manter os manifestantes sob controle.

– Sente esse poder? – disse a Randy. – É como se tentássemos conter a maré! Vamos entrar apenas com os coordenadores, mas, mais cedo ou mais tarde, teremos que deixar todos entrarem e a coisa fluir.

O misto de medo, surpresa e alegria no rosto de Josh deixou Randy ainda mais desconfortável.

– Mas e aquilo que Peter disse? E se as pessoas se machucarem?

Kittling olhou para a praça superlotada e então para as entradas relativamente tranquilas. Se voltou para Randy e baixou a voz.

– Ouça, se a polícia e a segurança do campus começarem a lançar spray de pimenta e balas de borracha, aí, sim, as pessoas vão surtar e aí, sim, vai rolar ferimento. Mas eles não chegarão até nós graças à multidão. Por enquanto, a única coisa entre a gente e o salão são alguns policiais de aluguel tremendo nas bases. Quer que seja fácil e rápido? Tenho uma ideia. Assim que começarmos a invasão, vou me afastar e agarrar aquela pedra velha que está lá dentro. E, com aquilo de refém, eles serão obrigados a recuar e prestar atenção.

– Mas não estamos aqui para isso – Randy disse. – Além do mais, aquela coisa tem um valor inestimável. E se você a danificar?

– Eu digo que é hora de descobrir do que somos capazes.

Ele apontou para a escada e gritou.

– Coordenadores, sigam-me! Nós vamos entrar!

E o mar de gente avançou com força.

• • • •

Uma batida aterrorizante fez com que Peter voltasse correndo para a entrada. Estava na metade do caminho quando as portas se abriram e cerca de uma dúzia de estudantes invadiu, liderada por Kittling. Os dois guardas cambalearam para trás, recuando pelo salão, largando os cassetetes e pegando suas armas. Ao ver as pistolas, os estudantes pararam.

Movendo-se um pouco mais rápido do que um humano deveria, Peter correu na direção dos guardas.

– Ei! Baixem as armas! Eles são estudantes... só estão protestando!

Os guardas se voltaram para ele. Um dos dois gritou em resposta:

– Não dou a mínima para a merda de protesto deles! Somos pagos para proteger a tábula e é o que vamos fazer!

Ergueram as armas, apontando para os manifestantes.

– Recuem, todos vocês! Agora!

Apesar de visivelmente assustado, Kittling não se moveu.

– Atire e o resto das pessoas que estão lá fora vai estraçalhar esse lugar!

O mais seguro dos dois guardas abaixou a arma e cutucou o colega para que fizesse o mesmo.

– Ninguém quer atirar em nada. Apenas recuem!

– Não vamos a lugar nenhum. Abram caminho!

Peter relaxou um pouco.

Um impasse, pelo menos por agora. Eu poderia me vestir de Aranha, mas que bem isso faria? Espera um pouco...

Ele ergueu a câmera e tirou uma foto. Instantaneamente um dos guardas escondeu o rosto.

– Guarde isso!

Em resposta, os estudantes desafiaram, erguendo seus celulares. Tiraram fotos, começaram a gravar vídeos.

Não estou apenas fazendo esses guardas pensarem duas vezes. Também estou conseguindo ótimas fotos exclusivas!

O olhar de admiração de Kittling foi interrompido quando um bramido sacudiu o edifício. O canto do lado de fora se tornou gritaria. Uma olhada pela janela mostrou a Peter a fumaça que se erguia. Algo na outra extremidade da praça havia explodido.

A multidão entrou em pânico. A polícia já corria na direção do local da explosão, indo para longe do Salão de Exibições. Peter não conseguia ver se havia algum ferido, mas pelo menos a multidão era menor ali. Por que aquele local? Por que naquele momento?

Quase como se fosse intencional, como uma distração...

Um segundo estrondo, menor e mais próximo, fez com que se voltasse para dentro. No fim do longo corredor, uma porta de emergência saía voando dos batentes. Seis homens armados irromperam de onde antes ela estivera. Atrás deles, podia-se ver uma enorme limusine parada no beco.

Com a polícia concentrada na explosão, atacaram a lateral do salão que dá para a rua. Espertos.

Uma sombra maior se lançou sobre a porta caída. À primeira vista, Peter achou que fossem mais três homens – mas era apenas um. Usando um terno feito sob medida e um colete mais apropriado para uma festa de gala do que para um assalto, uma figura gigantesca irrompeu à frente dos homens armados. Sua careca reluzia sob as luzes fluorescentes como se fosse uma bola de boliche superdesenvolvida. Cada passo reverberava como uma pequena explosão própria; sua bengala, adornada com um diamante no topo, emitindo pequenos cliques contra o mármore.

– Para a galeria principal, rápido. E fiquem com as máscaras de gás prontas!

O Rei do Crime! Já o vi em fotos, mas pessoalmente parece ainda maior. O que ele está fazendo aqui?

Antes que Peter pudesse adivinhar, o ombro monstruoso de Wilson Fisk o atingiu. Para preservar sua identidade, Peter se deixou ser lançado para o lado e então observou enquanto o Rei do Crime avançava como um trator por entre os estudantes.

Antes que qualquer um pudesse ver se os dois guardas atacariam ou não, os homens do Rei do Crime atiraram, derrubando-os. Ignorando os gritos dos estudantes, os vilões se aproximaram da entrada e bloquearam as portas com barras telescópicas que se encaixavam perfeitamente nos puxadores.

Agora presos ali dentro, os manifestantes olhavam para seu líder, Kittling. Ele, por sua vez, encarava entorpecido os corpos dos seguranças.

– Você não pode simplesmente...

Notando a atenção que os outros prestavam nas palavras engasgadas de Kittling, Fisk agarrou a camiseta do jovem e o ergueu no ar.

Rapidamente dois dos outros estudantes – jogadores de futebol americano, pela aparência – investiram. Um raivoso Randy Robertson estava bem atrás deles.

– Randy, pare! – Peter tentou segurá-lo, mas, antes que conseguisse chegar perto, os atiradores formaram uma linha entre o Rei do Crime, Kittling e os garotos enfurecidos. Um único tiro disparado fez com que parassem.

Os lábios grossos de Wilson Fisk se curvaram. Ele agarrou o celular de Kittling e o esmagou, então voltou sua cabeçorra de búfalo albino para o grupo que tremia. Soltando Kittling, se virou inteiro na direção dos estudantes, que se encolheram.

– Fiquem fora do nosso caminho e terão uma história emocionante para contar aos seus amigos. Mas, se qualquer um de vocês der um passo para tentar me identificar para a polícia, eu o encontrarei. Não precisam mentir, apenas digam que estavam assustados e confusos. Isso sempre faz com que seja mais difícil lembrar os detalhes.

Quando todos os olhares estavam no Rei do Crime, Peter começou a recuar. Assim que ficou atrás dos estudantes e fora da vista dos mafiosos, saltou para uma das salas adjacentes.

Posso não ser muito de política, mas esses bestalhões são ainda piores que eu.

Procurou um bom lugar para uma troca de roupas rápida, mas encontrou apenas um pequeno almoxarifado. Com uma leve culpa, quebrou a maçaneta e se enfiou no espaço apertado. Derrubando baldes, vassouras e produtos de limpeza, se esforçou para tirar as roupas de civil, revelando o uniforme azul, vermelho e cheio de teias por baixo.

Máscara no lugar, saltou para fora, correndo pelas paredes revestidas de azulejos. No momento em que chegou ao teto alto do salão, apenas os estudantes ainda permaneciam ali.

O Rei do Crime deve estar atrás da tábula!

Kittling, atordoado e esparramado no chão, apontou para ele.

– Primeiro o Rei do Crime, agora o Homem-Aranha! É como se uma superconspiração estivesse tentando tirar nossos protestos das notícias!

Homem-Aranha lançou uma teia e atravessou o espaço aberto.

– Fiquem fora disso, todos vocês! Isso não tem nada a ver com o protesto! Se querem ser úteis, avisem à polícia que homens armados estão tentando roubar a tábula!

Pousou no teto do imenso salão que levava à galeria principal. Às suas costas, escutou Randy se desculpando com Kittling.

– Me sinto um covarde! Eu deveria ter tentado impedi-los.

A resposta de Kittling impressionou o escalador de paredes.

– Esqueça isso, cara... O único jeito de parar uma bala é com seu corpo. Vamos arrancar aquelas barras e abrir as portas da frente!

Aliviado ao ouvir aquilo, Homem-Aranha fez uma pausa do lado de fora da galeria principal. Antes de começar uma briga, queria dar tempo para os estudantes fugirem... e arrumar sua câmera automática. Lá dentro, o Rei do Crime e seus homens também pareciam fazer uma pausa. Meio escondidos entre as sinalizações altas, colocavam suas máscaras enquanto os quatro seguranças restantes se preparavam para um ataque.

Isso não vai acabar bem.

Ainda oculto, Homem-Aranha percorreu o teto, mas, antes que pudesse chegar até os bandidos, o Rei do Crime atirou um punhado de bolinhas na direção da tábula. Os projéteis se estraçalharam ao atingir o mostruário, liberando uma fumaça esverdeada. Os guardas começaram a sufocar e apertar as gargantas.

– Certifiquem-se de que as máscaras estão bem colocadas! – o Rei do Crime avisou. – Esse gás é potente o bastante para *me* derrubar!

Enquanto os guardas caíam, o Rei do Crime caminhou até o mostruário e ergueu sua bengala. No começo, Peter estava confiante de que o polímero suportaria o golpe, mas não foi bem assim. O diamante na ponta da bengala do Rei do Crime rachou a superfície.

Aquilo é uma britadeira disfarçada? Outro golpe desses vai destruir o mostruário. Os alarmes já estão tocando, mas, com aquela bagunça lá fora, sobrou quem para escutar? Ele planejou isso tudo perfeitamente, com exceção de uma coisinha...

O Homem-Aranha caiu do teto.

– Com licença, mas você tem algo no queixo...

O plano funcionou. O Rei do Crime, assustado, se virou bem a tempo de receber um forte soco na região anunciada.

– Minha mão!

As juntas do Homem-Aranha quase foram estilhaçadas pelo impacto. Meio desequilibrado, Fisk cambaleou vários passos para longe do mostruário. Pensando que o chefão do crime já estava fora do jogo, Homem-Aranha lançou várias teias, prendendo cada um dos capangas. Mas, ao se voltar para o imenso líder, se surpreendeu e até temeu um pouco ao vê-lo ainda em pé.

– Ei... Nessa parte, você tem que ficar deitado.

– Homem-Aranha? – O Rei do Crime se agachou do modo que um tigre faria antes de atacar. – Talvez você já tenha ouvido a máxima de que nem sempre tudo sai como planejado.

Quando Fisk terminou a frase, Homem-Aranha já tinha derrubado o terceiro capanga.

E, no momento em que o Rei do Crime avançou, o Aranha girou um dos mafiosos inertes pelos ombros, atingindo o peito de Fisk com os calcanhares do homem. A manobra mal distraiu o Rei do Crime, mas na segunda volta o bandido foi lançado inconsciente na direção dos homens restantes e, nesse único movimento, tirou todos eles da ação.

Mas o Rei do Crime guardava outra surpresa: sua velocidade. Quando o Homem-Aranha avançou contra ele, Fisk também lançou sua massa considerável no ar. Em um instante, envolveu a cintura do aracnídeo em seus braços e pousou de pé no chão. Ileso, mas desorientado, o Homem-Aranha se contorceu em busca de alguma vantagem.

– Muitos dos meus inimigos confundem meus músculos com gordura – disse o Rei do Crime.

Ainda se contorcendo para conseguir escapar, o Homem-Aranha focou a atenção na lisa careca de seu inimigo.

– Sério? E também confundem sua cabeça com a bunda de um bebê? Porque, sabe, daqui se parece muito.

– Não adianta tentar me deixar com raiva – Fisk bufou e apertou ainda mais seus braços de anaconda em volta da cintura do Homem-Aranha, até ser capaz de segurar nos próprios punhos. – Já ouvi falar da sua famosa força aranha, mas não há homem vivo que tenha se livrado de meu aperto!

Peter tentou empurrar para baixo os antebraços de elefante, mas o Rei do Crime permanecia travado. Um pouco mais de força e talvez conseguisse quebrar os ossos de Fisk.

– Famosa, né? Assim me deixa vermelho.

O Rei do Crime apertou mais.

– Que bom. Esse é o primeiro sinal da sua morte iminente.

Ao que o ar escapou de seus pulmões, a única resposta que o Homem-Aranha conseguiu dar foi:

– Ai!

Certamente poderia pegar o Rei do Crime de surpresa se conseguisse recuperar o ar, e assim Peter começou a ficar mole.

Além do mais, Jonah sempre paga mais pelas fotos em que pareço perder...

Em vez de simplesmente soltar o inimigo, o Rei do Crime o ergueu acima da cabeça e o atirou com força no chão de mármore.

Certo, essa doeu. Mas, agora que estou livre, tudo que preciso é respirar fundo algumas vezes...

Um grito jovem ecoou pela galeria.

– Afaste-se dele!

Quem diabos... Randy?!

Com os tênis chiando contra o piso, o adolescente se lançou contra as costas do Rei do Crime.

– Alguém tem que derrubar você. E pode ser eu!

Se agarrando ao prodigioso pescoço, Randy tentou montar no mafioso como se fosse um touro mecânico.

– Confie em mim, rapaz, eu nem estava perto de notar a sua presença.

Como se espantasse uma mosca, Fisk o lançou contra a parede mais próxima. O corpo de Randy atingiu os azulejos e deslizou ao chão. Pedaços da parede rachada caíram sobre seu corpo inerte. Homem-Aranha prendeu a respiração, mas, alguns segundos depois, viu o ombro de Randy se erguendo.

Está vivo! Mas muito machucado. Tenho que me contentar com essa respiração capenga.

Se pondo de pé com um salto, Homem-Aranha atraiu a atenção do Rei do Crime para longe do rapaz.

– Algum de vocês já foi confundido com um saco de pancadas... assim?

Com uma velocidade irritante, lançou um bombardeio de golpes, deixando o chefão do crime sem tempo para revidar. Quando Randy conseguiu se arrastar para um pouco mais longe, Homem-Aranha jogou Fisk para cima da mesma parede rachada, não apenas uma vez, mas repetidas vezes. A cada uma delas, deixava o homem cair para frente só o bastante para que aumentasse o dano no próximo soco.

– Sabe que não é difícil errar a mira em você, né?

O Homem-Aranha continuou a espancar o Rei do Crime, batendo e socando cada centímetro de seu corpo, mas ele não caía. O cimento era que ia caindo em pedaços cada vez maiores, e o suporte começou a ceder.

– O quê? Sem revidar? Gosta de como seus inimigos confundem sua falta de resposta com estupidez?

Peter podia ver a fúria nos olhos do homem, uma raiva profunda não apenas por seu inimigo, mas por seu próprio desamparo. Continuou batendo, até que finalmente, finalmente, a graça animal que permeava os movimentos de Fisk desapareceu. Seus joelhos de canhão se dobraram. Ele tombou para a frente, a cara batendo com força no chão.

Ufa! Caiu!

O Aranha avançou até onde Randy estava agachado.

– Ainda respirando?

– Acho que sim.

Randy conseguiu se sentar apoiado, mas o modo como movia o ombro sugeria que provavelmente o havia deslocado. Homem-Aranha conseguiu improvisar uma tipoia de teia em alguns segundos.

E qual não foi seu choque ao olhar para trás e ver o Rei do Crime apoiado nas mãos e joelhos. Como um hipopótamo albino enraivecido, Fisk se atirou de cabeça contra a parede quebrada.

Peter piscou, incrédulo.

Mas que diabos? A surra o deixou louco?

A viga enfraquecida se quebrou. A parede veio abaixo; pedaços de mármore grandes o bastante para rachar um crânio se espatifavam no chão. Com um deles, o Rei do Crime terminou de abrir o mostruário.

A rachadura percorreu a parede até chegar no teto, fazendo mais destroços caírem. Os capangas do Rei do Crime conseguiram se levantar e fugir sozinhos.

Uma teia lançada no ângulo certo conseguiu segurar uma parte do desmoronamento ao mesmo tempo que protegia os seguranças inconscientes. Agora Peter tinha apenas que ser rápido o suficiente para salvar a si mesmo e ao adolescente ferido. Isso significava que teria que deixar o Rei do Crime com a tábula, mas, entre salvar uma vida e um artefato, mesmo que de valor inestimável, não havia sequer escolha. Colocou Randy debaixo de um de seus braços, lançou uma teia com o outro e balançou-os para fora da galeria que desmoronava.

Agora, sim, é que vão precisar do dinheiro para a reforma.

Colocou Randy no chão do hall. Ele estava gelado, mas respirando. Temendo que o ferimento pudesse ter sido pior do que parecia, o Aranha lhe deu um tapinha no rosto.

– Acorda! A festa acabou!

As pálpebras de Randy tremularam.

– O que aconteceu? O Rei do Crime escapou?

Esse cara tem mais culhões que um exército, mas no que tá pensando?

Vários rapazes de uniforme azul abriram as portas, os reforços visíveis atrás deles. Satisfeito pelo fato de a polícia estar ali para cuidar de Randy, o Aranha viu a deixa para sua saída.

O caminho para a galeria principal estava bloqueado pelos destroços, então ele seguiu pelo salão de acesso até a porta que os ladrões haviam explodido para entrar. A limusine e o Rei do Crime, claro, haviam partido. O Homem-Aranha subiu com dificuldade até o telhado, sentindo pela primeira vez seus próprios machucados.

Provavelmente foi o mármore desabando, mas eu duvido de que ser jogado de um lado pro outro pelo Rei do Crime tenha ajudado. Foi como se eu tivesse lutado com uma montanha-russa!

Além das dores, a primeira coisa que notou foi a praça. A multidão não havia diminuído, mas agora se agrupava em pequenas aglomerações. A mais próxima estava bem abaixo dele, na frente do Salão de Exposições. Ali, sob os olhos atentos da imprensa, dúzias de estudantes – Kittling entre eles – eram levados pela polícia para camburões estacionados por perto.

Vão apresentar queixas? Pelo quê? Espera. Eles não estão achando que os estudantes foram responsáveis pelas bombas, estão?

Um homem de camisa branca e gravata abriu caminho por entre o cordão da imprensa e questionou a polícia. Mesmo àquela distância, Peter reconheceu Robbie Robertson, sem dúvida preocupado com seu filho. Um policial o levou até Randy. Apesar da tipoia, o garoto machucado estava na fila para entrar em um dos veículos da polícia, não em uma ambulância.

Jesus, que merda de primeiro semestre na faculdade.

A melhor maneira de ajudar seria pegar o verdadeiro invasor e trazer a tábula de volta. O beco ainda estava vazio, mas, a distância, uma limusine deliciosamente nada discreta seguia pela sexta avenida. E era grande o bastante para carregar alguém cujos músculos poderiam ser confundidos com gordura.

Como já foi dito, alguém tem que te impedir. E pode ser eu.

4

ALÉM DO RUÍDO BRANCO dos pneus rodando, a limusine à prova de som silenciava os barulhos da cidade. A voz de Wesley nos alto-falantes soava mais clara do que se ele estivesse ali pessoalmente.

– Eu apaguei as fitas de segurança do salão, como planejado, mas presumo que o senhor saiba que deixou uma trilha de mais de uma milha de distância.

Fisk recostou no assento estofado.

– Claro. A polícia estava ocupada no campus, e os lasers de baixa intensidade dos carros causaram interferência nas câmeras de trânsito quando passamos. Os estudantes estarão muito assustados para me identificar e os quatro guardas que deixamos vivos não me viram. Quanto à nossa última testemunha, aquele cruzado contorcionista, eu *quero* que ele me siga. Por que gastar energia caçando-o quando posso destruí-lo no conforto do meu lar?

– Como preferir, senhor.

A questão fora respondida, mas a linha permaneceu aberta.

– Posso satisfazer mais alguma curiosidade, Wesley?

– Perdão, Sr. Fisk. Sei que a verei em breve, mas... como é?

O Rei do Crime não viu mal algum em agradar ao assistente. Correu os dedos pelas intrincadas inscrições que havia na pedra. Cada pictografia era tão uniforme, como se esculpida por uma máquina.

– É forte, Wesley... como eu. Quero colocá-la no cofre assim que chegar. Apenas uma precaução temporária. Você poderá trabalhar nela dentro de poucas horas.

– Obrigado, senhor.

Wesley desligou, mas o Rei do Crime continuou a olhar para a tábula. Segurar o "maior segredo do mundo" o fazia pensar nos próprios segredos. Mais cedo ou mais tarde, Vanessa saberia a verdade: Richard estava morto. Ela o abandonaria e, sem seu amor – sem um herdeiro –, tudo o que ele era desapareceria com o tempo.

Aquela pedra tinha uma vantagem. Existira por eras e existiria por muitas eras mais. Sem fazer nada a não ser existir, simplesmente, ela o superara.

Bem, e se nada mais acontecesse atrair a aranha para sua teia seria, pelo menos, uma distração.

• • • •

Agarrado à superfície lisa e sem janelas do edifício de luxo localizado na Cozinha do Inferno, o Homem-Aranha observava a garagem particular se abrindo para deixar entrar a limusine.
Não quero dizer que foi fácil, mas...
Com seu torso quase colado à parede, as mãos e pés de Peter impulsionaram-no para cima daquele jeito aracnídeo especial. Era sua segunda natureza, mas ainda o desesperava um pouco se pensasse muito sobre isso.
Um egomaníaco como o Rei do Crime não aceitaria nada menos que a cobertura, não importa o quanto isso seja óbvio. E por falar em obviedade...
Cada janela dos andares mais altos estava escura, menos uma, bem no topo. Persianas de aço a cobriam, mas a luz que escapava pelas fendas parecia convidativa. Peter não precisaria de seu sentido aranha para avisá-lo de que havia perigo iminente ali dentro. Mesmo assim, sentiu com clareza o formigamento de alerta.
Essas persianas não me manterão fora de vista por mais do que alguns segundos, mas se o Rei do Crime é o queijo, então sou o rato. Vamos ver ser consigo dar uma espiada antes de entrar na armadilha.
Se inclinou de ponta-cabeça sobre as persianas, espiando pelas frestas que deixavam a luz escapar. Lá dentro, logo abaixo, numa espécie de academia particular enorme, estava o grandão em pessoa. O Rei do Crime se sentava em uma poltrona gigantesca, que parecia uma mistura de trono e poltrona reclinável. Homens armados o cercavam num semicírculo, erguendo os pescoços como se a tal persiana fosse o melhor programa de TV já existente.

Os homens estavam tensos, inseguros, apontando as armas para a janela, logo abaixando-as novamente e erguendo outra vez, um segundo depois. Pareciam cães que pensavam ter visto um esquilo e se davam conta de que era apenas uma folha, mas, mesmo assim, ficavam na dúvida se deveriam persegui-la.

Apenas para brincar com eles, o Homem-Aranha usou a teia para arrancar uma telha e fazê-la cair, batendo na parede ao lado da janela. Os capangas nervosos quase caíram para trás.

– Chefe?

Fisk permanecia imóvel.

– Fiquem de prontidão! Sejam pacientes e prometo que não ficarão decepcionados.

Francamente, já estou decepcionado. Pensar que ele me respeita tão pouco a ponto de achar que vou cair num truque tão barato. Não que isso vá me impedir de usar essa artimanha contra ele...

Logo em seguida, a persiana de aço foi arrancada com um ruído agudo, dolorido. E, depois de uma pausa dramática, uma figura voou para dentro, trazendo a conhecida insígnia da aranha em suas costas.

– Olhem!

– Lá está ele!

– Você estava certo, Rei do Crime!

Os atiradores abriram fogo. Enquanto a figura se contorcia e retorcia a cada impacto de bala, eles gritavam de alegria.

– Finalmente o pegamos!

Tal deleite passava longe do Rei do Crime.

– Cessem fogo! Estão todos surdos? A intenção era controlá-lo enquanto eu o enfrentava pessoalmente!

Com a fumaça ainda saindo dos canos, eles se aproximaram do corpo. Ele balançava mole no ar, sem cair.

Empurrando os capangas para os lados, Fisk finalmente notou a linha de teia que mantinha o corpo suspenso. A isca era feita de uma substância pegajosa, que escorria pelas mangas e pela cintura. Furioso e sem palavras, Fisk se voltou para a janela enquanto seus homens mantinham os olhos no boneco.

– O que é isso? Algum tipo de manequim?

– Ele deve ter feito de teia.

Alguns rápidos golpes de teia arrancaram várias armas de suas mãos. Enquanto elas sumiam, um Homem-Aranha descamisado entrava com tudo.

– Brr! Tá frio! Alguém deixou a janela aberta?

Enquanto pousava no chão, chutou dois dos capangas que estavam mais perto. Eles voaram pela sala e caíram no trono vazio do Rei do Crime. Antes de pisar no chão, o Homem-Aranha direcionou os punhos para o outro lado, atingindo mais dois na cara.

Furioso, o Rei do Crime uivou:

– Acha que pode me fazer de bobo?

– Nessa eu vou ter que responder que sim.

Deixar ele puto é quase fácil demais. Não fazia ideia de que a cara de alguém pudesse ficar tão vermelha.

Um dos soldados do mafioso apontou sua arma, prestes a disparar; outro deles avançou correndo, na intenção de desequilibrar o aracnídeo. Mas o Homem-Aranha os atingiu com os punhos e usou suas cabeças para se impelir novamente no ar.

– Vendo essa armadilha capenga, tenho que perguntar: seus inimigos também confundem seu cérebro com gordura?

Pousou agachado e esperou que o irado Rei do Crime fizesse seu lance. Sem se preocupar em tirar o terno feito sob medida, Fisk avançou na direção do Homem-Aranha. Saiu empurrando seus próprios homens com tanta força que uns colidiram contra os outros.

– Vixe! Se é assim que você cuida dos seus funcionários, é por isso que mamãe e papai não te deram aquele cachorrinho.

Esperando que o fumegante Rei do Crime continuasse vindo em sua direção, Homem-Aranha saltou para encontrá-lo no meio do caminho. Mas Fisk parou com tudo, desafiando a física de seu próprio ímpeto. Num segundo, o Homem-Aranha estava no ar, no outro, seus dois punhos imobilizados e seu sentido aranha gritando: *tarde demais*. O Rei do Crime o havia alcançado mais rápido do que o Homem-Aranha achava ser possível.

Girando a cintura, Fisk o atirou em cima do manequim de teia.

Não! Burro, burro! Entreguei tudo para ele.

Sem tempo para manobras, o Homem-Aranha sentiu seus braços afundando na gosma pegajosa.

Irritado consigo mesmo, tentou puxar e arrancar, mas apenas se enrolou mais. Seu fluido de teia podia assumir três formas: a teia na qual se balança, a teia que prende e a gosma. A qualidade adesiva sumia rápido quando exposta ao ar, mas a gosma que usara para o boneco tinha um centro pegajoso, mole.

Droga! Quantas vezes eu tirei sarro de algum escroque que ficou preso na minha teia? E aqui estou eu, fazendo a mesma coisa! Se eu pudesse ao menos relaxar, me libertaria em segundos.

Mas segundos eram tudo que o Rei do Crime precisava. Seu braço grosso como um tronco preparava o primeiro soco.

Ainda preso, o Homem-Aranha conseguiu fazer o manequim balançar, se tirando do caminho. O punho tamanho família atingiu uma parte exposta da teia, fazendo com que o escalador de parede saísse girando.

– Olhe para isso! Seu manequim luta melhor que você!

O ataque seguinte veio numa velocidade assustadora, mas o sentido aranha de Peter o mandou se movimentar. O punho do Rei do Crime voou pelo ar e atingiu uma escrivaninha de carvalho, quebrando-a ao meio. Desequilibrado pela força do próprio golpe, Fisk se lançou para trás a fim de não cair.

– Por quanto tempo você acha que consegue se desviar de mim? – perguntou o Rei do Crime.

Arqueando as costas contra a superfície exposta do manequim, o Homem-Aranha conseguiu liberar as pernas.

– Pelo menos até você trocar seu enxaguante bucal.

Com a perna esquerda, o Homem-Aranha desferiu um chute desajeitado, permitindo que o Rei do Crime o agarrasse pelo tornozelo. Fisk só viu a perna direita do Aranha vindo quando já era tarde demais. O chute o fez recuar, cambaleando na direção da mesa quebrada.

Com mais da gosma do manequim exposta, Peter conseguiu libertar a si mesmo e a sua camiseta. Agora livre, enfiou a peça de roupa dentro das calças, pulou para a parede e correu, atravessando a sala.

Se erguendo, o Rei do Crime tentou derrubá-lo com as costas da mão. Mas, graças ao sentido aranha, Peter já tinha saltado de volta para o piso.

Essa passou perto! Eu ainda estou subestimando-o. Por sorte, ele ainda não viu tudo do que sou capaz.

Executando um giro no ar capaz de quebrar a espinha de uma pessoa normal, o Homem-Aranha enrolou as pernas em volta do curto pescoço do Rei do Crime e o atirou no chão com força, fazendo o possível para garantir que a cabeçorra sofresse o maior impacto.

Quando o fez, o chão tremeu e os quadros quase caíram das paredes.

– Doeu? Desculpa, devo ter confundido sua gordura com músculo.

Imperturbável, o Rei do Crime sorriu.

– Na verdade, não doeu nada. – Sua mão segurou a cintura do Homem-Aranha. – No entanto, isso aqui vai doer.

De novo o aperto? Se ele acha que pode esmagar meus ossos, ele vai...

Um dedo grosso como a cabeça de um martelo encontrou um ponto e pressionou.

– Combate não é apenas feito de força bruta. É também conhecer os pontos certos de se apertar.

Peter tentou usar sua mão livre para um contragolpe, mas uma dor debilitante partiu de sua cintura, percorrendo suas costas e ombros e fazendo com que seu braço perdesse a força. A agonia colidiu com os gritos de seu sentido aranha. E a escuridão invadiu seus olhos.

• • • •

Algo mais do que o ar noturno pairava do lado de fora da janela quebrada. Despercebido, se mantendo no ar por seus rotores silenciosos, um drone enviava imagens do feliz Rei do Crime e seu inimigo indefeso para um carro blindado abaixo. O veículo lembrava um utilitário, mas era maior e mais próximo do chão.

Ao volante, o Planejador assistia à tela embutida, dedilhando o queixo. Pensou por um momento e então fez uma chamada.

– Cabelo de Prata? Está ciente do roubo no Salão de Exibições?

O coaxado de Manfredi foi tão alto que o Planejador teve que afastar o fone do ouvido.

– Claro que sim... Está em todos os noticiários! O que você...?

Esperando que o líder da Maggia fizesse o mesmo, o Planejador baixou a voz.

– O Rei do Crime está, neste exato momento, sob ataque do Homem-Aranha. Deixou suas defesas seriamente comprometidas. Você deve notificar a polícia e passar o endereço que estou enviando. Tenho certeza de que não terão problema em encontrá-lo... junto com a evidência de que precisam para condená-lo pelo crime.

O velho mafioso grunhiu alguma expressão de gratidão.

O Planejador desligou e voltou a assistir à luta.

5

NO SEGUNDO ANDAR de uma respeitável delegacia a alguns quarteirões da UES, o editor do caderno Cidades, Joseph "Robbie" Robertson, desviou o olhar da janela para encarar seu filho. O grupo lá fora era uma fração da turba que ocupara a praça, mas ele temia que poderia crescer mais. Notícias sobre a prisão dos organizadores ainda deveriam se espalhar.

– Eu sei o quanto você quis ajudar, mas como ficar com a ficha suja vai fazer isso?

Alguns meses atrás, Randy era um colegial ansioso por começar a faculdade. Agora parecia mais raivoso do que ansioso. Robbie admirava a paixão, reconhecia e recordava de sua própria juventude, mas, como pai, tinha mais medo do que raiva.

Randy olhou nos olhos do pai.

– E como trabalhar para um racista como J. Jonah Jameson ajudou você?

Robbie ficou tenso.

– Racista? É isso que você pensa? O cara pode ser um babaca completo, mas racismo é uma das poucas falhas que você não vai encontrar nele. Você entende que, se eu não fosse o editor de Cidades dele e não tivesse contatos, você não estaria sentado aqui comigo? Você estaria preso com os outros.

– Editor dele? Como se ele fosse seu dono?

– Não!

– Então devo ficar grato pelos privilégios que um branco rico concedeu a você? E que se dane todo o resto?

– Não foi isso que eu quis dizer...

Ele se virou para a janela e respirou fundo algumas vezes. Lá embaixo acontecia uma espécie de discussão entre os estudantes. Um vislumbre de cabelo platinado acusou que Gwen, a filha do Capitão Stacy, estava entre os participantes.

Imaginou que tipo de problemas Stacy tinha com sua filha, mas duvidava de que fossem os mesmos que ele tinha com Randy.

De todo modo, parece que hoje à noite todo mundo tem motivos para estar com raiva.

● ● ● ●

Na esperança de ver como seu pai estava, Gwen Stacy se viu tendo que enfrentar vinte colegas enraivecidos. Recuar seria a melhor coisa a se fazer, mas, após anos se preocupando se seu pai voltaria para casa a salvo, havia aprendido que a coisa mais fácil dificilmente era a coisa certa.

Quando o alto e magro porta-voz do grupo entrou em seu caminho com arrogância, ela teve que se impor para responder a ele olho no olho.

– Olha só, eu entendo por que você está aqui, mas protestar na delegacia mantém a atenção no roubo, e não no ensino! Não está ajudando.

Ao ouvir aquilo, ele concordou.

– Certo. Você entendeu. Você está defendendo o que acredita. Isso é bom.

Ela achou que havia acabado, mas outra voz se fez ouvir.

– Onde está o Parker, seu namorado fujão? Ele não tem coragem de defender nada!

Ela se aproximou do jovem arrogante, com seu blusão de marca vagamente estiloso, e ergueu o dedo na altura de seu queixo.

– Foi você quem falou? Você disse que Peter Parker não tem coragem?

Ao contrário dos outros manifestantes, o hálito daquele rescendia a álcool.

– Sim, fui eu.

Era um idiota, não valia o esforço. Mesmo assim, ela lhe deu um tapa no rosto. O estalido alto fez com que todos olhassem fixamente.

– Se ele fosse metade do homem que é, ainda daria conta de dez de você!

Ele esfregou a bochecha num silêncio chocado.

Gwen subiu as escadas em direção à porta ouvindo o coro infantil de "oooooh!" atrás de si. Os policiais Fenway e Huntington, que a conheciam desde criança, a deixaram passar sem perguntas.

Olhando por sobre a recepção, ocupada pelo Sargento Murphy, Gwen avistou os cabelos brancos de seu pai. Seus olhos azuis penetrantes, antes fixos em uma folha impressa, se ergueram aparentando sentir sua presença. Ele a cumprimentou com um sorriso gentil.

– Não achei que viria aqui.

Ela cruzou os braços e soltou o ar, sibilando.

– Por que não? Sou uma aluna da UES, não sou?

O sorriso do Capitão Stacy desapareceu.

– Claro que você está preocupada com os manifestantes... Eu não esperaria menos de você. Mas você está tremendo. O que te deixou tão agitada?

Ela apertou os lábios e olhou para o chão.

– Alguns falastrões lá fora.

O Sargento Murphy apontou o dedão para a porta.

– Fenway disse que você deu uma boa sacudida no garoto. Por um lado, ei, bom pra você. Por outro, cuidado para não ser acusada de agressão.

Quando o cenho de seu pai se franziu, as sobrancelhas grossas quase se tornaram uma só.

– Alguém pegou pesado com você?

Num piscar de olhos, a raiva sumiu, deixando apenas a vergonha.

– Não exatamente. Ele só... disse algo sobre o Peter.

Ele a analisou com seus olhos afiados, que já haviam analisado centenas de cenas de crimes.

– Posso entender você ter ficado irritada, mas agredir alguém? Está preocupada com ele ter dito algum tipo de verdade?

Gwen amava seu pai mais do que tudo, mas ninguém gosta quando leem seus pensamentos... especialmente antes que você mesmo possa lê-los. Suas lembranças aceleraram, percorrendo

todas as vezes que Peter desaparecera ao menor sinal de problema e como ela já o odiara por isso. Mas isso não havia mudado? Suas dúvidas ainda não haviam acabado?
Ou eu ainda acho que Peter é um covarde?

• • • •

Na Cozinha do Inferno, Wesley assistia a seu chefe lutar contra o Homem-Aranha e sua coragem impressionante. Sentado com conforto no escritório da segurança, com câmeras cobrindo cada centímetro da cobertura com exceção dos quartos particulares, tinha uma visão perfeita e completamente protegida.

Teve medo da impetuosa decisão que levara aquele inimigo poderoso até ali. Entre a retaliação da Maggia e a relação estremecida com sua esposa, o Rei do Crime enfrentava desafios capazes de nublar suas decisões naquele momento. Mas parecia que seus instintos estavam certos, como sempre.

No lugar dele, Wesley teria segurado o escalador de paredes por mais tempo, mas, quando o Rei do Crime o soltou, o Homem-Aranha deslizou para o chão, quase incapaz de se deitar em posição fetal. O herói provavelmente era bastante forte, mas era jovem, ansioso e inexperiente. E o Sr. Fisk se aproveitou desses fatores.

Quanto aos soldados inconscientes espalhados pela academia, reforços já estavam a caminho. A maior preocupação de Wesley era a escrivaninha destruída: se o vendedor não mentira, aquela relíquia pertencera a Al Capone. Mas Wesley tinha certeza de que podia encontrar uma substituta à altura.

Talvez a escrivaninha de Cabelo de Prata servisse.

Enquanto o Rei do Crime se regozijava, Wesley se permitia um raro momento de alegria. A tábua que passara anos estudando estava diante dele e, apesar de seus atributos físicos pertencerem ao chefe, a tarefa de decodificar sua estranha escritura recaía sobre ele.

Não que quisesse usar seus segredos para si mesmo. A vontade de possuir tais poderes o arrebatara, mas só de pensar em decifrar o código antigo, quando tantos outros haviam falhado... bem, isso o fazia se arrepiar.

Na tela, Fisk ergueu metade da escrivaninha quebrada e pareceu querer jogá-la sobre o corpo desamparado do Homem-Aranha.

Apesar da aparente vitória, Wesley decidiu dar atenção à sua paranoia. Esse era o seu trabalho. Verificou as imagens das outras câmeras e buscou nas estações de rádio da polícia por algum alerta incomum.

Um veio à tona: "Temos um 10-34 na rua 46 com a Nona Avenida, na Cozinha do Inferno. Todas as viaturas disponíveis respondam. O Rei do Crime e a tábua roubada parecem estar no local".

Wesley se levantou. Era o endereço deles. Um 10-34 significava ataque em progresso, tiros disparados. Como a polícia podia saber? Além de ser à prova de som, a cobertura ficava muito longe do nível das ruas barulhentas. Certa vez, o Rei do Crime até mesmo lançara um míssil sem que ninguém se desse conta. Mesmo que os porteiros cuidadosamente escolhidos tivessem ouvido algo, teriam medo demais para chamar a polícia.

Algum tipo de vazamento? Um informante?

Não havia mais tempo para descobrir. A lei estava a caminho. Wesley pegou o intercomunicador e apertou o botão:

– Senhor?

A linha permaneceu muda, talvez danificada por uma das balas disparadas quando o Aranha entrara. E, no momento em que Wesley se preparava para correr, as coisas pioraram. Na tela, o "derrotado" Homem-Aranha saltava de volta à ação. A velocidade do lançador de teias o fez se lembrar do salto de um aracnídeo da família *Salticidae*. Ele mal parecia ter se movido no chão quando desapareceu instantaneamente e reapareceu no meio do ar, com os punhos mergulhando no abdome do Sr. Fisk.

– Se eu preciso me fingir de morto para surpreender você, fico imaginando por que achou que a coisa da janela funcionaria.

Wesley continuou assistindo, presumindo que o Rei do Crime o atingiria de imediato. Mas Fisk caiu para trás.

– Sr. Fisk! – O grito de Wesley era inútil em muitas maneiras. Ele podia ouvir os lutadores, mas eles não podiam ouvi-lo. Pior, os microfones agora captavam um ruído estridente.

Sirenes? Mas já?

Graças aos contratempos recentes, Wesley mencionara a possibilidade de uma batida policial ao seu chefe. Pensando que seria loucura confrontar os policiais cara a cara, aconselhara Fisk a se deixar prender, temporariamente, e permitir que o time de advogados cuidasse de quaisquer acusações. Pela letra da lei, o Sr. Fisk era inocente até que pudessem provar o contrário.

E, a não ser que encontrassem provas, o Homem-Aranha era o criminoso naquela situação, invadindo uma propriedade particular.

Isso poderia funcionar, se não fosse por uma evidência incriminadora: a tábula.

• • • •

Forçando a vantagem, Homem-Aranha saltou sobre o caído Rei do Crime.

– Não há alunos feridos dessa vez, careca, então tem minha total atenção.

Mas o ataque do mafioso ao seu ponto de pressão havia causado mais danos do que ele imaginara. Seus punhos e o braço direito estavam completamente adormecidos. Ele os esfregava para fazer o sangue circular.

Um chute do pé pesado do Rei do Crime o pegou desprevenido. Foi mais fraco que os golpes anteriores, mas ainda o fez recuar alguns metros.

Ou ele está abalado ou finalmente está ficando cansado.

O Homem-Aranha pousou perto de uma cortina grossa. O Rei do Crime se levantou, abaixou a cabeça e avançou. Conforme ele se aproximava, Peter arrancou as cortinas da parede e, com um floreio de toureiro, as sacudiu na frente do inimigo.

– Olé!

O tecido se enrolou na perna de Fisk, fazendo-o tropeçar e assumir uma posição de aparência vulnerável. Mas o sentido aranha de Peter subitamente fez com que saltasse até o ponto mais alto da parede. Não entendeu o motivo, até que viu a AK47 que o Rei do Crime pegara do chão ao cair.

– Você já esteve em uma tourada de verdade, inseto? Vou te contar que é muito mais prazeroso quando o touro ganha!

Fisk girou, mas, antes que pudesse acionar o gatilho, o Homem-Aranha lançou uma bola de teia no cano.

A arma não explodiu como faria num desenho animado, mas se partiu em duas, e o coice fez com que Fisk fosse atingido no estômago. Se encolhendo, jogou a arma para o lado e ergueu os braços para atacar.

O Homem-Aranha se tensionou, pronto para saltar assim que houvesse uma abertura. Mas então ele notou outra coisa.

– Hã... RdC, isso é fumaça verde saindo do seu bolso ou você só está feliz de me ver?

Confuso, o Rei do Crime olhou para o terno manchado de suor. O rifle havia quebrado um dos invólucros de gás... Aparentemente não os tirara do bolso.

Xingando, tentou freneticamente se livrar do paletó.

Enquanto Homem-Aranha escalava para ficar o mais longe possível do caminho, a fumaça alcançou a cabeça do Rei do Crime.

– Eu vou...! – Seus olhos se reviraram.

– Espera um pouco.

E caiu.

Assim que o gás dispersou, Homem-Aranha saltou para baixo. E estava prestes a embrulhar o mafioso em suas teias quando o som de passos apressados chamou sua atenção. Ele se virou e viu um corredor no lugar onde as cortinas costumavam ficar.

Provavelmente um dos patetas do Fisk se mandando enquanto é tempo.

Mas, quando esticou a cabeça para ver o corredor, se deu conta de que a saída ficava na direção oposta.

Ou será que está atrás da tábula roubada?

Fisk parecia fora do jogo, mas Peter já se enganara a respeito dele mais de uma vez.

Preciso daquela coisa para provar que foi Fisk, e não os estudantes, que causaram as explosões. E agora? Fico aqui ou vou atrás da tábula?

• • • •

Segundos depois, um Wesley em pânico chegou ao cofre onde a tábula havia sido guardada. Comprado de um banco antes de ser demolido, tinha uma porta clássica de concreto reforçado com aço, segura o bastante. Mas, assim que a polícia tomasse conhecimento de sua existência, conseguiria um mandato para revistá-lo.

Ofegante, entrou com o código que somente ele e Wilson Fisk sabiam. Os ferrolhos se abriram todos de uma vez. Wesley puxou a grossa maçaneta. Forçou e puxou, mas ela não abriu.

O Sr. Fisk havia comentado sobre reforçar a porta com metais adicionais. O peso extra não seria um problema para alguém com a força do Rei do Crime. Mas, para Wesley, era como se nem tivesse destrancado.

Por que Fisk havia feito tal trabalho sem consultá-lo? O pensamento o perturbava. Dados os eventos atuais, a precaução extra fazia sentido, mas Wesley nunca dera ao seu patrão qualquer razão para duvidar de sua lealdade. Agora precisava de três homens para arrastar a coisa e, graças ao Homem-Aranha, estavam todos inconscientes.

As sirenes ficavam mais altas, tão altas que podia senti-las na mandíbula. Um quase esquecido sentido de autopreservação bateu com força. Wesley se virou para fugir.

– Ei, amigo. Aonde tá indo?

Ouviu-se um curto ruído – parecido com um fino e poderoso spray – e Wesley sentiu uma pressão esquisita logo abaixo do pescoço. Algo o puxou para cima, e seus joelhos se dobraram para pressionar seu peito. Um fio grudento cruzava seu campo de visão quando se deu conta de que estava preso e pendurado em um tipo de saco de teia.

– Não vou contar nada!

– Por mim, tudo bem. Fique paradinho que eu tento adivinhar quais eram suas intenções, certo?

Se retorcendo, avistou o ligeiro escalador de paredes grudado no teto. Com o dedo no queixo, Homem-Aranha olhava ao redor e então apontou para o cofre.

– A tábua está ali, certo?

Por um breve momento, Wesley teve esperança de que a porta não abrisse. Mas o Homem-Aranha pulou para baixo, apoiou um pé na parede e puxou a maçaneta com facilidade. Segundos depois, o troféu estava em suas mãos.

Wesley choramingou:

– Não! Você não tem ideia do que está segurando!

– Então deixa eu adivinhar. É... é uma tábua misteriosa na qual acredita-se que os hieroglifos indecifráveis podem conter o maior segredo da história?

Como se as coisas já não estivessem ruins o suficiente, aquele filisteu revoltante ainda soava como se estivesse recitando algo lido nas plaquinhas do Salão de Exibições.

O Homem-Aranha ergueu a tábua.

– Hora de levar isso de volta para a exposição. – E inclinou a cabeça. As sirenes mais altas. – Ou, melhor ainda, entregar para a polícia.

Wesley apertou os punhos.

– Espere! Você não pode me deixar aqui!

E achou ter notado um sorriso atrás da máscara.

– Não é sempre que encontro um cara tão correto... mas, para responder sua queixa, claro que posso. Não se preocupe, vou me certificar de que os caras de azul saibam que você está aqui de boa na rede. Tenho certeza de que te encontrarão antes de você se sentir muito solitário.

• • • •

O Rei do Crime acordou cercado pela polícia. Tinha gosto de bile na boca seca; aquele sentimento de desamparo o enfurecia.

Eles nunca seriam capazes de me conter, mas agora não é hora de lutar, tenho uma ideia melhor.

– Cavalheiros, se aproximem... Não tenho nada a esconder.

O policial no comando assobiou, direcionando o olhar para os homens inconscientes.

– Se você diz.

Fisk ergueu os punhos. Eles o algemaram – com algemas tamanho grande, ele notou. Os policiais não haviam respondido a um chamado qualquer, eles sabiam que o encontrariam ali.

Alguém havia dado informação interna. Um traidor.

Foram precisos três policiais, que se esforçaram ao máximo, para colocar o "colar" em seus pés. Enquanto liam seus direitos, ele se parabenizava por ter conseguido proteger o que considerava mais sagrado.

Graças aos céus, mandei Vanessa para Long Island. Estou acostumado a lidar com pragas, mas ela nunca deveria ter que lidar com uma indignidade dessas.

O detetive-chefe finalmente perguntou o óbvio:

– Cadê a tábula, Rei do Crime?

Fisk riu para a previsibilidade do homem.

– Se estivesse comigo, você acha que eu seria tolo o bastante para mantê-la aqui, onde poderia me incriminar? Talvez tenha sido essa questão a causadora do pequeno desentendimento que tive com meu aliado lançador de teias.

– O Homem-Aranha é seu parceiro?

O sorriso em resposta não poderia ser usado como confissão, mas dizia tudo.

O policial que estava atrás, ainda segurando a corrente da algema, suspirou.

– Jameson estava certo: aquele cara é uma ameaça!

A decepção era encantadora.

O detetive pegou um comunicador.

– Alguém avistou o Homem-Aranha na área? Quero que o levem para interrogatório.

Por mais nojo que tenha de admitir, isso foi muito fácil. Devo àquele editor obcecado por vigilantes mascarados, J. Jonah Jameson, meus agradecimentos.

• • • •

Deixando o bandido pendurado para trás, Homem-Aranha encontrou a janela mais próxima e saltou para a noite. O ar gelado batendo em suas feridas lhe trazia uma sensação boa. Enquanto prendia sua teia na lateral do prédio de luxo e seu balanço descrevia um arco pelo ar, teve uma bela visão dos carros de polícia e suas luzes cercando a entrada da frente e a garagem.

Animado, ele pousou na lateral do edifício.

Conheceria aquela careca lustrosa em qualquer lugar. Estão levando o Rei do Crime!

Assim que chegou perto o bastante para que os policiais o escutassem, sacou a tábula e a ergueu como um troféu.

– Ei, manos de azul! Tenho algo para vocês!

Em retrospecto, dado seu histórico com a lei, a reação deles não deveria ter surpreendido. Mas surpreendeu.

– É o Homem-Aranha!

– Ele tem algo na mão!

– Pode ser uma bomba!

– Espera... Uma o quê? Caras, vocês estão...

Balas atingiram a fachada do prédio.

– Gente, só estou tentando...

– Cuidado! Ele deve estar querendo libertar o Rei do Crime!

As balas chegavam cada vez mais perto. Ele saltava de um ponto para outro tentando evitá-las.

– Por que, diabos, eu iria libertá-lo? Eu acabei de *prendê-lo*!

Mas o som dos tiros abafava suas palavras – e as chances de um tiro de sorte o atingir cresciam a cada segundo. Quanto mais em perigo se sentia, mais seu corpo fora do comum se enchia de adrenalina.

Ao se lançar para o alto com uma nova teia, ele balançou de um lado para outro até chegar ao topo. Uma segunda teia, ancorada em uma caixa d'água do outro lado da rua, o ajudou a se afastar da linha de fogo.

Despistar a polícia por entre os telhados era fácil; esquecer aquele ultraje não. O longo dia começava a pesar em seus ombros. Quando finalmente desceu ao chão, suava muito e seus dentes batiam.

É demais pedir por um agradecimento de vez em quando? Uma coisinha de nada, como tentar não me matar enquanto estou tentando devolver um artefato precioso? Mas não, não importa o que eu faça, nada muda. Nada!

Seria bom ficar longe dos tiras. Mas, quando ele lançou outra teia, puxou com tanta força que o mastro na outra ponta quase quebrou ao meio.

Em vez de me colocar em perigo como um idiota, podia ganhar a vida de modo decente! Decente? Diabos, com meus poderes eu podia ser rico e respeitado, não um fotógrafo que passa fome e tem reputação de covarde.

No ponto alto do balanço, ele deu um puxão na teia. Dessa vez, o mastro não quebrou. Parte de Peter esperava que o barato da queda livre o tirasse da raiva. Mas não o tirou.

Uma segunda teia estabilizou seu movimento, mas não a sua mente.

Beleza. Dane-se. Se o mundo vai ficar contra mim, chega de ser estúpido demais para revidar. Querem me chamar de ameaça? Me tratar como ameaça? Posso muito bem ser uma ameaça.

6

PETER ESTAVA DEITADO NA CAMA, olhando para o teto, seu coração disparado. De vez em quando espiava a tábula, pensando no quanto era ridículo ter o maior segredo da história meio escondido debaixo de sua roupa suja.

Algo tinha de mudar. Ele não sabia o quê, não estava certo de como, mas algo tinha de mudar.

Já havia tentado desistir de ser o Homem-Aranha antes, mas isso não durara. Tio Ben havia morrido nas mãos de um assaltante que Peter poderia ter detido, portanto prometera usar seus poderes para ajudar os outros. Mas vinha fazendo isso por anos e parecia que nada que fazia de bom passava sem punição. Estava cansado.

Talvez eu possa só deter uns assaltantes que por acaso passarem por mim?

Sua cabeça se enchia das faces dos inimigos que o provocavam. Seu chefe, Jonah Jameson, rindo ao lado de outros supervilões como o Lagarto, o Duende Verde e o Dr. Octopus. Seus entes queridos, Tia May, Gwen, Harry e Mary Jane, olhavam para ele com decepção e sofrimento. Eram tão reais que não se deu conta de que estava sonhando até Tio Ben dizer:

– Se acalme.

Em sua mente, Peter estava sentado à velha mesa da cozinha no Queens, trabalhando num projeto de ciência do ensino médio. Era um modelo bem simples do polímero que eventualmente viria a ser sua teia. Havia cortado o dedo duas vezes esculpindo as pequenas peças, mas ainda não conseguira acertar. Finalmente, num ataque, destruiu a coisa toda.

– Se acalme, Peter!

– Por que me dar ao trabalho? Meu professor idiota nem deve saber o que é um polímero!

Seus colegas de classe com certeza não sabiam. Ele era um nerd, perturbado diariamente por Flash Thompson, ridicularizado pelos outros. Tudo parecia sem sentido.

– Vá devagar e você chega lá.

Peter respondeu grosseiro:

– Não consigo! Não sei como ir devagar.

Quando acordou, se deu conta de que ainda não sabia. Já havia amanhecido. Sentia-se com ressaca, em parte pelas feridas, mas principalmente pela mistura de raiva e culpa que ainda revirava em seu estômago. Os fantasmas da noite grudavam nele como sua própria teia. Mecanicamente fez o café da manhã, conseguiu dar duas mordidas e então se arrastou para a UES.

O sol derreteu parcialmente sua tristeza, mas foi só quando viu Gwen que seu espírito começou a se elevar. Ela atravessava a rua, caminhando em sua direção; a brisa brincando com seu cabelo, seus olhos afiados e maravilhosos fixos nele.

E então ela abriu a boca.

– Peter! Estive procurando você em todos os lugares! Onde estava?

Estava acostumado com aquele tom acusatório, mas não vindo dela.

– Desculpa, Gwenzinha. Tenho andado um pouco cansado, acho.

– Cansado demais para atender o celular?

– É... Mais ou menos...

Ela colocou as mãos na cintura.

– Sério? Talvez você devesse ficar cansado de sair correndo sempre que é preciso se impor!

– Espera! O quê?

E ali estava novamente. A mesma velha questão, os mesmos velhos insultos – vindos da única pessoa que ele achava se importar o suficiente para confiar nele de maneira incondicional.

– Onde você estava enquanto os manifestantes eram presos?

Tendo a bunda chutada enquanto tentava provar a inocência deles! E não posso dizer isso em voz alta.

– O mínimo que pode fazer é inventar uma desculpa!

Depois de alguns segundos, ela sibilou:

– Certo, fique aí ruminando. Deve haver uma razão pro seu show de desaparecimento. E talvez eu deva procurar um médico por não te afastar, mas vou esperar até você resolver me dar uma satisfação.

– Gwen... você tá chorando?

Estava. E tentar engolir fez com que as lágrimas saíssem com mais intensidade e lhe rolassem bochecha abaixo.

Ela virou o rosto.

– Esqueça. O problema é que é difícil gostar de alguém que sempre age como um covarde!

Novamente a palavra: *covarde*. E a sensação de enjoo que mal havia começado a desaparecer ressurgia novamente. Em silêncio e com o rosto vermelho, ele ficou parado, vendo-a ir embora.

– Vou até a delegacia ver como estão os estudantes. *Eles*, pelo menos, defendem o que acreditam.

Depois de alguns passos, ela começou a correr.

• • • •

Com suas paredes revestidas de nogueira, a sala de reunião da delegacia abrigava um estoico Dean Corliss, que recebia os olhares raivosos dos cansados organizadores da manifestação. Embora não houvesse policiais armados presentes, o Capitão Stacy observava da lateral, acompanhado por Robbie Robertson.

De olhos vermelhos por conta da noite insone nas celas do porão da delegacia, Josh Kittling se recusava a se sentar à mesma mesa de Corliss.

– Já não basta termos que enfrentar a cadeia. Você ainda quer nos expulsar?

O suspiro do reitor, com seus cabelos grisalhos, demonstrava não só o conforto que sentia em sua própria autoridade, mas também certa falta de paciência.

– Não, Sr. Kittling. A polícia concluiu que seu grupo de estudantes não tem nada a ver com as explosões. E, apesar do vídeo no YouTube em que você pessoalmente ameaça roubar o artefato, a UES vai retirar as acusações. Também estou aqui para informá-lo de que o dinheiro inicialmente destinado ao salão foi realocado para as necessidades do departamento de ajuda financeira.

Ele esperou as notícias terminarem para se largar na cadeira.

Randy piscou, confuso.

– Então... nós vencemos?

– Se gosta de pensar que isso foi algum tipo de competição, sim.

Kittling franziu a testa.

– Por que não fez isso logo? Por que a recusa em nos encontrar?

O segundo suspiro foi ainda mais irritado.

– Eu nunca *recusei*, desmarquei a reunião porque estava tentando conseguir doações adicionais capazes de tornar os dois gastos possíveis. Admito que deveria ter compartilhado isso com seu grupo antes que as coisas saíssem do controle, mas nossos maiores doadores não queriam dar a entender que estavam recompensando seu protesto.

Kittling sorriu de canto de boca.

– Então você ficou dividido?

– Novamente, se é assim que você vê, sim. Mas *eles* são os donos do dinheiro. De qualquer modo, isso já passou. Os danos estruturais causados pelos ladrões estão sendo cobertos pelo seguro, nos dando fundos amplos para a renovação. Isso é tudo que vim dizer.

Conforme o reitor se levantava, o Capitão Stacy lhe entregou uma bengala, que estava encostada na mesa.

– Espero que no futuro possamos continuar nosso diálogo de maneira mais produtiva.

Enquanto passava mancando pela porta, Robbie a segurou aberta. E Randy lançou um olhar raivoso para o "obrigado" aliviado de seu pai.

••••

Assim que a soltura foi processada, Robbie acompanhou o filho na saída, tentando decidir o melhor modo de conversar com ele. Ou até se aquele era o momento certo de conversar.

Pararam na escadaria da frente para sentir o calor do Sol. Randy parecia exausto. O que ele mais precisava era de descanso e uma boa refeição caseira. Mas Robbie ainda não conseguia acreditar no quão difícil havia se tornado tentar falar com o garoto que havia criado por dezoito anos.

Optou pelo bom humor:

– E então, Rand, o que te incomoda mais: que o reitor do qual vocês tanto reclamavam tenha se mostrado um aliado, ou que às vezes o sistema funcione?

Randy escarneceu:

– Do modo que vejo, Josh estava certo. O sistema só funciona quando não tem chance. Se Corliss estivesse realmente do nosso lado, ele teria se comunicado com a gente em primeiro lugar. Ele foi parte do problema.

– Ele passou metade da vida mancando porque quebrou o quadril durante um protesto que se tornou violento. Eu sei que para você os anos sessenta são história antiga, mas você não faz ideia de como as coisas eram piores naquela época. Tente colocar as coisas em perspectiva.

– Perspectiva? Então, só porque a Jim Crow está morta, devo me calar e confiar em qualquer um que esteja no comando?

Seu pai quis falar: "Não, claro que não. Mas você ainda tem muito a aprender. Precisa controlar esse temperamento antes de escolher suas brigas".

Mas não falou, e os dois continuaram caminhando em silêncio.

••••

Além das janelas do porão, abaixo do pavimento jaziam as úmidas celas que agora prendiam Wilson Fisk, seus capangas capturados e um taciturno Wesley.

– Tire-me daqui! – berrava o Rei do Crime.

Não estava com raiva de verdade, mas precisava que a polícia achasse que era um idiota. Para Fisk, os homens que o vigiavam eram apenas homenzinhos – não em estatura, mas em inteligência. Sempre que gritava, dois deles mantinham um silêncio profissional, como se esperassem que o bom comportamento um dia lhes fizesse merecer um cargo e salários melhores.

O terceiro era um estúpido total.

– Cala a boca aí, rolha de poço.

Estava sentado com os pés em cima da mesa, lendo o Clarim. Notando o olhar fixo do Rei do Crime, ele ergueu mais o jornal. A manchete declarava:

HOMEM-ARANHA PROCURADO!

– De acordo com o editorial do Jameson, seu amiguinho fugiu com a tábua e deixou que você apodrecesse na prisão. Mas não se preocupe, o escalador de teia logo estará aqui com você.

Fisk teve que suprimir o sorriso ao pensar na rapidez com que todos aceitaram aquela mentira. Mas, para manter as aparências, se lembrou do quanto tinha que parecer bravo a respeito desse assunto. O Homem-Aranha estava com a tábua; toda a operação de Fisk recebera um duro golpe. E, o pior, sua derrota, por mais fugaz que tivesse sido, daria a Vanessa mais motivos para duvidar dele.

Agarrou as grades.

– Você vai ver... Logo estarei longe daqui!

O burro de uniforme riu.

– Essa você acertou. Assim que acharmos uma prisão maior, você cai fora.

Provavelmente era a primeira vez na vida que aquele falastrão se encontrava numa posição de superioridade. Mas ele estava certo. O relógio não parava. Em questão de horas, Fisk seria transferido para a Ryker, onde a segurança máxima era melhor e mais equipada para contê-lo do que aquele prédio do século passado, com seus acabamentos feitos em 1920 e barras de ferro nas celas.

Wesley o aconselhara a confiar que os advogados logo o libertariam. Eram os melhores que o dinheiro podia contratar, mas Fisk não era o único criminoso rico que eles representavam. Se a Maggia havia conseguido colocar um espião em sua própria organização, por que não colocariam um entre os advogados também?

Então, em vez de confiar em alguém de fora, o Rei do Crime se manteve agarrado àquelas duas barras durante toda a noite, gritando injúrias para os guardas e aos quatro ventos – tudo isso enquanto girava o ferro antigo. Já havia torcido quase três quartos da barra. Não estava pronta para se partir ainda, mas logo estaria.

– Chega mais perto e te faço engolir esse jornal – rosnou.

O idiota se levantou.

– Ah é, figurão? Esse jornal aqui?

Os outros policiais ficaram tensos.

– Frank.

Tentaram contê-lo, mas ele os afastou.

– Tá tudo bem. Eu dou conta.

E, quando "Frank" se aproximou o bastante para sentir seu cheiro, Fisk fingiu que o agarraria, sabendo muito bem que seus braços não passavam entre as barras.

Enquanto se encaravam, o idiota sorriu de canto de boca:

– É só mais um gorila numa jaula agora, né? Você não está com nada.

Pareceu que ia recuar, mas, em vez disso, se aproximou mais, sussurrando para que os outros não ouvissem:

– Silvio Manfredi manda lembranças.

A adrenalina invadiu o corpo do Rei do Crime. Ele nem precisou torcer mais as barras, simplesmente as quebrou ao meio, prendendo o pescoço do guarda assustado contra elas e saindo da cela.

Os outros pegaram as armas.

– Não se mexa ou atiramos!
Mas Fisk chutou a mesa, virando-a e fazendo-a de escudo. Um segundo chute a mandou voando na direção dos guardas.
Ergueu Frank, que se agitava tentando fugir, seu crânio ainda preso contra as barras. O tom avermelhado do rosto do homem o deleitava.
– Por favor, não quero morrer!
O Rei do Crime estalou os dentes.
– Então sinto dizer que temos objetivos opostos. Mas talvez você consiga me convencer. Me diga como o Cabelo de Prata descobriu meus planos.
Sangue pingava do pescoço ferido do guarda; o ferro machucava sua pele.
– Não sei, mas dizem que ele se encontrou com um cara de capuz que disse se chamar Planejador. É ele quem você quer. Ele...
Seus olhos reviraram e então se fecharam. Frank desmaiou, mais pelo medo do que pela pressão das barras. O Rei do Crime o soltou. Não havia muito prazer em matar um homem inconsciente.
Seus homens o chamavam.
– Nos deixe sair!
Até Wesley dizia:
– Sr. Fisk, eu posso ajudá-lo.
Os outros não valiam nada, mas para Wesley devia uma resposta:
– Minhas desculpas. Esse porão vai se encher de polícia a qualquer segundo. Não há tempo. Assim que eu encontrar o traidor, farei com que os advogados tirem você daqui.
E disparou pelo corredor estreito, se chocando contra uma porta de incêndio. Quando chegou à calçada, uma bala passou raspando em suas pernas e atingiu o concreto. Aparentemente um dos guardas já havia se recuperado do choque contra a mesa voadora.
Evitando as ruas, onde poderia ser alvo fácil, Fisk correu por um terreno vazio ao lado da delegacia. Um restaurante do lado oposto jogava seu lixo ali, deixando o lugar empesteado pelo fedor. A pressa,

acompanhada pelo desejo de evitar o lixo, fez com que passasse colado ao muro da delegacia, rasgando e manchando seu paletó branco. O policial o perseguia, ofegante. Outro tiro veio de uma janela ao alto. Adiante, uma viatura saiu da garagem da delegacia tentando bloquear sua fuga. Rasgado e imundo, Fisk saltou por cima do capô do carro e pulou uma cerca de arame farpado.

Pousou com força na calçada, arranhando seus sapatos e rasgando suas calças. Apesar da ojeriza de ter de fugir da briga, ao menos agora teria espaço se precisasse encará-la. Suas poderosas pernas o carregaram pelas ruas laterais e parques. Mas as viaturas da polícia nas avenidas largas mostravam que seria tolice continuar fugindo a pé.

Encontrando um ponto seguro atrás de um carvalho, sacou o pequeno telefone que mantinha escondido no calcanhar de seu sapato. Abriu o aparelho e hesitou. Sua organização havia sido comprometida pelo Planejador. A quem lhe restaria recorrer?

Só havia uma opção: Vanessa, sua razão de viver. Mas isso o faria parecer fraco. Ainda assim, fazia sentido que sua salvação emocional também se tornasse sua salvação física. Ela entenderia. Claro que sim.

– Meu amor, estou... enrascado. O GPS codificado do telefone te dará minha localização. Tem que ser você, sozinha. Eu explico quando chegar aqui.

Em menos de dez minutos, avistou o SUV de janelas mais escuras que os outros. Ele saltou para dentro, aliviado por ver a esposa, mas temeroso da reação que encontraria. Quando ela nem sequer se virou para cumprimentá-lo, seu medo cresceu ainda mais.

– Atravesse a cidade, meu amor, e depois siga para o norte.

Nenhuma viatura à vista. Ele conseguiu respirar um pouco mais aliviado.

Os olhos da mulher estavam fixos na estrada. Ele se virou em sua direção, prestes a acariciar seu braço. Viu uma mancha de sujeira na manga do paletó e se refreou.

– Nós fomos traídos. Um... um... verme chamado Planejador anda passando informações sobre meus negócios para a Maggia. Não sei o quanto ele contou, mas é melhor nos escondermos, por precaução.

Como a expressão dela permanecia distante, seu medo se tornou pânico. Ele a tocou no ombro, sujando a manga do vestido dela com a lama que havia em sua mão.

– É temporário, te prometo. Posso resolver isso. Logo, tudo será como antes.

Tentou limpar a sujeira, mas só piorou. Quando ela afastou sua mão, ele se sentiu como se recebesse uma facada no peito.

– Vanessa, sinto muito. Fui fraco. Sinto muito por não ter percebido.

Quando ela se virou para ele, pela primeira vez, Fisk viu que havia desdém em seu olhar.

– Acha que estou brava pelo desmoronamento dos seus negócios? Ou porque está coberto da imundice da qual você jurou que ficaria longe? Não, meu amor, meu *único* amor, nada disso poderia partir meu coração. Isso aqui poderia.

Ela lhe entregou uma folha. De relance, ele já podia ver que era um documento de seu servidor particular, um que continha detalhes de seus esforços para impedir que a imprensa descobrisse sobre seu filho.

Sentiu que a faca em seu coração era torcida. Buscou palavras, qualquer uma que pudesse removê-la dali.

– Não sabem ao certo se ele foi ferido! São apenas suposições...

– Suposições? Nosso filho desapareceu depois de uma avalanche! Acreditam que ele está morto!

– Eu... eu queria te resguardar da dor.

Ela acelerou. Os pneus cantaram quando fez a curva seguinte. Ele queria relembrá-la de que era importante não chamar atenção, mas se manteve em silêncio.

Os olhos dela estavam úmidos, mas a raiva parecia impedir que as lágrimas caíssem.

– Você jurou que isso tudo era por ele. Era como você justificava: para ele, para que tivesse um futuro melhor. Significa que foi tudo por nada. Nada!

Ela freou tão repentinamente que o Rei do Crime foi jogado de lado contra o painel. A porta se abriu.

– Saia.

Ele juntou as mãos.

– Vanessa, você deve me perdoar. Você precisa me perdoar!

– Saia!

O comando pareceu ter uma força física. Ele se arrastou para a rua, caindo numa poça. Ela nem sequer esperou a porta se fechar antes de acelerar, nem mesmo desacelerou quando ele berrou seu nome.

– VANESSA!

Conforme se levantava – as roupas molhadas, cheirando a lixo –, se deu conta da profundidade de seu fracasso.

Não pudera salvá-la da dor.

Não pudera sequer salvá-la do cheiro.

Uma pequena multidão se reuniu, como moscas atraídas para as frutas podres. Graças ao Clarim, o rosto de Fisk era tão conhecido na cidade quanto a máscara do escalador de paredes. O grupo mantinha distância, tratando-o como se fosse algum animal feroz. Ele conseguiu se afastar, cambaleando, antes que alguém filmasse com seus malditos celulares onipresentes.

Se esconderia, mas não por muito tempo. E, quando emergisse, teria sua vingança – contra o Planejador, contra a Maggia, o Homem-Aranha. Contra todos.

7

PETER AINDA TEMIA querer socar alguém se olhassem para ele do jeito errado, então desistiu de ir para a aula e saiu do campus. Chegou à outra extremidade da praça e continuou andando, sem nem ver que Harry acenava ou ouvir a voz amigável de Randy:
— Ei, Pete, para onde vai?
Determinado a se manter ocupado até o humor terrível passar, voltou para seu apartamento vazio e sacou a tábula do meio da roupa suja.

Eu poderia simplesmente largá-la em outro lugar, deixar que vire problema de outra pessoa. Mas o Rei do Crime não iria querer tanto essa coisa sem uma boa razão. Se esse "grande segredo" se tornasse real e caísse nas mãos erradas, eu teria feito mais mal do que bem. E já estou com mais culpa do que posso suportar.

Girando seu exterior bruto nas mãos, olhou fixamente para os símbolos incompreensíveis.

É, isso é uma escrita. Pelo menos, acho que é. Podem ser desenhos, pelo que me consta; mas, ei, estamos em Nova York. Encontrar um encanador no final de semana? Esqueça. Mas um iminente perito em hieróglifos, por que não?

E estava certo. Uma rápida busca e encontrou diversos nomes locais.

Dra. Jennifer Collier do Museu Metropolitano de Artes parece ser uma boa aposta. Espero que tenha um tempo sobrando.

Enfiou a tábula no uniforme azul e vermelho e saiu pela janela. Enquanto subia até o topo do edifício comercial do outro lado da rua, esperava que o exercício colocasse sua cabeça no lugar. Com o golpe que Gwen lhe dera ainda doendo, precisava se manter distraído. Enquanto pousava, já se preparava novamente para um impulso rumo ao céu. Mas seu pé quase errou a beirada e teve que se esforçar para se manter equilibrado sobre o telhado.

Carambola! Um centímetro a mais e estaria comendo ar. Se vou ficar aqui em cima saltando de roupa de baixo, é melhor me controlar.

Mas esse é o cerne do negócio, não é? Por que estou aqui, para começo de conversa? Coloco minha vida em risco todas as vezes que visto essa roupa cafona.

Exasperado, golpeou uma saída de ar. O gesto saiu sem pensar, como alguém que dá um tapa num jornal em cima da mesa. Mas, naquele caso, o cano acabou dobrando ao meio.

Se concentra na tábula, Parker, antes que cause algum dano real.

Castigado, mas ainda de cabeça erguida, ele se forçou a tomar mais cuidado e chegou à Quinta Avenida sem maiores incidentes. Encarapitado no topo do telhado de terracota da cúpula que coroava um edifício de luxo, olhou para o Museu Metropolitano de Arte do outro lado da rua.

Ciência e história natural eram o seu lance, mas, sendo um garoto da cidade, já havia visitado o Met mais de uma vez durante seu tempo de colégio. Grande parte dos lugares que conhecera na infância agora lhe parecia muito menor do que se lembrava, mas o Met parecia muito maior. Por alguma razão, a escala de 180 mil metros quadrados estava grudada em sua cabeça.

Deveria ter pensado melhor nisso. A Dra. Collier está em algum lugar lá dentro, mas em qual janela devo bater? Se me lembro corretamente, aquela tumba egípcia em tamanho real está na ala nordeste. Talvez os escritórios sejam próximos.

Escalou sobre as longas janelas da frente, mas ou estavam com as persianas fechadas ou abertas para as exibições. Então seguiu para as mais baixas e humildes, na esperança de ver algo que indicasse "escritório", como cubículos, mesas, qualquer coisa. Sem sorte.

Virou a esquina para mais do mesmo até que viu o templo antigo no meio de uma enorme área da galeria. Aquilo indicava o fim da seção egípcia. Esperando que uma ideia melhor aparecesse, se agachou sobre uma coluna de pedra.

Não posso simplesmente entrar. Sou procurado pela polícia. Devo comprar um telefone barato e ligar? Mas como convencê-la de que está falando com o Homem-Aranha real? Cara, que ideia besta.

Antes que pudesse entender o que estava acontecendo, seu sentido aranha fez com que saltasse quase dez metros até a próxima coluna, quase deixando que a bala o atingisse. Apoiado em uma mão, olhou para baixo. Estivera tão preocupado com sua busca que não notara a viatura que parava na 84 Leste. O jovem policial de lábios cerrados que atirara nele estava em pé no lado do passageiro, as duas mãos na arma e as pernas separadas.

Seu sentido aranha não formigava mais; isso significava que o cara se dera conta do erro que cometera. Mas saber disso não melhorava em nada o humor de Peter.

– Que diabos, cara? Não recebo nem um "pare aí mesmo ou eu atiro"?

– Tá bom. Pare aí mesmo ou eu atiro. De novo.

Naquele momento, seu parceiro mais velho já tinha corrido, saindo do lado do motorista. Envolveu a arma com a mão e forçou o novato a abaixá-la.

– Joe, você está maluco? O lugar está cheio de gente!

– Ele está lá em cima. Se eu acertar algo, vai ser um passarinho.

– Abaixe a arma, agora!

Joe fechou a cara, mas obedeceu.

Ainda irritado, Peter não resistiu à tentação de liberar um pouco da raiva.

– Deixa eu entender: tira bom e tira mau?

O parceiro mais velho olhou sério para o Aranha.

– A mãe dele está no hospital, ok? Olha, não vamos tirar você daí a balas, mas a SWAT está a caminho e já estão isolando a área. Você vai facilitar muito a vida de todo mundo se resolver se entregar.

– Por quê? Eu não roubei a tábula!

O policial fez uma careta.

– Aranha, daqui dá pra ver a coisa enfiada no seu uniforme!

Pelo menos não podiam ver a cara de desgosto embaixo da máscara.

– Ah. Certo. Mas não é o que parece!

O policial mais jovem riu.

– Dá um tempo. Com certeza você tá levando a coisa pro Rei do Crime.

– Sim, deve ser. Eu vou enfiar ela num bolo e entregar lá na Ryker.

Os dois olharam assustados para ele.

– Por onde tem andado? O Rei do Crime fugiu faz mais de uma hora.

– O quê?!

O ar se encheu com os prometidos *chuk-chuk-chuk* dos helicópteros. Por sorte, o Central Park com seus mais de oitocentos acres de área arborizada estava bem ali ao lado do Met. O lugar perfeito para dar um perdido.

Sua teia colou rápido num galho grosso de um velho carvalho. Ele se balançou para baixo, tentando parecer que ia bem na direção da polícia. Os guardas pularam no chão.

– Agradeço pela calma com a qual lidaram com a situação, policiais, mas tenho que encontrá-lo. – Enquanto seus pés passavam por cima deles, a teia já se prendia a uma segunda árvore. – Para capturá-lo! Porque nós *não* somos parceiros, certo?

Quando disse isso, já estava indo na direção do céu. Duvidou de que tivessem ouvido, ou acreditado.

Se o carecão tá solto por aí, ele ganha o Prêmio Maior Ameaça, e eu penso no que fazer com a tábula depois... mas, enquanto eu estiver com ela e ele a quiser, aposto que posso fazê-lo vir até mim.

Se esconder da polícia em Manhattan era um jogo antigo. Ele aguardou algumas horas e então começou a vagar pelas áreas mais sórdidas da cidade, tentando chamar a atenção do outro lado da lei. Durante o dia, conseguia capturar alguns ladrões, mas só depois do pôr do sol que os profissionais de verdade saíam para brincar. Em resumo, o Homem-Aranha impediu um arrombamento, invadiu um laboratório de metanfetamina e limpou o chão com alguns bandidos que extorquiam grana para proteção. Até mesmo entrou em alguns bares onde os capangas costumavam ficar, só para chamar atenção de cada um dos canalhas. A cada vez, se certificava de que todos pudessem dar uma boa olhada na tábula enfiada em seu uniforme.

O barato de se balançar na teia pela cidade normalmente limpava sua mente. No entanto, naquele dia, sempre que parava para tomar um ar, ainda se irritava com a situação com Gwen. Se ela já esfriara a cabeça, devia estar imaginando por onde ele andava. E mais: ele perdera todas as aulas do dia... de novo. E era tarde. Já devia estar exausto, mas a raiva borbulhante o fazia sentir que podia continuar por dias.

Pela terceira vez, vagou pelas seções mais desoladas da Cozinha do Inferno. O Rei do Crime não ousaria chegar perto de seu território – ainda havia viaturas estacionadas na frente do prédio. Mas seus garotos, ainda vagando pelas ruas, continuavam seus trabalhos. O Aranha poderia ter sorte.

E teve.

A primeira coisa que o atraiu para a curta e vazia avenida foi o fato de que todas as luzes estavam apagadas, com exceção de uma. A segunda foi o caminhão-baú enfiado em um espaço onde mal cabia. Chegando para olhar mais de perto, o Aranha viu o motorista encostado na traseira do veículo com as mãos para o alto. Estava cercado por tipos criminosos portando armas. Um furgão preto estava parado próximo, esperando.

Ao pousar no meio de todos, ouviu um grito muito satisfatório:

– É o Homem-Aranha!

Analisou as caras preocupadas, decidindo qual dos vagabundos deixaria escapar.

– Uau, um sequestro clássico? Nos dias de hoje não se veem muitos desses.

Antes que pudesse escolher, seu sentido aranha bateu. A porta de trás do furgão se abriu com tudo e uma figura familiar apareceu.

Homem-Aranha estalou os dedos, e os homens armados fugiram.

– Opa, me joga na parede e me chama de lagartixa se não for o Sr. Fisk! Bem o cara que estou procurando! Por que ver você sempre me faz pensar na música "Noite na Montanha Careca"?

O Rei do Crime entrou no cone de luz formado pelo único poste da rua. Ser um fugitivo, mesmo que por apenas um dia, havia deixado vestígios. Suas roupas estavam em frangalhos, e ele respirava com dificuldade.

– Você acha que vou te deixar para a polícia? Não, eu mesmo vou te surrar e vou pegar a tábula de volta.

O Homem-Aranha agachou e virou de costas, mostrando o item escondido.

– Essa velharia? Ah, é só algo que coloco quando não tenho nada melhor para vestir.

Fisk avançou, mas o Homem-Aranha continuou agachado até se impulsionar no ar, girando. Ao chegar no ponto mais alto, se lançou com força sobre os ombros largos do mafioso, atingindo em seguida as laterais de seu crânio com os punhos.

– Será que não é uma aspirina, em vez da tábula, que lhe cairia melhor?

Enquanto o Rei do Crime cambaleava, ele saltou de novo.

Puxando o artefato, o lançou para cima e o prendeu com a teia no alto de um prédio – seguro e fora de alcance.

Pousou com uma das mãos no chão, pronto para iniciar a batalha. Fisk o circulou, procurando uma abertura. Enquanto se encaravam, Peter sentiu... *alívio*.

– Não sei você, Stay Puft, mas passei o dia ansioso para socar alguém que realmente mereça.

Um meio sorriso surgiu no rosto de Fisk.

– É exatamente o que estou sentindo.

Partiram um para cima do outro. Lembrando da velocidade do Rei do Crime, Peter bloqueou o grosso braço de Fisk e acertou um gancho de direita em sua bochecha. Foi como atingir um hidrante. Fisk manteve a cabeça voltada para frente, não se virando nem para absorver o impacto. Envolvendo o escalador de paredes com seus braços, tentou dominá-lo. Homem-Aranha não recuou; colocou as mãos contra os ombros largos do outro e o empurrou. Os dois homens faziam força, tentando afastar um ao outro. Nenhum dos dois cedia, mas a força superior do Homem-Aranha logo fez com que as solas do sapato do Rei do Crime começassem a escorregar pelo asfalto.

Mantendo o abraço, Fisk se jogou para o lado, fazendo com que os dois caíssem com tudo no chão. Ele rolou, usando seu peso para forçar o Homem-Aranha a ficar por baixo. Mantendo o inimigo no lugar com um de seus braços de elefante, ele desferia socos com o outro.

– Ninguém me derrota! Ninguém!

O primeiro murro atingiu o nariz do Homem-Aranha e fez com que sua cabeça batesse contra o chão. Só deixou Peter mais bravo. Depois disso, cada vez que o punho descia, Peter tirava a cabeça do caminho e golpeava. Alternando a direita e a esquerda, dava quatro socos a cada um dos ataques do Rei do Crime.

Quando Fisk ganhou velocidade, Homem-Aranha o alcançou. Finalmente, aquele hidrante duro feito de crânio começou a ceder, virando de um lado para outro.

– Você sabe que, se tivesse que usar coroa, ela praticamente seria um bambolê para mim, né? Rei do Crime, coroa. Entendeu? Ah, desencana.

Ao se dar conta de que estava perdendo, o Rei do Crime tentou atacar com as duas mãos. Buscando uma abertura, Homem-Aranha dobrou os joelhos na altura do peito e enfiou os pés no abdome de Fisk. Parecia que estava erguendo um caminhão e não um homem, mas conseguiu levantar o pesado torso. Tentou jogar Fisk para o lado, mas o surpreendente senso de equilíbrio do Rei do Crime lhe permitiu cair de pé.

Livre do peso, o Homem-Aranha conseguiu dar uma pirueta para trás. Antes que Fisk pudesse erguer seus braços para bloquear, Peter desferiu um poderoso chute giratório. Mas Fisk continuou avançando.

Está em frangalhos. Posso ver as feridas. O que é que está mantendo ele de pé?

Foram um para cima do outro como dois meninos numa briga no parquinho – socando, chutando, sem se importarem mais com o que acertavam contanto que acertassem algo. Perdendo a vantagem, Wilson Fisk sucumbiu à surra e caiu de joelho. Um chute giratório final fez seus olhos revirarem. Sua figura enorme balançou de um lado para o outro até que cambaleou pelo meio da rua e pousou no meio-fio, de cara no chão.

Finalmente.

Mas não havia terminado. Pelos lábios ensanguentados, o Rei do Crime murmurou algo que soava como "contessa" e levantou de novo.

Não é possível que ainda seja preciso mais para acabar com ele!

Peter saltou para o teto do furgão do Rei do Crime para conseguir mais peso no golpe voador, mas instintivamente mudou de direção no ar, com seu sentido aranha berrando.

Um furgão do Clarim Diário chegou em alta velocidade, quase o atropelando. O freio guinchou e o veículo parou no pior lugar possível: entre o Homem-Aranha e o Rei do Crime. A porta subitamente se abriu, e ninguém mais ninguém menos que J. Jonah Jameson irrompeu, dando ordens ao homem atrás do volante.

– Consiga uma transmissão ao vivo, Leeds! Eu disse que a dica da testemunha era boa! Agora o mundo inteiro vai ver isso!

Peter certa vez pensara que a cara do editor era prematuramente enrugada, até que o pegara cochilando. Em descanso, Jonah parecia ser vinte anos mais jovem. O cara era só um nervoso irremediável.

Bem, eu também tive um dia de merda.

– Saiam do caminho, vocês dois. Deixem o Rei do Crime comigo! Jameson brandiu o punho. Ele estava sempre brandindo o punho.

– E deixar vocês fugirem novamente? Sem chance! Leeds, cadê minha transmissão?

No furgão, o repórter Ned Leeds olhou pelo retrovisor.

– Sr. Jameson, outro carro está vindo!

– E daí? – Jonah berrou. – Essa é a história do ano! Deixe de ser um...
 O resto da frase foi engolido pelo som do SUV chegando, pneus cantando. O veículo girou ao redor de Fisk e parou. Jonah gritava e acenava, bloqueando o caminho do pasmo Homem-Aranha. Quando a porta de trás se abriu, o Rei do Crime, com o que deve ter sido a última de suas forças, se jogou para dentro.
 Antes que a porta fechasse, o Rei do Crime conseguiu dizer algumas palavras, mas Peter não as entendeu. Soou como *deu a dor*, mas o tom era estranho, não como um chefe da máfia dando ordens a um subalterno. Era mais humilde, quase suplicante.
 É uma mulher no volante? E... espere. Ele disse... meu amor?
 No meio da confusão, uma raiva fervente e uma gritaria lunática que acontecia na frente dele, o Homem-Aranha não soube como reagir. O motor do SUV gemia enquanto o motorista acelerava.
 Tenho que me acalmar! É fácil persegui-lo e, com JJJ gritando, sair daqui me parece uma ótima ideia.
 Pressionou a palma, mas nada aconteceu.
 Vazio? Sério? Diga que tenho outro cartucho de teia, diga, por favor...
 Enquanto suas mãos reviravam o cinto, o carro ganhou velocidade. A distância entre eles crescia. Se preparou para um longo salto dali mesmo.
 Vou passar perto, mas, mesmo que não o alcance, consigo jogar um rastreador aranha nele.
 – Leeds! O Homem-Aranha está tentando fugir também! Bloqueie-o com o furgão!
 Obediente, Leeds ligou o motor. O furgão de transmissão avançou para cima do Homem-Aranha, que já saltava. Não era bem um obstáculo, mas era o bastante para atrapalhar o impulso. Completando seu perfeito ciclo de azar, o Homem-Aranha pousou atrás dele.
 O SUV que levava o Rei do Crime virou a esquina, saindo de vista.
 Horrorizado, o Homem-Aranha berrou com Jameson.

– Seu louco histérico! Eu estava tentando deter o Rei do Crime. Você o deixou fugir!

Jonah rosnou de volta:

– Você não me engana! Vocês estavam fingindo ser inimigos, mas eu sei que planejaram a coisa toda juntos. Dessa vez você está acabado. Manterei o público clamando para que se esconda! Vou atiçar a polícia em cada editorial até que te peguem. Eu vou...

Furioso, o Homem-Aranha saltou para a parede diretamente acima do editor.

– Vai o quê? Continue. Vai fazer o quê?

Jameson engasgou.

– Leeds! Detenha-o! Ele está me atacando!

O Homem-Aranha se aproximou mais.

– Quer saber? É a primeira vez, em muito tempo, que você está certo. Você tem me atacado por anos. Agora é minha vez.

Ele agarrou Jameson pelo colarinho do casaco e o ergueu no ar. Cara a cara com seu inimigo, Jonah gritou:

– Não! Não!

Leeds saltou de dentro do furgão.

– Homem-Aranha, não faça isso!

O Aranha deu alguns passos a mais para cima, para que Leeds não conseguisse alcançar o editor, pendurado com os pés balançando no ar.

– Vá dar uma volta, Leeds. Isso é entre mim e essa máquina de ódio.

Os olhos de Jameson estavam quase saindo do crânio. As veias em sua têmpora latejavam.

– Você faz ideia do que suas mentiras estúpidas fizeram com a minha vida? Você se importa com...?

E então suas pálpebras se fecharam e seu corpo amoleceu. Conforme a cabeça de Jameson caía para a frente, o Homem-Aranha viu as rugas desaparecerem.

O sacudiu levemente.

– Jameson? Ei, Jameson?

O corpo chacoalhava como um boneco.

Abaixo, Leeds já estava ligando para pedir ajuda.

– O que você fez com ele?

Descendo, o Homem-Aranha baixou gentilmente o corpo de Jameson até a calçada.

– Eu só queria assustá-lo!

Atordoado, permitiu que Leeds o empurrasse para longe e segurasse o punho de Jonah.

– Você fez mais que isso. Não sinto o pulso!

Tremendo, com a cabeça anuviada, o Homem-Aranha subiu até o telhado mais próximo. Seu corpo suplicando para continuar, para correr e se esconder, mas ignorou o impulso. Esperou nas sombras até a ambulância chegar e observou a equipe médica levar Jameson, ainda inconsciente, para dentro.

Não pode ser verdade. Tem que ser algum tipo de pesadelo.

Na esperança de vê-lo acordar, continuou observando. E, muito depois que as luzes vermelhas e brancas intermitentes desapareceram na noite, ele continuou ali sem se mover.

8

NA MANHÃ SEGUINTE, Peter repassava a cena em sua mente, esperando se lembrar de algum tipo de sinal de vida em Jameson que ele pudesse não ter percebido. Era inútil. Não sabia ao certo nem se recordava direito o olhar de terror no rosto do editor, ou se a memória agora era um exagero causado pela culpa.

E importa? Caso o tenha machucado ou até matado, isso significa que sou tão mau quanto ele pensa. E digo por mim mesmo: se continuam me chamando de ameaça, é possível que eu seja. Mesmo que por alguns segundos, eu fui uma.

Sua mente voltava e voltava ao projeto de ciências destruído. Os restos do isopor em seus dedos misturados à sensação do colarinho de seu editor. Um ruído no corredor, seguido pela maçaneta girando, fez com que erguesse a cabeça, alarmado.

– Ei, Pete!

Era Harry. Conforme a porta começou a se abrir, se deu conta de que esquecera de tirar a calça de Homem-Aranha. Puxou o cobertor para cima das pernas com tanta força que uma caneta jogada em cima da cama acabou voando e atravessou o gesso do teto.

Não saberia dizer se Harry ouvira o barulho. Pelo menos a tábula estava segura e fora de vista no meio da roupa suja. Por sorte, quando entrou, o olhar dele ficou apenas em Peter:

– Faz tempo que não te vejo, então pensei em dar uma passada aqui.

Presumindo que o amigo estava se referindo a alguma responsabilidade esquecida, ele partiu para o óbvio.

– Harry, cara, me desculpe pelas contas...

O jovem de cabelos encaracolados ergueu as mãos, se defendendo.

– Ei, não me pinte como esse tipo de gente. Pode pagar quando der. Qual a vantagem de fazer parte dos dois por cento se não posso dar uma folga ao meu amigo gênio? Essa conversa é só para ver se você está bem.

Eu já deveria saber. Não querer me pendurar em Harry é coisa minha. Ele não pensa assim.

O herdeiro fora o primeiro amigo de Peter no colégio. Quando os outros julgaram e condenaram Harry como sendo esnobe, Peter ouvira suas preocupações acerca do comportamento estranho de seu pai. Claro que Peter nunca mencionara que um composto químico havia transformado Norman Osborne temporariamente no vilanesco Duende Verde.

Harry hesitou.

– Tentei dizer oi ontem, mas pareceu que você estava treinando seu andar de zumbi. E depois sumiu o resto do dia. O que está acontecendo? Sua tia está bem?

– Ela parecia bem quando a visitei. – Seu cenho franziu de imediato. – Você ficou sabendo de algo? Ela está bem?

– Não, não. Só curiosidade. As coisas andam bem com a Gwen?

Gwen. Quase havia esquecido o problema que tiveram.

Ao ver sua reação, Harry sacudiu a cabeça.

– Ah. Entendi. Olha, sempre que quiser conversar, estou por aqui.

– Sei disso, Harry. Estou bem. Acho que pelo menos metade do meu desânimo é essa gripe que estou tentando driblar. Meu corpo não decide se melhora ou piora.

Sua tosse falsa soou especialmente fingida, até para ele. E Harry por certo não acreditou, mas baixou a cabeça. E, sorrindo, deixou passar.

– Então tome uma posição, ou se deixe abater por ela ou levante a cabeça.

Sabendo que Harry não se referia a "tomar uma posição" no mesmo sentido que Gwen, Peter ofereceu um fraco aceno de despedida. Harry fechou a porta e o deixou sozinho. Novamente.

Se não me posiciono, sou um covarde. Quando me posiciono, mando Jonah para o hospital. Era melhor quando eu não tinha poderes, quando era uma vítima do Flash Thompson. Naquele tempo, eu sabia que estava sendo atacado por nada.

Logo abaixo da caneta enfiada no teto estava sua câmera. Se lembrando das fotos que havia tirado no Salão de Exibições, ligou-a e analisou as imagens. Ao se ver derrubando os capangas e salvando Randy, se sentiu melhor. Não muito, mas um pouco melhor.

Até mesmo Jameson teria que admitir que algumas dessas fotos são muito boas. Mas, com ele fora do jogo, não tenho nem a quem vendê-las. Ou tenho?

Aparecer no Clarim significava receber as últimas notícias sobre Jonah. E ele não sabia se estava pronto para isso, mas, se convencendo de que mais cedo ou mais tarde teria que ficar sabendo, conseguiu se vestir e seguiu para o prédio localizado na 32 com a Segunda Avenida. Quando o antigo elevador se abriu no andar da editoria, teve que se arrastar para fora. O editorial nunca mudava – mesas de repórteres rodeadas por escritórios antigos com suas paredes e portas de vidro. O chefe era avarento demais para atualizar as coisas. Certa vez, Peter o vira consertar um teclado quebrado com fita adesiva. E, surpreendentemente, a coisa funcionara por mais seis meses.

Aquela bagunça confiável os fazia sentir como se estivessem em casa. Um lar abusivo, talvez, mas em casa. Agora estava assustadoramente quieto. *Todos estão de luto, ou é assim que a atmosfera fica quando JJJ não está presente?* A assistente de Jonah, Betty Brant, estava em sua mesa na frente do escritório dele; Ned Leeds se inclinava sobre a mesa dela, e os dois conversavam baixo. Seus rostos estavam neutros demais para se tentar adivinhar qual era o assunto. Peter engoliu em seco e se aproximou.

– Ouvi dizer que Jonah está no hospital. Ele...?

Leeds ergueu a cabeça.

– Ele está bem.

Peter sentiu o alívio percorrendo seu corpo. Leeds continuou:

– Quando o Homem-Aranha o agarrou, Jonah teve o que chamam de reação aguda ao estresse, mas passou logo. Ele só continua no hospital por conta da pressão. Os médicos querem que ele tire umas férias. Agora estão insistindo em um tipo de descanso hospitalar. Em uma semana, ele estará de volta, gritando com todo mundo.

– Isso é maravilhoso!

Quando Leeds franziu o cenho, Peter se deu conta de que soou um pouco animado demais. Antes que pudesse oferecer uma explicação falsa, a porta com a placa *Editor de Cidades* se abriu e Robbie Robertson acenou para ele lá de dentro.

– Podemos conversar, Peter?

– Claro.

Fechando a porta, Robbie apontou para uma cadeira. Enquanto Peter se sentava, o editor olhou pela janela, tomou um gole na velha caneca de café e não disse nada. Peter quebrou o silêncio.

– Então... como é estar no comando?

Robbie suspirou.

– Silencioso. Eu tinha esquecido como era. Mas não foi por isso que quis conversar com você. Eu sei que conheceu meu filho e odeio ter que perguntar isso, mas Randy quase não fala comigo e estou preocupado. Sei que ele é um adulto e, não me entenda mal, me orgulho de quem ele é. Mas ele quase foi morto pelo Rei do Crime, e não tenho mais conseguido dormir desde que isso aconteceu. Como posso fazê-lo entender que, da próxima vez, ele pode não ter tanta sorte? Que o tipo de mudança que ele busca não acontece da noite para o dia?

O editor do caderno Cidades se recostou na mesa entulhada de papéis. Foi então que Peter notou as palavras desbotadas na caneca: *Melhor Pai do Mundo*.

– Hã, Sr. Robertson, eu mal conheço o cara e não faço ideia de como deve ser crescer sendo negro. Eu imagino como deve ser se sentir como se o mundo todo estivesse contra você, como, às vezes, é frustrante e você só tem vontade de socar alguma coisa. Enquanto estava aqui, meu tio sempre tentou me manter com os pés no chão, me contando o que funcionava para ele, o que ele sentia ser o certo. Nem sempre eu ouvia... Droga, e quando me lembro dele ainda não ouço. Mas sempre prestei atenção. Com um pai como você por perto para acalmá-lo, tenho certeza de que Randy vai encontrar o caminho.

Uma surpresa agradável deixou-se notar no rosto de Robbie.

– Obrigado. Parece que seu tio era um homem sábio. – E, limpando a garganta, seguiu para o próximo assunto. – Imagino que você não tenha vindo aqui apenas para saber do Jonah. Você tem algo para mim?

Peter não poderia imaginar abertura melhor.

– Bem, tenho essas...

Enquanto ele passava as imagens, os olhos de Robbie se arregalaram até ele rir e socar o botão do intercomunicador.

– Betty, convoque uma reunião de pauta!

– E então... Boas?

– Boas? O sistema de segurança do Salão foi apagado, mas essas fotos mostram, sem sombra de dúvida, que o Homem-Aranha tentou impedir o roubo! Se as tivesse trazido antes, teria poupado o escalador de paredes de um monte de problemas.

Quem imaginaria?

Sem querer tirar vantagem do bom humor de Robbie, Peter tentou pensar num preço razoável. Mas, antes que pudesse dizer, o Editor já estava escrevendo numa ordem de pagamento tão empoeirada que parecia que Jonah não havia pagado um único freelance desde a época em que Clinton era presidente. Com um movimento rápido, ele arrancou a folha e entregou para Peter.

Peter piscou, estreitou os olhos e piscou de novo.

– O quê? Não é bom o bastante?

– Bom o bastante? Há anos não vejo tanto dinheiro! Jonah teria mastigado a própria mão para não ter que escrever um valor desses!

Robbie lhe dirigiu um sorriso paternal.

– Não espere isso todas as vezes, filho, mas essas fotos vão fazer a circulação do Clarim duplicar por, pelo menos, dois dias.

– Não, senhor. Sim, senhor. Obrigado, senhor!

Sacudindo o papel sobre a cabeça, ele correu para fora, rindo tão alto que Leeds e Betty o encararam enquanto ele passava.

– Achei que ele estava sendo esquisito a respeito do Jonah, mas talvez só esteja de bom humor – disse Leeds.

– Pois é. – Betty riu. – Ele parece feliz, para variar.

• • • •

Em casa, depois de deixar as contas pagas pelos próximos três meses, Peter soltou um grito de alegria. Não só já tinha acertado tudo como ainda havia sobrado um pouco para mandar a Tia May para a Flórida, para tomar um merecido sol.

Uma hora atrás, achei que minha vida tinha acabado. Cara, as coisas mudam rápido.

Seus olhos vagaram até a tábula.

Algumas coisas mudam. Não sei o que me fez pensar que eu saberia o que fazer com essa coisa, mas a conversa com Robbie me deu uma boa ideia. No entanto, o Homem-Aranha ainda é procurado. Já que estou tentando ser mais esperto, melhor esperar as fotos saírem. Isso vai ajudar a limpar minha barra com a polícia.

Passou a tarde tentando colocar os estudos em dia e esperando a ligação de uma certa universitária loira.

Eu mesmo ligaria, mas ela estava tão brava.

No fim da tarde, as fotos já estavam por toda a internet. Sem sinais de Gwen e nenhuma declaração oficial a respeito da inocência do Homem-Aranha (existiam declarações oficiais de inocência?), ele decidiu que já havia esperado demais. Colocou o uniforme e saiu. Depois de enviar alguns trabalhos atrasados às caixas postais dos professores da UES, seguiu até a delegacia. Apesar da calma que cercava o prédio, agora que os protestos haviam terminado, ele se encarapitou nas sombras de um elmo e esperou.

Sua paciência foi recompensada quando uma figura de sobretudo saiu e olhou na sua direção. Homem-Aranha se preocupou em ter sido visto, mas, depois de admirar brevemente as poucas estrelas visíveis, a figura cobriu seus cabelos brancos com um chapéu Fedora e acenou uma despedida para o policial que vigiava a porta.

– Boa noite, Capitão Stacy.

Confio no pai da Gwen do mesmo jeito que confio em qualquer um. Só quero ter certeza de que ele estará sozinho.

Quando Stacy entrou numa rua vazia e bastante arborizada, o Homem-Aranha o seguiu, o alcançou e se baixou diante dele, de cabeça para baixo, preso à sua teia e segurando a tábua.

– Ouvi dizer que a polícia está procurando por isso.

O quase aposentado detetive pareceu mais satisfeito do que surpreso.

– Homem-Aranha?

– Você sabe. Tenho tentado como um louco proteger essa coisa. O Rei do Crime tem muitos informantes, mas eu descobri que se alguém pode colocar isso nas mãos certas, esse alguém é você.

Stacy pegou a pedra, mas manteve os olhos no atirador de teias.

– Por que não vem também? As fotos do *Clarim* deixaram claro o seu papel, mas há algumas coisas sobre as quais eu gostaria de falar com você.

Não. Eu nem me atrevo a falar por muito tempo ou ele pode me reconhecer. Ele é muito esperto.

– Desculpe, capitão. Minhas relações com a polícia não são exatamente cordiais.

– Você tem um ponto. Mas isso funciona nos dois sentidos. Obviamente eu não posso te impedir...

– Obrigado!

Ao sair, Peter jurou que podia sentir o olhar do detetive em suas costas.

••••

O capitão Stacy não era o único de olho na partida do Homem-Aranha. O carro preto parado na esquina parecia vazio, mas o Planejador estava ao volante.

Quando o lançador de teias estava fora de vista, o Planejador voltou sua atenção para o homem com a tábua. Stacy continuou a pé, se afastando cada vez mais da delegacia. Era um movimento esperto. Se o capitão ainda não suspeitava de que não podia confiar completamente em alguns de seus homens, a lenta resposta das viaturas durante a fuga de Fisk devia ter lhe dado uma dica. De fato, o Planejador sabia que o Rei do Crime tinha um informante pago na equipe da delegacia. A Maggia tinha dois.

O Planejador sabia de muitas coisas. Assim que Stacy atravessou a próxima rua, ele ligou o motor. Deu a volta no quarteirão e o avistou novamente do outro lado. Mantendo distância, seguiu o capitão, que, ainda andando, entrava numa rua onde só havia casas e depois dentro de uma destas.

Ele a levou para casa. Um esconderijo perfeito, se ninguém soubesse disso.

• • • •

Nos andares superiores do edifício construído num estilo que revivia o gótico, num escritório grande o suficiente para comportar um pequeno exército, Silvio Manfredi agarrou o telefone que tocava. Reconhecendo o número, ele acenou para que todos saíssem. Os capangas contratados se retiraram na mesma hora, mas Caesar Cicero permaneceu. Com a mão no receptor antigo, Manfredi olhou feio até que o homem se tocasse de que não era bem-vindo.

– Estarei aqui fora se precisar de mim.

– Não vou precisar – resmungou Cabelo de Prata.

– Você que sabe.

Quando a porta se fechou, ele tirou a palma de cima do bocal.

– Planejador, ninguém vê o Rei do Crime desde que ele se engalfinhou com o Homem-Aranha. Me diga que sabe onde ele está.

– Não sei, mas talvez eu tenha algo melhor.

– Não existe algo melhor, mas vou perguntar. O quê?

– A tábua antiga de que ele está atrás? O Homem-Aranha acabou de entregá-la ao Capitão Stacy. Parece que o velho detetive não confia mais na delegacia, então a levou para casa. Provavelmente está chamando os federais agora, então não vai ficar lá por muito tempo. Se você a quiser, tem que agir rápido.

– Quiser para quê? Peso de papel? Não se mexe com algo tão valioso a não ser que já se tenha um comprador.

O suspiro desdenhoso do Planejador azedou de imediato o humor de Manfredi. *Assim que esse cafona arrogante perder a utilidade, dou um jeito de fazê-lo desaparecer também.*

– Isso não é sobre dinheiro... Nada disso é – Planejador explicou. – É sobre o Rei do Crime. Ele roubou a tábula para se exibir. Quando estivesse nas mãos dele...

– Tá, tá, entendi. Agora é hora da gente se exibir.

E cortou a ligação. Encostou o telefone no queixo e olhou para a escuridão do espaço vazio. *Onde, diabos, estão todos? Ah, certo, ordenei para que saíssem.*

– Cicero!

O advogado apareceu muito rápido, devia estar com o ouvido encostado na porta.

– Você lê o caderno de artes. O que sabe sobre a tábula que o Rei do Crime roubou da UES?

O homem baixo deu de ombros.

– Ela supostamente guarda um grande segredo. Mas, até aí, a poeira embaixo das minhas unhas também guarda grandes segredos.

Cabelo de Prata concordou. Parecia uma perda de tempo. No entanto, o Planejador estivera certo até aquele momento – e se Fisk estava tão interessado era porque talvez já tivesse um comprador certo.

– Que tipo de segredo? Como um encanto mágico que faz unicórnios voarem de dentro da sua bunda?

– Aí é que está: ninguém sabe. Eles só conseguiram traduzir algumas palavras.

– Quais?

Pesquisando a pergunta em seu celular, Cicero checou os resultados.

– Vamos ver. Aqueles que conhecem a... alguma coisa, alguma coisa... irão beber o... alguma coisa, alguma coisa. Aspas antes de: aqueles, depois de, antes de e depois do. É isso. – Ele riu. – O que eu sei é que preciso de um drinque.

Os olhos de Cabelo de Prata se anuviaram. De repente era um garoto fraco e assustado, se escondendo nas sombras e ouvindo a canção que sua avó achava ter mantido em segredo.

*Aqueles de nós que conhecem a verdade
Irão beber, beber, o néctar da juventude.*

– Chame Michael Marko aqui, agora.

• • • •

Sentada no aconchegante quarto acima do escritório do pai, Gwen Stacy tentava escrever mais algumas linhas do seu trabalho de biofísica no laptop. A entrega era só para a próxima semana, mas ela gostaria de ter tempo para revisá-lo. Isso ajudava a clarear as ideias e a mente. E sua mente certamente precisava de clareamento. No mais, estudar era melhor do que olhar fixamente para o telefone se debatendo sobre entrar em contato com Peter ou não. Depois de ter estourado, ele fizera seu habitual ato de desaparecimento, deixando-a como a bela e atordoada assistente do mágico.

Por que ele não liga? Provavelmente porque acha que ainda estou brava.

Ainda estou brava, não estou?

Com certeza estava, mas, em algum ponto, aquela raiva havia se mesclado com uma irritante preocupaçãozinha que a filha de um capitão da polícia sempre tinha por quem amava. Era a mesma preocupação que a deixava tão agitada sempre que Peter reaparecia, que a ajudava a se dar conta de quão profundos eram seus sentimentos por ele – e que a fazia perdoá-lo de novo e de novo.

Com o pai já seguro em casa, o namorado sumido de Gwen se tornava o único foco de sua preocupação. Conforme a raiva minguava, a aflição aumentava. Ela olhava para o telefone, tentando se convencer de que estava sendo ridícula por não ligar para ele primeiro.

Ele deve estar por aí emburrado. Emburrado? Talvez esteja celebrando.

Ela vira nas manchetes as fotos que ele tirara do Homem-Aranha lutando contra o Rei do Crime. Provavelmente fora o ponto alto de sua carreira. E por que não lhe dera a boa notícia?

Porque eu o chamei de covarde.

As fotos a deixaram tanto confusa quanto orgulhosa. Peter entraria no fogo para tirar uma boa foto. Por que não se impunha nas questões importantes? Por que não se abria para ela? O que era que tinham juntos que o assustava?

E o que, exatamente, tinham juntos?

Ela estava prestes a fazer a ligação quando ouviu um ruído no assoalho. Era como se algo houvesse se jogado contra a janela do escritório de seu pai. Pegando a arma de choque que mantinha ao lado da cama, correu para baixo, mas parou à porta do cômodo. Ela sabia que não deveria entrar de súbito – se fosse uma invasão, facilmente se tornaria refém em vez de ajudar.

Agachada, se arrastou até as portas de correr. A voz alta do pai lhe trouxe algum conforto.

– Se eu fosse você, dava o fora agora. Mesmo que tenha cortado o alarme, tenho certeza de que os vizinhos já chamaram a polícia.

Se dando conta de que aquelas palavras eram para ela, Gwen digitou o número em seu telefone que transmitiria um alerta silencioso para a delegacia. Estariam ali em minutos – mas muita coisa pode acontecer em minutos. Conforme se aproximava, o odor da rua entrava em suas narinas. Era tão forte que ela imaginou que o invasor havia quebrado o vidro da janela – devia ter arrancado a janela toda.

As portas estavam entreabertas, permitindo uma visão estreita do vidro quebrado e da madeira estilhaçada no carpete. Ela viu seu pai: de dentes cerrados, tenso, mas, graças a Deus, sem machucados. Dado o tamanho do intruso, Gwen não tinha certeza de quanto tempo isso iria durar. No começo achou que fosse o Rei do Crime, mas aquele homem tinha uma cabeleira grossa e encaracolada. Seus músculos eram mais claramente definidos, quase saltando pelo tecido fino de suas roupas.

– Vizinhos, hein? Então vou ser rápido.

Com uma calma perturbadora, ele ergueu um velho sofá, um que estava na família desde que ela era criança. Desde que sua mãe era viva.

– Isso aqui vai ser você, a não ser que me entregue a tábula!

E partiu o sofá em dois.

Seu pai respondeu com a mesma calma:

– Eu já te disse que não está aqui.

– Não foi o que ouvi.

O invasor avançou para cima do Capitão Stacy. Gwen armou a pistola. Duvidou de que aquilo faria algum efeito no gigante, mas os Stacy nunca caíam sem lutar. Estava prestes a avançar quando o homem desviou para a parede. Arrancou um retrato de Teddy Roosevelt, revelando o pequeno cofre atrás dele.

– Um cofre atrás do único quadro? Não sou nenhum acadêmico, mas essa foi óbvia até para mim.

Ele estava certo. Seu pai havia comentado sobre mudar o cofre de lugar, mas nunca tivera tempo.

– Qual a combinação?

– De mim você não tira.

– Você tem culhão, mas eu não preciso dela. Só queria que você economizasse nos reparos.

O ladrão segurou a pequena maçaneta e a puxou. Com um grunhido e o barulho alto da madeira quebrando, arrancou o cofre da parede.

Mesmo morrendo de medo, Gwen também se sentia aliviada. Se o ladrão conseguira o que queria, não haveria mais razão para machucar seu pai. Mas o velho instinto fez o policial veterano agarrar o cofre. Por um momento, todos ficaram surpresos. E então a parte de trás da mão do gigante atingiu o capitão, fazendo-o atravessar o cômodo voando.

Ele caiu no meio do sofá destruído, sem se mover.

Gwen irrompeu gritando.

– Pai!

Ouviram-se sirenes no fim da rua. O bandido olhou para Gwen, para seu pai e para o buraco na parede, onde a janela costumava ficar. Com outro grunhido, ele saltou para fora. Jogando a arma de choque para o lado, Gwen se ajoelhou perto do pai. Seus gemidos baixos lhe diziam que ele estava vivo e, pelo esforço que fez para se colocar de pé, ela viu que não havia ossos quebrados. Mas o modo como seus olhos se moviam indicava que ele não estava completamente bem.

– Calma. Descanse, a ajuda está a caminho.

Se acalmando, ele colocou a mão trêmula no ombro dela.

– Estou bem, Gwen... Só perdi o fôlego com o golpe. Se certifiquem de que saibam que aquele era Michael Marko, que trabalha para a Maggia. Eles o chamam de Homem Montanha. Se estiverem envolvidos nisso, temo que estejamos bem encrencados. Mas agora preciso fechar os olhos e recuperar o fôlego, só não se preocupe. Você se preocupa muito...

Ela quis perguntar: "Como não me preocupar?".

Em vez disso, apenas acariciou sua mão.

– Está tudo bem, pai. Tudo bem.

9

DURANTE A MANHÃ, Peter se alongou, tomou um banho e vestiu roupas limpas. Enquanto isso, se sentia mais e mais distante, como se algo importante faltasse. Se pegou cantarolando enquanto fazia o café da manhã e se deu conta do que era.

Tensão. Não estou tenso. É essa a sensação de se estar bem descansado?

Olhou para o relógio. Havia muito tempo antes do trem da Tia May sair. Então, em vez de se apressar como era hábito, se sentou e comeu com seu perplexo companheiro de quarto.

Harry polvilhava açúcar em seu cereal.

– Sabe, Peter? Dar dinheiro para a companhia elétrica não deixa todo mundo assim, tão feliz.

– Tá brincando? É como se um peso fosse tirado dos meus ombros. Mal posso esperar para contar para... – Sentiu a velha pontada. – Ontem você não viu a Gwen, viu, Harry?

Seu colega respondeu enquanto mastigava.

– Acho que ela foi embora mais cedo para fazer algum trabalho. Vocês já fizeram as pazes? Não? Cara, você ainda não ligou para ela? Nem mandou mensagem?

Destemidamente, Peter limpou os lábios.

– Vou fazer melhor. Assim que a Tia May partir, vou atrás da Gwen e falo com ela pessoalmente. Com o humor que estou, posso até encantar as nuvens do céu.

– Leva o guarda-chuva, mesmo assim. Estão prevendo um dilúvio.

Lá fora, Peter não conseguiu entender como podia achar aquele céu cinza e sem graça de Manhattan algo tão bonito.

••••

Ele chegou à Penn Station cinco minutos mais cedo, acenando ansioso enquanto o táxi de Tia May encostava. Pegando todas as suas malas com uma mão, quase se esqueceu de fingir que pareciam pesadas.

– Uau! Não conversamos sobre não trazer todos os seus halteres? Ainda sentada no táxi, ela riu.

– Não vá se machucar, querido. Alugue um desses carrinhos.

– Não, não, deixa comigo. Não vou deixar cair.

Ao se levantar, Tia May oscilou, como se fosse tombar para trás no banco. Ele rapidamente colocou as malas no chão e se esticou para ampará-la.

– Calma, Tia May! Eu te seguro.

Deixou que ela descansasse um pouco e então a ajudou a se levantar e sair do táxi, observando-a atentamente antes de soltar seus ombros.

– Tem certeza de que está bem agora?

Ela beliscou sua bochecha com força.

– Ai!

– Viu? Forte como um touro. Na minha idade, temos que ter cuidado para não levantar muito rápido.

Ela seguiu com ele para as plataformas de embarque, sorrindo sem parar.

– Peter, querido, aquelas fotos me deixaram tão orgulhosa. Mas tem certeza de que pode bancar tudo isso?

– Com o dinheiro que Robbie me deu, posso te mandar para a lua, mas imaginei que a Flórida fosse mais quente.

Assim que ela estava em segurança no seu assento, ele beijou sua testa.

– Lembre-se do protetor solar e cuidado para não andar demais de skate.

– Vou ficar bem. Não se preocupe!

Enquanto se punha de pé, ele notou um leve tom amarelado ao redor dos olhos dela. Ao que o trem partia, questionou o quão bem ela realmente estava. Já fora do vagão, a chuva fria de outono o atingiu, fazendo-o se sentir ainda melhor por ter sido capaz de mandar sua tia para um lugar quente. O Sol faria bem para ela. Certo?

Encontrar Gwen foi mais fácil do que pensava. Voltando para o Village, ele a avistou caminhando na direção da cafeteria. Fazer com que ela o notasse era outra questão. Ele chamou e acenou.

– Gwen?

Nada. Ele tentou aumentar o volume.

– Gwen!

Mas ela continuou andando.

Hum. Quantas vezes eu mesmo fiz isso?

Sem desistir, ele correu até ficar ao lado dela.

– Gwenzinha, o que foi? Está tão irritada que nem quer conversar?

Ela ergueu o olhar. Seu rosto pálido não trazia raiva, apenas uma vaga surpresa.

– Peter. Não estou, não agora. Eu estava tão ocupada pensando no que aconteceu com meu pai ontem à noite que nem te ouvi.

– Seu pai? Ele está bem?

Enquanto caminhavam para a universidade, ela descreveu o ataque. A cada palavra, os músculos dele se retesavam e seu coração acelerava mais. O Capitão Stacy o tratava como um filho. E, pior, Gwen fora envolvida.

Se ela tivesse se ferido por conta da minha falta de cuidado...

Ela ainda tremia.

– Papai está tentando minimizar tudo. Ele insiste que o médico mandou que ficasse na cama só para me acalmar. Ele não ganhou todas aquelas medalhas sentado atrás de uma mesa, mas não é mais tão jovem quanto costumava ser.

Eu sabia que a tábula era perigosa. Se tivesse seguido o Capitão Stacy, teria feito alguma coisa!

– Ei, são a bela e o esquisitão!

O timbre grave da voz familiar puxou Peter de volta para o presente. Do outro lado do café, Flash Thompson se levantou da mesa onde estava e foi até eles. Entre a maneira de andar e o uniforme sem nenhum amassado, ele parecia um raio de Sol num dia cinzento. Um raio de sol arrogante e irritante. Do tipo que dá dor de cabeça.

Ignorando Peter, Thompson fixou o olhar na jovem ao seu lado.

– Gwen! Eu esperava que viesse aqui. Cara, você é um colírio pros meus olhos.

Animada, ela saltou e pressionou os lábios com força na bochecha de Flash.

– Soldadinho! Por que não contou que estaria de folga?

Os olhos de Thompson brilharam.

– Por que você não me escreve com mais frequência?

– Achei que Mary Jane estava cuidando desse departamento. E... – Ainda animada, se voltou para Peter. – Estou saindo muito com o Sr. Parker aqui.

Flash mal olhou para ele.

– As escolhas pioraram desde que eu me fui?

Peter sabia que era só tagarelice, mas já estava tenso. Ele se ajeitou, pronto para brigar.

– Achei que o Exército tivesse mudado você. Da última vez que te vi, quase achei que fosse humano. Mas se acha que esse uniforme te dá o direito de me tratar como...

Rindo, Flash apontou o dedão para a porta.

– Cai fora, nerdão! Quando eu quiser um civil, eu procuro um.

– Não estamos mais no colégio – Peter respondeu. – Não vou deixar que me diminua na frente da Gwen.

A mão da garota surgiu acenando na frente do rosto dele.

– Peter! O que deu em você? Ele tá só brincando!

A alegria despareceu do rosto de Thompson.

– Talvez seja eu quem está errado a seu respeito. Talvez você seja o mesmo nerd tenso que sempre achei que fosse.

Mas o sorriso que escapava no canto de sua boca não parecia conter sua velha arrogância. Ele realmente parecia magoado, então Peter baixou as mãos.

– Tudo bem, talvez eu tenha exagerado. Mas ninguém gosta de ver outro cara dar em cima de sua garota.

Flash recuou.

– Olha, amigo, qualquer cara hetero que não der em cima dela está pronto para o embalsamamento. Mas não quero mais interromper. Preciso ir. Obrigado pelas calorosas boas-vindas.

Assim que o uniforme perfeito desapareceu na rua, um abjeto Peter se voltou para Gwen.

– Eu estava todo nervoso depois de ouvir o que aconteceu com você. Sinto muito...

A raiva dela voltou com força total.

– Tem que sentir mesmo. Para um cara que sempre some quando há problema, é estranho como pode ser hostil com um homem que já esteve em combate!

Ela lhe deu as costas e também saiu. O sino de cobre do café balançou quando a porta foi fechada. Peter afundou numa cadeira. *Eu entendi. Sou um garoto, ele é um homem. Sou um covarde, ele é altruísta. Para ser sincero, não estava apenas reagindo ao que ouvi sobre a noite passada. Eu estava com ciúmes, com medo de perder Gwen para Flash. E discursos estúpidos como esse são exatamente o que a faz querer se afastar.*

• • • •

As janelas do porão da delegacia, no mínimo, proviam uma luz natural. Com as luminárias do teto muito separadas umas das outras, era constante Wesley se ver entre as sombras da dúzia de guardas que ficavam ali desde a fuga do Sr. Fisk.

O estado de Nova York exigia uma acusação dentro de 24 horas depois da prisão. Se estivessem ocupados demais para dar atenção a ele antes disso, poderia ser libertado. Mas o coração de Wesley afundou quando a porta da cela se abriu faltando meia hora para o prazo vencer.

No entanto, em vez de um juiz, ele foi levado para uma oficial com olhar severo atrás de uma janela de segurança. Ela lhe entregou suas coisas e pediu que assinasse a devolução.

– Estou sendo solto? Isso é algum truque? Estão planejando me seguir?

A mulher lhe lançou um olhar cansado.

– Eu não saberia. Não me deixam entrar na sala onde os planos são traçados. Ouvi dizer que fica no esgoto, junto com os ratos.

Wesley fungou.

– Não gosto de sarcasmo.

– Não ligo. A porta fica atrás de você. A não ser que queira voltar para a contenção.

Ele se endireitou, pegou o envelope grosso que continha seu cinto, carteira e itens pessoais comuns e saiu em seguida. Na frente da entrada, com as mãos cheias, esperou que outro policial segurasse a porta para ele, mas o homem só riu. Enfiando o envelope embaixo do braço, Wesley empurrou a maçaneta com força e passou para debaixo da chuva forte.

Uma limusine estava parada no meio-fio. Um chofer completamente paramentado se apressou em abrir um guarda-chuva e colocá-lo sobre sua cabeça.

– Posso segurar suas coisas?

Cada vez mais desconfiado, Wesley recusou a oferta de ajuda e o guarda-chuva. Embora os segundos que levara para chegar à limusine já o tivessem deixado ensopado, ainda hesitou em entrar. Em vez disso, se inclinou para olhar seu ocupante.

– Caesar Cicero? O que é isso?

– Por que você não sai da chuva para que possamos conversar com mais conforto?

Wesley não se moveu. Cicero revirou os olhos.

– Sabe aquela coisa que sempre dizem nos filmes, sobre como, se eu o quisesse morto, você já estaria morto? Ei, é algo que você provavelmente diria, não é? Entra.

Assim que a porta se fechou, o ruído da chuva desapareceu, restando apenas o pinga-pinga da água caindo de Wesley nos assentos de couro.

Cicero olhou pela janela.

– É engraçado como as coisas mudam rápido. Em um minuto, seus amigos te deixam apodrecendo na cadeia, no próximo, seus inimigos estão cobrando favores para te tirar de lá.

Wesley fez o máximo para não se contorcer, mas cada movimento de suas roupas encharcadas chiava no couro.

– Se você pensa que vou te contar alguma coisa sobre o Sr. Fisk, está muito enganado.

Sem nem ouvir, Cicero lixou as unhas na lapela felpuda de seu casaco.

– Tá, tá. Entendi. Você não vai abandonar os seus até o dia em que morrer. Bela música. Bom para você. Nem se preocupe. Nos dias de hoje, certamente há coisas que *eu* posso contar para *você* sobre Wilson Fisk. Mas o assunto ainda não é sobre ele ou sua moribunda operação. É sobre uma velha pedra que alguém afanou do Salão de Exibições.

Os olhos de Wesley se arregalaram.

– A tábula?

Cicero sorriu.

– Você seria péssimo no pôquer, sabia? Deveríamos jogar um dia desses. De todo modo, sim. É nossa, agora.

Cansado, desorientado, Wesley deixou os ombros caírem.

– Não vale nada para você. Não tem ideia do que ela significa.

– Inútil, não vale nada, já ouvi todo tipo de coisa. Mas o fato é que você também não sabe o que está escrito nela. E esse é o negócio sobre os segredos muito bem guardados. São secretos.

O advogado bateu na divisória do motorista. A limusine suavemente partiu, se misturando ao tráfego. Wesley mal notou que haviam começado a se movimentar.

– O que eu sei é que só a ideia de descobrir aquele segredo faz a nerdaiada tremer. Como eu sei? Porque temos acesso a todos os servidores do Rei do Crime. Cada documento, cada e-mail, por mais privado que seja... incluindo o seu.

Cicero jogou uma impressão em seu colo. Enquanto Wesley a lia, a água pingava de seu cabelo na folha. Cicero esperou que ele terminasse, esfregando um dedo grosso adornado com um anel de rubi.

– Entendeu a situação?

Boquiaberto, Wesley assentiu.

Sorrindo, Cicero o cutucou, brincando.

– Muito bom. A negação pode ajudar, mas eu pessoalmente acho uma perda de tempo. E não sou eu quem vai te ensinar como é realizar todas as excentricidades de um chefão, não é? *Marone a mi*, as coisas que posso contar daquele fóssil. – Seu rosto largo se tornou sóbrio como uma rocha. – Mas não vou. Nunca. Não sou apenas leal, estou no time que está ganhando... algo que eu e você nunca teremos em comum. Posso te provar de uma dúzia de modos que não restou nada para você trair. O Rei do Crime está acabado. Por outro lado, aqui está sua grande chance de traduzir a pedra.

Chegando a um assustador arranha-céu de estilo gótico, o motorista fez uma curva fechada para a direita. Pouco antes da limusine desaparecer na garagem privativa, Wesley reconheceu o edifício Galby. E gentilmente pararam diante de um elevador.

– E se eu recusar?

– Aí você morre, algo que, com certeza, todos nós faremos um dia. Mas, no seu caso, você morre sem resolver o quebra-cabeça que está te corroendo.

Dessa vez, o motorista foi menos educado. Ele puxou Wesley para fora do carro e o colocou de pé. Cicero se ergueu e ajeitou o colarinho de Wesley antes de lhe dar um tapinha no rosto.

– Não somos bárbaros. Você não precisa decidir agora. A viagem de elevador leva uns bons trinta segundos.

O elevador era tão suave quanto a limusine e, sem janelas, era impossível dizer se estava se movendo. Presos naquele espaço tão pequeno, o nariz de Wesley coçava por causa da colônia de Cicero.

O advogado da Maggia o cutucou novamente.

– Se isso ajudar, diga a si mesmo que, se você fingir entrar na nossa onda, ainda pode virar o jogo e ajudar seu antigo chefe de alguma forma. Mas, morto, não é bom para ninguém.

Wesley costumava achar que a conversa de mafioso de Cicero indicava um intelecto de segunda categoria, mas agora ele sabia que era apenas fachada. O homem era um mestre na manipulação. Enquanto ele falava, Wesley pensava nas *mesmas* possibilidades.

A porta se abriu. Cicero estendeu o braço como um *maître* indicando o assento a um cliente.

– E, olha, se você viver, vamos marcar aquele jogo de pôquer um dia desses.

O escritório era muito grande; nas sombras, podiam-se ver alguns seguranças, sombrios e silenciosos. Uma mesa de mogno bem iluminada encontrava-se do outro lado do cômodo. Cuidadosamente, Wesley refletiu que ela seria a substituta perfeita para a escrivaninha original do Capone que fora destruída na academia do Sr. Fisk.

Atrás dela, havia outro original: Silvio Manfredi, o último dos líderes da Maggia dos velhos tempos. Ele também cuidava de sua aparência, mas com menos sucesso. O tom de sua pele chegava a combinar com o terno cinza. A camisa e a gravata, claramente escolhidas para combinar com seus olhos azuis, só sublinhavam o amarelo bilioso deles. Os cabelos brancos bem cortados o faziam parecer um cadáver pronto para ser sepultado.

Na verdade, Wesley não tinha certeza de que o homem estava mesmo vivo. O corpo estava imóvel. E então Manfredi piscou. Seus olhos focados em Cicero, que respeitosamente removeu o chapéu. E então Manfredi piscou outra vez e olhou para Wesley.

Cabelo de Prata sinalizou com o dedo para o segundo em comando.

– Ele acha que sou um velho caquético e tolo por trazer um peão do Rei do Crime até nosso quartel-general. Mas ele também está esperando que eu faça algo estúpido para que possa tomar meu lugar. Posso sentir o cheiro disso nele, cada um dos pensamentos maldosos e traiçoeiros.

Os lábios de Cicero se curvaram.

– Nem mesmo você pode falar assim comigo.

Ou Cabelo de Prata o ignorou ou não o ouviu.

– Quando sair, peça para Marko entrar.

Cicero manteve o olhar de desdém enquanto saía, deixando a porta aberta. Enquanto esperavam, Wesley notou que suas costas ainda estavam úmidas, mas uma corrente de ar quente diante de si já havia secado a chuva de seu rosto. As luzes não eram só para iluminação, elas também mantinham o velho aquecido.

Um segundo depois, alguém grande como Wilson Fisk, mas mais alto, apareceu no cômodo. Conforme entrava no escritório, teve que abaixar para não bater a cabeça no batente.

Manfredi apontou para o gigante.

– Gosto dos cachorros grandes. Quanto mais burros, melhor. Uma carícia na cabeça e te defendem até a morte.

Wesley não sabia com quem Cabelo de Prata estava falando, ou qual razão havia para insultar seus próprios homens. Seria demência? Mas o recém-chegado parecia não ligar. No mais, até parecia feliz por ter tido permissão de entrar no escritório.

– Conseguiu pegar, Marko?

– Sim, Sr. Cabelo de Prata.

O homem ergueu a tábula, meio enrolada em um velho pano.

– Bom garoto. Sabia que não falharia comigo.

Marko colocou a tábula na mesa com um baque que fez Wesley se crispar. Por sorte, não pareceu danificá-la.

– Vamos lá, chegue mais perto. Certifique-se de que é genuína.

Saindo do nada, um dos soldados que estavam nas sombras trouxe uma cadeira e entregou a Wesley uma lupa. Para sua vergonha posterior, todos os pensamentos em Wilson Fisk desapareceram enquanto ele analisava detalhadamente os hieroglifos tão bem esculpidos.

– É verdadeira. Eu a reconheceria em qualquer lugar.

Assim que disse isso, sentiu a culpa. Pela primeira vez, se sentiu confuso sobre sua lealdade. Por mais sarcástico que tivesse sido o conselho que Cicero lhe dera, estava correto: morto, Wesley não seria de utilidade nenhuma para o Rei do Crime. E ali estava a tábula, em suas mãos.

Cabelo de Prata abriu um sorriso pálido.

– Todos aqueles outros tradutores achavam que era uma receita, como em um livro de gastronomia. Mas você acha que é uma fórmula química.

– É a minha teoria.

Os olhos de Manfredi tinham um olhar vago, como se seu espírito mal estivesse conectado ao corpo. Enquanto ele falava, esse olhar se tornava ainda mais distante.

– Não. Não é uma teoria. Não me pergunte como sei, mas é verdade.

– Você entende que não há muito que eu possa fazer sozinho?

Cabelo de Prata assentiu.

– Eu sei. Você quer que aquele bioquímico te ajude com a tradução... o Dr. Curtis Connors. Logo ele também estará aqui.

• • • •

George Stacy jazia com as costas apoiadas na cabeceira da grande cama de madeira. Usava um pijama azul, que estava em grande parte coberto pelas mantas grossas, enquanto sua filha arrumava os travesseiros de vários tamanhos. O Homem-Aranha observava de um galho no lado de fora. Estava perto o bastante da janela entreaberta para ver e ouvir tudo sem ser visto.

Espiar o fazia se sentir culpado, mas assustar Gwen com sua aparição súbita estava fora de questão, então ele teria que esperar até ela sair. Já a magoara demais.

O capitão parecia dividido entre permitir que sua afoita filha acalmasse suas preocupações e suplicar para que ela parasse com o exagero.

– Estou bem, Gwen, de verdade, me sentindo novo.

Ela continuou arrumando os travesseiros, tão atenciosa que fez o coração de Peter doer.

– Tem certeza? Quer que eu traga algo?

Ele pousou a mão sobre seu punho.

– Não, obrigado, querida, de verdade.

Ela acariciou sua mão.

– Tá bom, mas, se quiser algo, me chame, promete? – Fez uma pausa. – Hum... Peter ligou aqui em casa?

O homem se divertiu em ver o assunto fluindo para longe de sua saúde... mas o estômago do Homem-Aranha se revirou.

– Não. Por quê? Está esperando por ele?

– Eu achei... Ah, ele não é o único garoto no mundo.

Exatamente. Tem aquele bonitão do Flash Thompson, por exemplo.

– Então por que seus olhos brilham sempre que fala dele?

Ela deu um tapinha gentil no ombro do pai.

– Pode parar de ser detetive por um minuto? Só estou preocupada que ele ainda esteja bravo a respeito do encontro que teve com o Flash ontem.

Eu? Sério? Eu achei que ela, sim, estava brava comigo.

– Então por que não liga para ele?

– Porque ainda estou brava com ele.

Tá aí. Quem não estaria?

– Não vou fingir que entendo isso, mas, como eu disse antes, minha querida, ele não a deixaria tão brava se você...

Interrompendo-o, ela se virou para sair.

– Desculpa, tenho dever de casa me esperando.

A porta se fechou. O capitão esperou alguns segundos e então olhou para a janela.

– Ela já foi. Se quiser, pode entrar, filho.

Com um nó no estômago, Homem-Aranha habilmente saltou e se colocou agachado no parapeito.

– Como você...?

Ele parecia confuso.

– Vivo aqui tempo o bastante para saber como as sombras do lado de fora da minha janela se comportam.

– Sinto muito por não ter estado aqui na noite passada. Você está bem?

Stacy suspirou.

– Se está aqui para saber da minha saúde, um cartão de melhoras teria resolvido. Preferiria não ter que lidar com intrusos duas noites seguidas.

– Desculpe. Desculpe.

– Você já pediu. Mais alguma coisa?

– Quero rastrear a tábula. Pode me dizer alguma coisa sobre a pessoa que a roubou?

O capitão enrugou a testa.

– Só porque eu não acho que você seja ruim como a imprensa te pinta, não significa que me sinta confortável em te dizer algo sobre uma investigação em curso. – Suspirou novamente. – Foi levada pelo Homem Montanha, Marko, um capanga da Maggia.

– Homem Montanha? Então acho que ele é grande, né? – Vendo o rosto impassível de Stacy, continuou. – Bem, por que o interesse da Maggia?

– Eu não sei, mas tem mais. Hoje mais cedo, recebemos notícias da Flórida de que um Dr. Curt Connors e sua família foram sequestrados....

Dr. Connors?

Sem esperar que Stacy terminasse, Homem-Aranha deu um salto para trás e sumiu na noite, deixando o capitão falando atrás de si.

– Conhece esse nome? Há algo que a polícia precise saber, filho?

Mesmo que eu quisesse, não poderia contar a ele que Connors também é o Lagarto. Se eu não o tivesse prendido num caminhão refrigerado, onde a temperatura baixa fez com que seu lado primal ficasse dormente, ele ainda estaria vagando pelos Everglades, comendo pequenos mamíferos e planejando o levante dos répteis em busca de seu direito de estarem no topo da cadeira alimentar.

O que é que a Maggia quer com ele?

10

—**O QUE VOCÊ FEZ** com Martha e Billy? – perguntou o Dr. Curt Connors.

Algo doía embaixo da pele e do músculo cauterizado do toco que já fora seu braço direito. Para qualquer outra pessoa, poderia ser uma dor fantasma, uma pontada qualquer. Para ele, era um aviso.

O velho que obviamente estava no comando não disse nada, deixando que o baixinho de gravata espalhafatosa – Cicero – respondesse em seu lugar.

– Nada ainda, além de deixá-los um pouco amarrados para o próprio bem deles. Aquele seu garoto é fogo na roupa.

O pensamento de sua família contida e amordaçada fez com que a dor cruzasse o seu braço com tanta força que ele chegou a cambalear. Parte de seu cérebro já cedia a impulsos mais primais. Se sentiu dividido entre usar sua mão restante para esfregar a região que doía ou se apoiar em algum lugar.

Percebendo que ele não estava fingindo, seus sequestradores trocaram olhares.

Cicero pegou o cotovelo de Connors e o encaminhou até a beira da mesa, onde ele poderia se apoiar. O líder idoso fez um gesto com o dedo, e Connors ouviu o som de líquido sendo despejado.

– A ferida de guerra vindo à tona?

Aqueles mafiosos achavam que uma pesquisa tinha lhes dito tudo que precisavam saber sobre ele. Sabiam o bastante para encontrar sua casa escondida no Everglades, para capturar sua mulher e filho primeiro e para ameaçar suas vidas em troca de cooperação.

Mas não faziam ideia do quanto poderia ser corajoso.

O ataque de morteiro que destruíra o braço de Connors também o fizera mais determinado a encontrar um modo de se curar, e a milhões de outros amputados. Ele achara ter encontrado a chave das habilidades regenerativas de certos lagartos. Anolis verdes, salamandras, lagartixas e camaleões podem perder suas caudas preênseis e fazê-las crescerem novamente. Por que uma terapia de genes correta não permitiria que os humanos fizessem o mesmo? Mas o soro experimental o transformara, embutindo em seu cérebro antigos instintos predadores que o faziam ver outros seres como meras fontes de alimentação.

Talvez, da próxima vez, devesse tentar usar ratos brancos, como todo mundo.

Desde sua captura, uma batalha vinha acontecendo em seu coração e sua mente. As necessidades primais de salvar sua esposa e filho lutavam contra o conhecimento de que, se fizesse qualquer coisa, poderia causar a morte deles.

Assim que o jatinho particular pousara em Nova York, os sequestradores os separaram. Não poder mais ver Martha ou Billy enfraquecia sua razão e alimentava sua ira.

Como resultado, começava a lhe importar cada vez menos se os sequestradores ficariam vivos ou morreriam. O pensamento de que isso estava em suas mãos trazia um doentio senso de prazer.

Outro sinal da mudança.

Uma taça de conhaque caro foi colocada diante dele. Enquanto lhe davam tempo para beber, tentou novamente convencer seu lado obscuro de que, por mais satisfatório que fosse um momento de vingança, ele também poderia selar o destino de sua família.

Mesmo a criatura, seu lado réptil, entendia o que era família. Por enquanto, a manteria sob controle.

– Terminou seu drinque? Ótimo.

A taça foi retirada de sua mão.

– Ouça com atenção. Você é um veterano de guerra e um médico. Eu respeito isso. Então, só para ser claro, você não está aqui para fazer nada ilegal, ok? Você está aqui para salvar uma vida... a minha. Faça isso e ninguém se machuca. Droga, depois deixo vocês onde quiserem, em casa, na Disneylândia, tanto faz... junto com um cheque polpudo para usar em qualquer pesquisa com jacaré que você preferir. E aí? Isso faz você se sentir melhor?

Algo reluziu nos olhos do velho. Algo que o réptil achou familiar. Qualquer palavra que o homem usasse, qualquer promessa que fizesse, sempre estaria a um segundo de distância de realizar seus próprios desejos. Comunidades complexas de mamíferos baseadas em empatia e cooperação eram coisas incompreensíveis para ele.

Connors nunca poderia confiar que Cabelo de Prata manteria sua família viva. Mas *poderia* confiar que a manteria viva até conseguir o que queria.

Então ele aceitou.

– Bom. Marko, leve-o até Wesley no laboratório.

Mas a criatura nunca desaparecia completamente. Quando o gigante pousou a mão pesada em seu ombro, ela se revirou.

– Quero ver minha família primeiro.

Marko segurou Connors pelo colarinho. Os instintos do gigante eram mais reconhecidos pela natureza de primata.

– Você fará o que o Sr. Cabelo de Prata disser, *quando* ele disser.

A velocidade com a qual o gigante que antes estava imóvel se ergueu impressionou a parte reptiliana da mente de Connors.

– Você não ouviu nada do que acabei de dizer sobre respeito?

Cabelo de Prata estapeou o gigante várias vezes, até que ele soltou Connors. Olhando para baixo em sinal de submissão, Marko bufou e tocou o rosto avermelhado.

– Não há razão para me envergonhar desse jeito, Sr. Cabelo de Prata.

Apesar das palavras, o tom foi apologético.

Cabelo de Prata deu um passo para trás. Ele também bufava, cambaleante. Suas mãos tateavam atrás de si, procurando a mesa para se apoiar.

– Ninguém dá ordens além de mim. Nunca...

O acesso de tosse que se seguiu trouxe uma mancha vermelha ao seu rosto que parecia tão pouco saudável quanto o tom cinzento que havia antes. Cabelo de Prata apertou o peito.

Enquanto isso, Cicero parecia um apostador observando seu cavalo acelerar até a liderança. Ele acenava com a cabeça para o chefe e sussurrava:

– Você tem mais razão para torcer para que ele sobreviva do que eu.

Entendendo o recado, Connors se aproximou, tocando o pescoço de Cabelo de Prata a fim de sentir seu pulso. O chefão deu um tapa em sua mão, afastando-a.

– Estou bem. Foi só uma crise. Está passando.

Recobrando o ar, Cabelo de Prata bateu nas costas do preocupado Marko.

– Tá tudo bem, garoto. Não falemos mais disso.

Cicero segurou o cotovelo de Connors uma segunda vez e o puxou na direção da porta aberta. Além dela, havia um corredor e uma escadaria.

– Há um circuito fechado de monitoramento no laboratório. A cada hora de trabalho, você vê sua família por um minuto.

• • • •

Robbie Robertson circulava o filho, que permanecia sentado. Parava ocasionalmente para se apoiar na estante, na janela ou na parede do escritório.

– Você quer ser um ativista, ótimo. Eu o apoio até o final. Mas o mundo está cheio de ignorância, e a educação é a única solução. Largue a faculdade e você se tornará um soldado desarmado.

Um sisudo Randy mantinha as mãos no colo.

– Entendo o que você está dizendo, mas há tanta gente negra que confia no sistema e se ferra. Eu não vejo como posso lutar *e* deixar que ele me doutrine ao mesmo tempo.

– Doutrine? Você faz a faculdade soar como um campo de prisioneiros de guerra. Eu lutei contra a injustiça durante toda a minha vida, com minha voz e meu trabalho. A faculdade não me impediu... Ela me ajudou.

Randy virou a cabeça, lutando para encontrar as palavras certas.

– Quanta voz você realmente tem quando está trabalhando para aquele...

Um grito conhecido rompeu a bolha particular.

– ROBERTSON! Onde está o Robertson?

Randy ergueu as mãos.

– Falando no diabo.

Ouvindo o ruído abafado da equipe aplaudindo, Robbie relaxou.

– Não se preocupe. É o primeiro dia da volta dele. Teve que passar por um monte de funcionários querendo cumprimentá-lo antes de chegar aqui. Quem sabe? Pode tê-lo deixado de bom humor.

Sem nem mesmo uma batida, a porta se abriu com tudo. Jonah estava ali, parado em toda sua glória, com pedaços de confete presos ao cabelo e ao sobretudo.

Robertson suspirou.

– Ou não. Seja bem-vindo, Jonah, eu...

– Você! Aí está você, seu traidor, seu Benedict Arnold*!

Aparentemente o hospital fizera certo bem para Jameson. Ele brandia a última edição com o vigor de um homem muito mais jovem.

– No segundo em que virei as costas, você transformou o Homem-Aranha em um herói!

Robbie fez uma careta.

– Acalme-se, Jonah. Eu não *transformei* ele em nada. Essas fotos contam a história, e nós devemos relatar a verdade, certo?

– Errado! Quem foi que te ensinou como fazer jornalismo? – Jameson amassou o jornal e o sacudiu na direção de Robertson. – É tudo questão de ângulo, da voz editorial! Você sabe como o Clarim se sente sobre aquela doninha atiradora de teias. Você sabe como *eu* me sinto sobre ele!

---

* Benedict Arnold foi um general durante a Guerra de Independência dos Estados Unidos que lutou pelo Exército Continental, mas desertou e se juntou ao Exército Britânico.

Randy observava atentamente enquanto seu pai respondia.
– Jonah, é o seu jornal. Você pode escrever todos os editoriais que quiser... na página do editorial. Mas as notícias são meu departamento. Eu as divulgo como as vejo.

O rosto de Jameson se inchou e retorceu.
– Acha que não posso te demitir por isso? Acha que não vou?

Randy se inclinou para a frente na cadeira.

Robbie calmamente cruzou os braços.
– Não vai precisar. Se você quer distorcer a realidade para adaptá-la a alguma vendeta paranoica, eu me demito.

Jameson estremeceu. Sua expressão mudou de um extremo para outro.
– Espera, espera, espera! Espera um minuto! Se demitir? Do que você tá falando? Claro que as páginas de notícias são suas. O que está acontecendo com esse lugar? Você era um homem que gostava de comprar uma briga. Muito bem. Aceito suas desculpas.

– Minhas o quê?

Mas Jameson já estava fechando a porta ao sair:
– Sou muito gentil, muito sensível para tudo isso!

Uma vez que ficou claro que ele não retornaria de imediato, Randy cerrou os dentes.
– Ele *realmente* acha que você pediu desculpas?

Robertson acenou com a mão.
– Não. Mas ele nunca vai admitir. O importante é que as notícias nesse jornal saem o mais próximo da verdade que eu consigo.

Randy estava impressionado.
– Você o enfrentou. Ia realmente pedir demissão.

Seu pai pensou um pouco e então assentiu.
– Eu teria pedido, mas conheço esse homem bem o suficiente para saber que não chegaria a isso. Claro, ele vê as coisas de certa perspectiva, mas dê uma lida em seu editorial do mês passado sobre privilégio branco. Jameson não é racista, só um fanfarrão com uma

rixa esquisita com o Homem-Aranha. Se quer ser uma força eficaz, você tem que reconhecer quem são seus inimigos de verdade.

– Certo, entendi. Vou continuar na UES, pelo menos posso tentar aprender como vencer uma discussão com alguém como Jameson.

Robbie deu um tapinha nas costas do filho.

– Isso vai fazer você passar pela faculdade com certa facilidade.

• • • •

Pendurado do lado de fora da janela, o Homem-Aranha mudou de posição antes que pudessem vê-lo.

Acho que Randy está levando o papo sobre "paciência" de coração. Imagino se um dia eu serei capaz de fazer o mesmo.

Seguiu pelo beiral até ter uma visão da área de trabalho. Um rabugento Jameson se encontrava cercado por sua sorridente equipe. Sempre que ele dava a impressão de que estava prestes a sair gritando para que voltassem ao trabalho, Betty Brant e Ned Leeds jogavam mais confete nele. Por um segundo, Peter achou ter notado que o editor fazia força para não sorrir.

Esse homem é capaz de começar uma briga num lugar vazio, mas estou feliz de vê-lo. Só que dar uma olhada na cara amarga de Jameson não é o motivo de eu estar aqui. Nunca me meti com a Maggia antes, então perdi a noite toda procurando pelo quartel-general deles. Droga, o único membro que conheço de nome é o Cabelo de Prata, mas não há nada melhor do que saber das novidades em primeiro lugar. Espero tirar umas ideias das coisas que encontrar aqui.

Enquanto a multidão se concentrava em seu amado líder, Homem-Aranha abriu a janela e surrupiou uma cópia da última edição. Suspenso em um mastro de bandeira, ele folheou o jornal, parando numa pequena matéria enfiada na página dois.

O suposto advogado da Maggia, Caesar "Grande C" Cicero, tirou o braço direito de Fisk da cadeia, certo? Isso deve ter alguma coisa a ver com a tábula. E olha! Eles mencionam o endereço chique onde fica o escritório de advocacia do Cicero.

Ele se balançou de prédio em prédio, a trinta metros de altura, na direção de um local em Midtown que ficava a poucos quarteirões dali. Daquela vez, depois de contar os andares, encontrar o escritório foi fácil – principalmente quando avistou o advogado colocando os mesmos casaco e chapéu que estava usando na foto do Clarim.

Para variar, estou com sorte. Mais alguns segundos e eu o teria perdido.

Cicero estava de costas e o Homem-Aranha não conseguiu resistir à ideia de projetar o sinal aranha na parede. Cicero girou nos calcanhares. Apesar das sobrancelhas grossas, seus olhos se arregalaram.

– Homem-Aranha.

Peter abriu a janela e saltou para dentro.

– Que bom que notou tão rápido. Nunca sei quando as baterias dessa coisa podem acabar. Você dever ser o Grande C. Sem ofensa, mas eu queria que a Maggia fosse mais consistente nos apelidos. Se o Grande C é um apelido irônico, o outro cara não deveria ser Morrinho Marko?

– O que você quer?

Geralmente até os capangas de baixo escalão da Maggia ficavam hostis quando confrontados, mas Cicero estava abalado. Achando que poderia usar isso como vantagem, Homem-Aranha rapidamente diminuiu a distância entre eles. O advogado parecia pronto para saltar de dentro do casaco e até da própria pele.

– Só uma conversinha. Todo o lance de jogar teia e se agarrar nela é muito solitário. Que tal responder algumas perguntas como: qual o motivo de você ter soltado Wesley?

Cicero endureceu, mas não conseguia parar de tremer.

– Esse é um assunto confidencial entre cliente e advogado.

O Homem-Aranha se aproximou mais. Cicero recuou, tateando a estante de livros.

– Sério, eu pareço ser da corte de justiça? Mas tudo bem, que tal então me contar como é que a tábula entra nessa... ou melhor ainda, onde é o quartel-general da Maggia?

Caesar conseguiu soltar um sorriso irônico.

– Se eu soubesse, acha que eu seria tão estúpido a ponto de trair a Maggia?

O Homem-Aranha olhou fundo em seus olhos.

– Sim, sim, eu acho.

Um pequeno estalo fez com que ele olhasse para baixo. O dedo de Cicero estava em um botão escondido sob uma das prateleiras. Sabendo que seu sentido aranha o avisaria quando a ameaça fosse iminente, ele ergueu o advogado pelas lapelas de seu casaco de pele.

– Por que você teve que fazer isso? Agora tem que me contar tudo que quero saber ainda mais rápido!

Cicero se contorcia.

– Eu já disse, não vou dar com a língua nos dentes.

E enfim o sentido aranha o cutucou, de um jeito bom, mas duro. Soltando o advogado, ele se virou bem no momento em que um painel da parede do outro lado deslizava, se abrindo e revelando uma passagem que ia além das silhuetas de vários homens armados.

Um deles gritou:

– Se proteja, Grande C. Estamos em número suficiente para derrubá-lo.

Cicero se abaixou, dando espaço para que atirassem.

– Falar é fácil. Façam logo!

No momento em que as primeiras balas foram disparadas, o Homem-Aranha já estava saltando da parede na direção dos atacantes. Quantos haviam ali? Quatro? Cinco? Uma das balas destruiu a janela.

– O que ele está fazendo aqui?

– De que importa? Nós podemos ser os caras que mataram o Homem-Aranha!

Estavam afoitos, mas não eram amadores. Dois avançaram para flanqueá-lo enquanto os outros se mantinham afastados sem parar de atirar. Preso à parede pela ponta dos dedos, o Homem-Aranha chutou um dos que avançavam para cima do outro.

Antes que pudesse dar cabo do trio à porta, eles se separaram. Pousando na frente do mafioso mais próximo, ele o atingiu primeiro.

– Como ele sabe que estamos mantendo aquela mulher do Connors e o filho dele aqui?

O Homem-Aranha parou no meio de um golpe.

– Espera, o quê? Vocês estão com a família do Dr. Connors aqui?

Cicero deu um tapa de mão aberta no meio da cara.

– Idiota! Ele não sabia até você contar!

Não é à toa que estava tão agitado!

Desesperado para corrigir seu erro, o capanga disparou a esmo, enchendo a sala de balas. Homem-Aranha agarrou um grosso livro de direito com sua teia e o usou para arrancar a arma da mão do bandido.

O sentido aranha formigou, e ele saltou pouco antes de uma cadeira pesada rachar a parede onde estivera. Passando as pernas em volta do pescoço do capanga que a atirara, o Aranha se torceu, derrubando-o.

– Prestem atenção, rapazes. Acho que chamam esse golpe de chave de perna em pé!

Mais mafiosos entraram pela passagem, enchendo o escritório. Cicero saiu de baixo da mesa e os usou como cobertura. Segurando seu chapéu forrado de pelos na cabeça, correu para a passagem secreta. Uma teia derrubou mais três atiradores, mas, até eles caírem, o painel escondido já estava se fechando.

Droga! Não posso deixá-lo fugir.

Girando de lado pelo ar, Homem-Aranha bloqueou com o corpo dois homens e, em seguida, agarrou outro atirador para jogá-lo contra o grupo que ainda estava de pé. Isso o fez ganhar tempo suficiente para quebrar a parede falsa e saltar para o espaço estreio que havia atrás dela.

Na base de uma longa escadaria, uma porta de aço baixava do teto para selar o caminho. Antes que pudesse se fechar, o Homem-Aranha avançou degraus abaixo e conseguiu enfiar os dedos na brecha. Sua força mal era capaz de impedir que o metal esmagasse seus ossos.

Outro bom conselho do Tio Ben. Dobre os joelhos para levantar algo pesado!

Agachado, o Homem-Aranha segurou a porta e estendeu as pernas. As engrenagens ocultas gemeram. Depois de vários segundos difíceis, o mecanismo cedeu, permitindo-o levantar a porta com facilidade. Além dela havia mais escadas que levavam para baixo... muitas delas, com os níveis a cada cinco metros. Lembrando-se do quão alto estava o escritório, ele calculou que aquilo deveria ter uns trinta andares de comprimento.

Para ganhar velocidade, ele foi pela parede. Suas juntas flexíveis permitiam que desse impulso com as mãos, empurrasse com as pernas e então se impulsionasse novamente, dessa vez com os pés, se lançando no ar e descendo cada vez mais rápido. Uma sombra à sua frente o fez perceber que já estava alcançando Cicero.

E então um grito de lamento o fez parar:

– Socorro! Nos ajude, por favor!

– Sra. Connors?

Cicero os libertara para assegurar sua própria fuga? Se lançando para trás, o Homem-Aranha avistou o gravador digital largado na base anterior... e se deu conta do truque. O atraso havia lhe custado alguns segundos, mas aquilo foi mais do que o bastante para mudar o curso de algumas vidas. Ele pousou na base final, onde as escadas acabavam e se iniciava um pequeno corredor.

Adiante, ouviu o som de um motor e uma porta de garagem se abrindo. Sem querer repetir o erro que cometera com o Rei do Crime, sacou um rastreador aranha de seu cinto. Seguindo adiante, chegou a uma pequena garagem particular no mesmo momento em que o sedã preto, com os pneus cantando, alcançava a rua.

Ainda correndo, lançou o rastreador.

Antes que pudesse ver se ele atingira o alvo, seu sentido aranha despertou... mas não havia para onde ir. Diversas bombas irromperam do corredor e da garagem; a força brutal de concussão que liberavam o jogava para todos os lados de uma vez, seguida por calor e chamas. Ele dançava o melhor que podia para escapar dos pedaços de concreto que choviam, até que uma placa pesada despencou, quase o nocauteando. Tinha certeza de que seu ombro estava deslocado e algumas costelas quebradas.

Tendo escapado por um triz de ser soterrado, abriu caminho entre os destroços até um espaço enfumaçado. Até onde sabia, ninguém mais havia sido atingido pela explosão. Tudo que sobrara da garagem particular era uma cratera fumegante. Ferido, todo o seu sistema nervoso gritava, e ele mal percebia o leve formigamento logo abaixo da dor, dizendo que mais alguma coisa havia sobrevivido ao ataque.

A alguns metros, num pedaço de concreto ileso, a pequena luz vermelha de seu rastreador aranha piscava.

Pois é. Eu o perdi.

11

QUANDO PETER PARKER ACORDOU, a totalidade de seu coração e de sua mente estava consumida por uma única coisa: dor.

Sou forte? Certamente. Rápido? É bom acreditar nisso. Mas se jogarem meia tonelada de concreto em cima de mim, eu definitivamente vou acordar dolorido na manhã seguinte.

E é a manhã seguinte, não é?

A luz do sol penetrava pelas beiras da persiana fechada, confirmando que já era dia. Mas, pelo que lhe constava, já podia ser de tarde. Ele tinha uma vaga memória de Harry se despedindo ao sair, mas isso poderia ter acontecido horas atrás.

Ao menos podia se mover, apesar de não conseguir se manter muito tempo de pé. Suas juntas estavam rígidas como madeira.

Tentou se alongar, mas isso só fez crescer a dor que sentia. Achando que um banho quente poderia acalmar o desconforto, se arrastou até o banheiro. A sensação da água contra as feridas quase o fez gritar.

Ah! Por que meu sentido aranha não me avisou disso?

Depois de uma hora e meia, ele já conseguia caminhar lentamente, como um velho. Pelo menos, estava de pé.

O Dr. Connors e sua família estavam lá fora em algum lugar, mas Peter não podia fazer muita coisa em sua atual situação, mesmo se soubesse onde.

No entanto, estava melhorando e não piorando. Olhou para o relógio: 9:17. Talvez à noite já conseguisse. Enquanto isso, visto que fora o Capitão Stacy quem lhe contara sobre os sequestros, ao menos tinha certeza de que a polícia estava à procura da família Connors.

Talvez eu vá mancando para uma aula ou duas. Só espero que os professores não me chamem... se é que ainda lembram quem eu sou.

Andar era um desafio, então ele pegou um ônibus. Enquanto se arrastava pela praça, manteve a cabeça baixa; seus ombros pareciam estar sendo triturados. Josh e Randy estavam conversando com outros amigos na escadaria que dava para o edifício de ciências físicas. Ele fingiu não os ver, o que gerou um olhar de desdém vindo de Kittling.

– Que foi? Você é bom demais para nós?

Randy o defendeu.

– Pega leve, Josh. Só porque você manda pular, não significa que todo mundo tem que te perguntar de qual altura.

Kittling riu.

– Opa, o que foi que o calouro comeu no café da manhã? Defendendo o amiguinho, é? Parabéns.

Peter murmurou um "olá", mas manteve os olhos focados nos degraus. Já estava no meio da subida quando um par de tênis familiar parou em sua frente.

– Gwen?

Dobrando a perna para colocar o pé em um degrau mais alto, ela começou a falar, mas a mente debilitada dele estava acelerada demais para prestar atenção. Se sentia como o cervo que fica imóvel na estrada, fascinado pelas luzes de um farol que se aproxima depressa.

Quando foi a última vez que a vi? Não, quando foi a última vez que a vi como Peter Parker? *Será que não mandei nenhuma mensagem desde que ela me contou do ataque que o pai sofreu? Já é difícil controlar o que tenho de fazer quando estou saudável. E se eu confundir as coisas, repetir algo que ouvi quando estava espionando como Homem-Aranha?*

– Peter, você ouviu alguma palavra do que eu disse?

O queixo dele caiu.

Vixe! Não, não ouvi! Será que ela terminou comigo? Será que quer ir ao cinema? Será que está comprometida com outro?

Ele tentou erguer os braços para mostrar que se rendia, mas doía muito.

– Gwen, por favor. Sinto muito. Estou exausto. Eu nem devia ter saído.

Ela estava claramente irritada, mas estendeu o braço para apoiá-lo.

Nosso relacionamento. Ela quer falar sobre nosso relacionamento. Deve ser isso, certo?

– Eu sei que precisamos conversar. Podemos fazer isso em breve, quando eu sair da última aula, às quatro?
Ela hesitou.
– Não posso. Vou estar ocupada.
Peter piscou os olhos.
– Ocupada?
– Se quer saber, estou fazendo umas coisas para o meu pai.
– Desculpa, eu não quis dizer... Amanhã está bom? Escolha o horário.
Ela assentiu.
– Almoço.
Ele sentiu alívio quando ela foi embora, mas também uma certa mágoa.
Algo realmente a está incomodando.
Seguiu em frente mancando, esperando chegar até a última fileira da sala de aula sem mais nenhum incidente. E quase gemeu alto quando viu Harry se aproximar.
– Colega de quarto! Eu esperava encontrar você!
Tentou demonstrar animação.
– Oi, Harry.
– Oi, Harry? Isso é o melhor que tem a dizer para um amigo exibindo seu novo bigode?
Peter semicerrou os olhos, tentando ver os pelos faciais quase invisíveis.
– Isso é novo?
Foi uma pergunta sincera. No entanto, julgando pela reação de Harry, aquela não era a hora certa para sinceridade.
– Jesus – disse Harry. – Agora sei como MJ se sente quando a gente não nota que ela cortou o cabelo.
E se afastou bufando.
Parando à porta da sala de aula, Peter olhou ao redor, imaginando se faltava mais alguém para ofender... ou se tinha mais alguém que ele *conhecia*. E não percebeu que estava travando a

passagem até que alguém passou empurrando-o. O leve contato em seu ombro provocou espasmos de dor.

Ah, cara! Será que meus pais ofenderam acidentalmente um feiticeiro do mal ou algo do tipo?

• • • •

Wesley admirou a rapidez com a qual a Maggia montou um laboratório completo, com direito a biblioteca e tudo – até que lhe ocorreu que deviam ter seguido suas próprias anotações conseguidas depois de hackearem seu computador.

Em todo caso, o novo gerador de imagens em 3D com tecnologia de ponta começou a dar resultados imediatamente. Todas as formas conhecidas de escrita eram bidimensionais, mas, como os peritos já haviam descoberto, o significado dos símbolos na tábula mudava com base nas variações de profundidade do entalhe.

Por outro lado, esses peritos achavam que a tábula continha algum tipo de instrução, se focavam apenas em distinguir a "receita" do resto da prosa, buscando por símbolos baseados em ingredientes naturais – ervas e daí por diante. Já Wesley deduzia que os entalhes eram bem mais sofisticados e os símbolos que procuravam estavam mais próximos da linguagem química: sódio e cloro em vez de sal, uma fórmula em vez de uma receita. Nesse caso, um bioquímico poderia fazer tal distinção com mais facilidade. Por isso a presença do Dr. Connors.

E, de fato, eles já conseguiam ser os primeiros a perceberem a fórmula no meio da prosa. Infelizmente, isso não era o mesmo que *compreender* a fórmula. Desde a descoberta inicial, acabaram entrando em diversos caminhos sem saída.

Wesley estava tão fascinando que tendia a esquecer as ameaças da Maggia. Mas Connors, não. O destino de sua família pesava tanto sobre ele que causava distração.

Foi Samuel Johnson quem disse que, quando um homem sabe que vai ser enforcado, sua mente se concentra de forma maravilhosa? Bem, a respeito do meu parceiro relutante, pelo menos, ele estava errado.

Para relaxar, Wesley tinha que lançar uma moeda para o alto e pegá-la em seguida, algo que vira George Sanders fazer em um filme antigo. Connors, por sua vez, continuava fechando os punhos e jogando canetas contra a parede.

Wesley pegou a moeda e disse:

– Você se dá conta de que fizemos mais progresso nas últimas poucas horas do que outros fizeram em séculos?

Connors fez uma careta.

– Sim, mas não é o suficiente, é? Não pude fazer nenhum exame, então só tenho a aparência dele e aquele ataque que teve para me fiar... mas, se o coração dele é tão frágil quanto suspeito, isso pode matá-lo a qualquer minuto. Mesmo que o Cabelo de Prata tenha a intenção de manter sua palavra, o que duvido, ele pode morrer muito antes da gente terminar.

A informação deixou Wesley dividido. A morte de Cabelo de Prata deixaria a Maggia em desordem, temporariamente. Por um lado, essa poderia ser a oportunidade que o Sr. Fisk precisava. Por outro, poderia tirar de Wesley tanto sua vida quanto a chance de resolver o grande mistério.

Connors pegou a caneta e a usou para rotacionar as imagens dos símbolos que descobriram e eram projetadas na parede.

– Mesmo agora, que estamos apenas olhando para a fórmula, ainda existem variáveis demais. Algumas podem ser componentes, outras, proporções, e algumas podem ainda ser relações entre ingredientes.

Quando Wesley jogou novamente a moeda, Connors a observou girar no ar. Olhos arregalados, o bioquímico olhou novamente para a projeção. Uma barra riscada abaixo de um símbolo o marcava como parte da fórmula. Mas cada símbolo também continha uma curva em várias posições. Connors foi de um símbolo a outro, traçando as diferentes curvas: retas, inclinadas e horizontais.

Wesley se deu conta do que Connors estava pensando antes mesmo de falar com ele.

– As curvas aparecem em *todos* os símbolos, prosa ou química, em cerca de vinte variações. Na fórmula, no entanto, há apenas três, então podem se relacionar com nossas variáveis: ingredientes, quantidade e relação. Ninguém notou isso antes porque nunca estavam olhando *simplesmente* para a fórmula. Acho que conseguimos!

• • • •

Quando Cicero e seus reféns finalmente chegaram ao edifício Galby, ele planejava colocá-los em segurança e tirar alguns minutos para si mesmo. A longa noite não lhe permitira sequer uma pausa para ir ao banheiro. Mas, no instante em que Cabelo de Prata soube onde estavam, exigiu que fossem levados direto para seu escritório. Como um bom soldado, Cicero obedeceu.

Assim que pisaram fora do elevador lotado, seus homens empurraram a mulher e a criança encapuzadas para seguirem atrás dele. Cabelo de Prata apoiou seus punhos nodosos na mesa, se impulsionou para ficar de pé e atravessou a sala, encarando Cicero de cima.

– O que você queria trazendo-os até nosso quartel-general sem nem me informar?

Cicero sabia que Cabelo de Prata estava parado diante dele apenas para intimidação, para acentuar a diferença de altura e demonstrar a superioridade típica de uma matilha. Mas Cicero estava cansado e estressado. O que deveria ter saído como uma súplica pareceu mais uma ordem.

– Pega leve!

Reconhecendo o erro, baixou o tom.

– Sr. Manfredi, o Homem-Aranha apareceu em meu escritório. Eu tinha que tomar uma decisão.

A desculpa só piorou as coisas. Cabelo de Prata socou a mesa.

– Homem-Aranha? Ele não vai parar até encontrá-los. E você o trouxe até a nossa porta! Não estaríamos nessa confusão se você morresse logo, seu gorila senil.

Cicero esfregou o rosto e se forçou a adotar um tom mais civilizado.

– Primeiramente, eu não podia ligar. Esse não é o tipo de coisa que se discute pelo telefone. Em segundo lugar, da última vez que o vi, o escalador de paredes estava enterrado em destroços. Com sorte, ele está morto; na pior das hipóteses, está bem machucado. Em terceiro, acabei de passar a noite toda e metade da manhã dirigindo por Jersey e Connecticut para me certificar de que não estava sendo seguido. Não sei o que mais poderia ter feito.

Em certo ponto, Cabelo de Prata havia parado de ouvir.

Suas narinas dilataram.

– Você está fedendo.

Cicero não conseguia mais aguentar.

– Sinto muito, mas não tem chuveiro no sedã!

O silêncio que se seguiu foi tão profundo que ele podia ouvir os lábios de Cabelo de Prata se torcendo enquanto formavam um sorriso discreto.

– Se eu precisava de uma desculpa para estripar esse corpo traidor, você acabou de me dar. Marko, leve esse miserável...

Mas o homem montanhesco estava com a mão no fone de ouvido.

– Sr. Cabelo de Prata, é do laboratório. Eles fizeram algum tipo de progresso.

Quando o queixo de Cabelo de Prata caiu, Marko se encolheu.

– Desculpe. Você disse que eu deveria contar logo que tivesse notícias, não importasse o que estivesse fazendo. Você disse que eu deveria interromper...

– Não, Marko. Não estou com raiva. Estou animado. – Com as pernas tremendo, fez um sinal para que o gigante lhe desse apoio. – Devemos ir até lá imediatamente.

Na saída, Cabelo de Prata fez uma pausa para olhar feio para Cicero. Entre o olhar insanamente confiante no rosto do chefão e seu imenso sorriso de caveira, Cicero se preocupou que a tábua realmente tivesse algum segredo poderoso e esquisito.

Assim que saíram de vista, afastou o pensamento.

Ah, ele está delirando.

Um gemido de Martha Connors o lembrou de que *alguém* da Maggia devia ter atitudes sãs. Se virou para seus homens, que ainda esperavam perto do elevador privativo, e apontou para os reféns.

– Encontrem um lugar para prendê-los.

Quando hesitaram, ele gritou.

– Também tenho que perguntar isso para o chefe? Estão aqui, certo? Temos que prendê-los em algum lugar! Façam isso já!

• • • •

No começo, Connors achou que as luzes no corredor fora do laboratório haviam sido apagadas. Mas era Marko, sua figura enorme bloqueando a passagem. O gigante olhava para eles desconfiado, mas permaneceu mudo enquanto ajudava Cabelo de Prata a entrar no recinto. O líder da Maggia parecia ainda mais próximo da morte do que quando Connors o vira pela última vez.

Ao mesmo tempo, seu rosto cinzento tinha um novo e estranho brilho... uma aparência de, por falta de um termo mais equivalente à sua idade, ansiedade infantil.

– Vocês conseguiram?

Connors esperava que Wesley fosse responder, mas o homem silenciosamente se deslocou para o fundo do laboratório. Será que confiava que Connors, como doutor, explicaria melhor o perigo? Ou estava evitando a todo custo a atenção do Cabelo de Prata?

Sem ver escolha, Connors suspirou.

– Nós isolamos a fórmula para uma espécie de elixir. Mas não fazemos ideia de qual é o propósito dele, muito menos se funciona.

O próximo passo seria começar a fazer testes, e então em algumas semanas...
   Cabelo de Prata esticou seu dedo torto e trêmulo no ar.
   – O que a tábula diz sobre isso?
   Com uma leve pontada de culpa, Connors fez um aceno para seu parceiro. Já haviam especulado a razão para o interesse do velho mafioso no elixir.
   – A prosa não é minha área de perícia. Wesley?
   Antes de responder, Wesley lançou a ele um olhar de admiração, como se dissesse: *touché!*
   – Não tivemos tempo de completar nem mesmo uma tradução bruta do texto completo. Uma resposta acurada precisaria de anos de pesquisa. Além das variações no significado, que são problemáticas em qualquer tradução, parece haver uma cosmologia inteira enterrada nas camadas da escrita... literalmente.
   Cabelo de Prata juntou os dedos no ar, criando uma imitação de fantoche.
   – Blá-blá-blá! Só me fala se ela diz algo assim...
   Ele inclinou a cabeça para trás, fechou os olhos como se entrasse em uma espécie de transe e cantou:

Nos dizem que nascemos para morrer
O que não faz sentido, não ilude
Quais entre nós dizem a verdade conhecer
Irão beber, beber o néctar da juventude.

   Ao finalizar, sua essência impaciente retornou do lugar para onde fora.
   Confuso, Wesley olhou para Connors.
   Cabelo de Prata deu um passo adiante.
   – É alguma coisa desse tipo? Um de vocês. É?
   Como nenhum respondeu, Marko cruzou os braços.
   – O Sr. Cabelo de Prata fez uma pergunta.

Por fim, Wesley disse:
— Sim e não. Há algumas similaridades, mas...
O deleite infantil de Cabelo de Prata voltou.
— Há! Voltem ao trabalho. Criem esse néctar para mim... agora!
Connors tomou a palavra.
— Não posso. Não faço ideia do que essas químicas vão fazer com seu corpo. Se matarem você, minha família morre. Estou errado?
Quando Cabelo de Prata sacudiu a cabeça, parecia que não estava muito bem presa ao seu corpo.
— A parte mais difícil está feita. Eu poderia contratar uma centena de químicos para seguirem a fórmula. Mas estou com pressa, então farei com que sua decisão seja mais fácil. Ou você cria o néctar imediatamente, ou eles morrem agora! Começando pelo seu filho. E, para ser claro, é melhor que ele funcione.
Enquanto Marko ajudava seu chefe a passar pela porta, Connors sentiu a criatura remexendo no fundo de sua mente.
— Cabelo de Prata!
O velho se virou. Connors apontou para Wesley. A coisa dentro dele não confiava em parceiros, ou, mais precisamente, não confiava em ninguém.
— Eu tenho uma família em risco. Ele não. Não quero ele aqui.
Os olhos de Cabelo de Prata foram de um para o outro, então pararam em Connors.
— Tudo bem.

• • • •

Quando a aula terminou, o ruído dos cotovelos e ombros remexendo lembrou Peter do quanto seu corpo ainda doía. O pior da dor havia recuado o suficiente para que ele pudesse atravessar o corredor lotado sem que parecesse um inválido. Mas, lá fora, o frio da tarde invadiu a rigidez remanescente em seus membros, mesmo sob as roupas.

Sair dali usando as teias estava fora de questão.

Um andar debilitado ajudava, mas estava claro pela dor em seu tórax que tinha uma ou duas costelas feridas. Felizmente, elas só doíam quando ele se esticava de certo modo ou inalava muito profundamente. Pensava em seguir para o médico e pedir para enfaixarem seu corpo, mas uma visão no Grão de Café conjurou preocupações mais emocionais.

Assim como Gwen está ocupada hoje, não estou disposto a ter conversas sérias.

Ao passar pela janela, a imagem de um casal aconchegado em uma das mesas o fez suspirar.

Me sinto um babaca pelo modo como estourei com Flash. Eu cheguei a me desculpar por isso?

A garçonete tapava sua visão, mas de relance notou o cabelo platinado. Pensando que era um truque de luz, quase continuou andando. Mas algo o fez parar e se aproximar do vidro.

Espera um pouco...

A garçonete ainda escondia seus rostos, mas não o uniforme masculino.

Flash? Com Gwen? Não é possível.

Ele encostou no vidro.

Simplesmente, não é possível!

Quando a mulher ergueu a cabeça para agradecer à garçonete, Peter não pôde mais negar. Era Gwen. Ela e Flash estavam ali, juntos, só os dois, se inclinando sobre a mesa e olhando nos olhos um do outro. Não conseguia entender o que estavam falando, mas de que importava? Ela mentira para ele.

Ele se virou e disparou pela calçada, sem se importar para onde iria.

Então é assim que vai ser, né?

O tempo passou. Os sons e visões da cidade minguaram: a bagunça das ruas, dos carros passando.

Fui um idiota em achar que uma garota como Gwen poderia um dia...

O cimento sob seus pés era um borrão. Ele nem notou que já escurecia.

Mas eu achei... Ela e eu...

Ele atingiu algo, ou algo o atingiu. Não importava. A pancada foi leve.

– Olha por onde anda, nanico!

As palavras pareciam tão distantes, poderiam muito bem ter saído de um rádio ou de uma TV ligados em algum lugar dentro dos apartamentos acima.

Um milhão de anos se passariam e eu não teria adivinhado.

– Ele não está escutando! Talvez precise que alguém limpe seus ouvidos.

Quando os dois brutamontes chegaram por trás, o sentido aranha formigou, mas foi por pouco. Ele os golpeou com a parte de trás do braço esquerdo.

– Saiam do meu caminho.

O barulho da carne se chocando com uma parede de tijolos o fez voltar à vida. Os homens feridos, quase inconscientes, se ajudaram a levantar e correram.

Não! Eu não aprendi nada com JJJ? Se eu os tivesse golpeado com mais força...

Tudo acontecera tão rápido. Duvidava de que seus atacantes se lembrariam de muita coisa, muito menos admitiriam como foram jogados para o lado tão rápido. Será que mais alguém vira? Aliás, onde é que estava?

Olhou ao redor. De algum modo, havia conseguido vagar até um beco do Lower East Side. A rua era uma das poucas ainda abandonadas e tomadas por vendedores de crack.

É quase como se eu estivesse procurando problemas. Não é de se admirar que Gwen prefira Flash em vez de um maluco como eu.

Compreender não fazia doer menos. E quando seu telefone tocou, a traição pareceu tão fresca que ele a enxergou como da primeira vez, horas atrás.

Pegou o celular e desejou não o ter feito.
– Sim?
– Peter? É a Gwen.
– Eu sei.
– Certo... – Por seu tom, parecia confusa. – Você estava muito mal hoje de manhã. Queria ver se você já está se sentindo melhor.
– Bom, não estou.
Uma longa pausa.
– É isso? Se tem algo te incomodando, tenho o direito de saber o que é.
A voz dela estava tingida com aquela mistura familiar de dor e preocupação... mas, pela primeira vez, ele não acreditava mais ser real.
– Claro, Gwen, você tem seus direitos. Espero que curta compartilhá-los com Flash Thompson, porque essa conta não é mais minha.
E desligou.
Depois de passar um tempo com o rosto entre as mãos, olhou para a rua e decidiu que, quaisquer que fossem as dores que ainda sentia, era hora de agir.

12

O HOMEM-ARANHA GANHAVA VELOCIDADE por entre os prédios, com costelas feridas e tudo mais. Levando o alcance de sua teia ao limite, ele se lançou aos céus, mergulhando de volta para a terra, e então se impulsionou ainda mais alto. Sim, ele temia pela família de Connors, mas, sempre que seu corpo ameaçava falhar, era a imagem de Gwen e Flash que o empurrava adiante.

Importava o que lhe dava energia? Seu tio diria que sim... Esse negócio de indulgenciar a raiva só poderia nublar seu julgamento, entrar no caminho na hora errada. Mas Peter não podia evitar o que estava sentindo, e aquele não era o dia para pensar em saúde mental. Tinha esperança de que, se liberasse a raiva, a dor terminaria mais rápido e limparia sua mente.

A quem estou enganando? Não consigo nem me lembrar da última vez que senti a mente limpa. Espera, consigo sim. Foi quando recebi aquele cheque do Robbie. Uau. Quanto tempo demorou até que eu ferrasse tudo de novo atacando o Flash? Metade de um dia? Ou será que Gwen já estava saindo com ele?

Era noite de sexta. Ele podia estar de coração partido, mas os nova-iorquinos estavam celebrando... e alguns deles certamente procuravam por algo mais do que um refresco. Com a polícia de três estados focada em encontrar o Rei do Crime, havia chances de que qualquer traficante ou distribuidor que ainda estivesse operando nas ruas fosse da Maggia. Tudo que tinha de fazer era encontrar um e lhe dar uns sopapos até arrancar informações dele.

E sentia mesmo vontade de estapear alguém.

Enquanto procurava um informante, alguns alarmes falsos o fizeram interromper algumas conversas particulares, mas perfeitamente legais. Uma hora depois, um Porsche de capota aberta, cheio de adolescentes gritando sobre como iam festejar muito, pareceu uma aposta melhor. O motorista, sem saber da presença do Homem-Aranha em sua retaguarda, entrou num beco silencioso e tentou fazer os amigos animados ficarem em silêncio. Eles continuaram murmurando ao parar diante de uma passagem e piscar os faróis.

Enquanto o Aracnídeo observava de uma escada de incêndio, uma figura desgrenhada na passagem acendeu um isqueiro em resposta.
Aposto que ele não está vendendo respostas de provas.
Uma figura menor saiu de trás de uma lixeira perto do pé do outro homem; um menino com roupas finas demais para aquele clima. Quando o motorista entregou ao garoto um maço de notas, o Homem-Aranha pousou no capô do Porsche com um estampido.
— Vocês não têm lição de casa ou algo do tipo?
Dois dos adolescentes começaram a chorar. Um deles ergueu o celular.
— Mas que p...? — o Homem-Aranha começou. — Você acha que vai posar para uma selfie? Será que tenho que explicar?
O motorista, entendendo as coisas melhor que seus amigos, disse:
— Desculpe, senhor!
E se mandou.
O Homem-Aranha saltou para trás, deixando o Porsche partir. O garoto com o maço de notas já estava no meio do quarteirão, mas Peter não estava interessado em pegá-lo. Atravessando o beco por entre os prédios imundos, ele agarrou pela jaqueta o traficante que fugia e o pendurou no ar.
Acariciando as costelas doloridas, o Homem-Aranha virou a presa de frente para si, ficando cara a cara com ela.
O traficante era quase da idade de Peter; sua jaqueta e o resto da roupa muito mais quentes do que as do menino.
— Você usa crianças para subir de posição? Que idade tinha aquele menino? Oito?
A resposta veio fácil.
— Ele está se escondendo do serviço social enquanto a mãe está na reabilitação. Se você pensar bem, estou fazendo um favor para ele. Não é como se eu tivesse adotado ele e tal...
— Seu miserável...
Segurando firme, Homem-Aranha continuou escalando a parede de ré e carregando sua captura com ele. Conforme o chão se

afastava, o bandido olhava mais e mais para baixo. E, sempre que desviava o olhar ou fechava os olhos, Homem-Aranha fazia um gesto para que ele observasse novamente.

Quatro andares, cinco, seis... No sétimo, ele perguntou:
– Onde é o quartel-general da Maggia?

O traficante fez uma careta.
– Sem chance. Me entregue em sua teia para os policiais e eu saio em uma semana mesmo.

Homem-Aranha o sacudiu – o suficiente para fazer as costuras de sua jaqueta começarem a rasgar. O bandido zombou:
– Não vou cair nessa. Você não é o Justiceiro. Você é o *amigão* da vizinhança, o Homem-Aranha.

Peter o sacudiu um pouco mais. Dessa vez, o rasgo fez o bandido cair alguns centímetros.
– Não quando estou lidando com escória assassina.

O homem se contorceu, fazendo sua jaqueta rasgar inteira. Em segundos estava preso apenas pelos fios restantes.
– Tá bom! É o edifício Galby! Do outro lado da cidade. Não conte que eu disse, senão a morte é o menor dos meus castigos.
– E eu ligo? Eu não adotei você.

Peter lhe deu um empurrão, o suficiente para fazê-lo cair dentro de uma lixeira cheia de restos de comida.

O traficante gritou:
– Valentão desgraçado! Você não sabe do que se livra por usar essa máscara.
– Ei, você e eu não somos iguais. Você é o vilão.

Ele desceu mais, prendeu o bandido numa teia e o deixou para que a polícia encontrasse. Amordaçado, o traficante não podia falar, mas o terror em seus olhos parou Peter. Tudo bem, sim, ele estava sendo um pouco abusivo. E certamente curtia um pouco daquilo, mas só porque o cara merecia, não era? Por que não deixar o vagabundo com medo de ser morto por um dos patrões?

Ele fez uma cara feia.

– Não se preocupe, não tenho o hábito de entregar ninguém para outros bandidos, por mais bandidos que sejam. Além do mais, mesmo que eu quisesse, não poderia. Nem sei quem você é.

• • • •

O Rei do Crime certificou a Vanessa de que a casa na praia era segura. Fora adquirida e era mantida por uma companhia de investimento, então não era possível ser rastreada até ele. O sistema de segurança era o melhor que o dinheiro podia comprar, e os homens lá fora, os mais confiáveis.

Mas, todas as noites em que deitava em sua enorme cama, parecia dominado pelo mesmo pesadelo. Apesar das feridas de sua batalha com o Homem-Aranha já terem sarado, as cicatrizes permaneciam claras. Suas expressões alternavam entre terror e raiva, seus braços e pernas se debatiam com rapidez e força. Nessas horas, Vanessa tinha que sair de perto, por sua própria segurança.

Geralmente, ela o acordava e tentava acalmá-lo.

Naquela noite, no entanto, ela o deixou se debater, esperando que pudesse chegar a uma decisão sobre ele, sobre *eles*. Wilson ter mentido para ela sobre Richard havia feito um rasgo em seu coração, dilacerado a confiança que existia entre eles. Ela observava sua respiração, pensando no que poderia acontecer se ela cessasse. Só de pensar nisso odiou a si mesma. *Ele* também havia perdido Richard e, ao dizer que estava tentando protegê-la, ela acreditara nele. Mesmo assim, não podia deixar de pensar em todas as verdades horríveis das quais ele tentava "protegê-la".

Vanessa vestiu um robe e foi para a sacada do quarto – mais para escapar dos gemidos doloridos do que para observar o mar. O céu estava claro, a noite quase agradável. Ter que ver os chutes e golpes de Wilson durante o sono deixava seus nervos em frangalhos.

A experiência, no entanto, fizera com que se acostumasse com surpresas. Então, quando ela viu a figura parada nas sombras a alguns metros de distância, olhando fixamente para ela, mal se assustou.

– Venha aqui – disse.

Ela quis gritar, alertar Wilson de que seus pesadelos eram reais. Mas algo a segurou, e ela se deixou levar para onde seu marido não a ouvisse.

• • • •

Por horas, Silvio Manfredi assistiu a seus químicos capturados trabalharem. Precisava de um cochilo, mas temia que algo mais do que o sono estivesse à sua espera – que, se fechasse os olhos por uns instantes, nunca mais os abriria novamente. Seu corpo exaurido parecia distante, como se não estivesse jogado na cadeira extra que Marko trouxera para o laboratório. Em vez disso, se sentia do outro lado do mundo, num lugar que nunca vira, sentado de pernas cruzadas num trono de rochas. Abaixo, uma encosta esverdeada, onde jovens primatas machos cutucavam os dentes com vidros pontudos, esperando que ele morresse.

O tinido do frasco girando fez com que erguesse os olhos. O Dr. Connors o encarava, com um tubo de ensaio na mão. O líquido era tão claro que parecia água – com exceção da névoa prateada que brilhava sobre a superfície como o vapor de um banho quente.

Sua visão também estava falhando?

Ele esticou a mão, mas estava mais longe do que pensava.

– Se aproxime. Me entregue.

– Pode te matar.

Não havia interesse no medo que saía da voz do homem.

– E daí? Se você é médico, deve ter se dado conta de que, de qualquer maneira, já estou morto.

O grunhido de Marko era tão grosso que o sentiu em seus ossos.

– Sr. Cabelo de Prata, não. Não sabemos o que são essas químicas. E se for um truque? E se ele envenenar você?

O cão leal e estúpido. Melhor mantê-lo feliz mais um pouco, caso ainda precisasse de sua proteção.

– Não, Marko. Eu esperaria isso de Wesley, mas o Dr. Connors tem a família em jogo. Podemos confiar que ele teme por ela.

O tubo de ensaio ainda estava fora de alcance. Cabelo de Prata se forçou a ficar em pé. Envolveu o frasco com os dedos e puxou, mas o doutor não o soltou.

– Não me teste – disse Cabelo de Prata. – Para conseguir o que quero, devoraria meus próprios filhos.

– Acredito – Connors disse, soltando o tubo.

Cabelo de Prata inclinou a cabeça e engoliu o néctar. Desceu como água morna. Exalando, pensou ver a névoa diamante emergindo de sua boca como vapor no inverno. Sentiu uma sensação molhada na base do estômago, o mesmo sentimento que sempre tivera quando sentia sede e tomava algo. Mas o sentimento não parou no estômago. Continuou descendo, até os pés, e então subiu até a cabeça.

Manfredi sentiu seu corpo se endireitar, como se começasse a crescer. E então, subitamente, estava fora dele, flutuando pelo laboratório, vendo suas mãos agarrarem as laterais da cabeça. Não sentia dor nenhuma, mas se ouvia gritando e se via caindo.

Marko bradava:

– Você o matou! Achou que isso iria te salvar, não é?

Connors respondeu, também gritando:

– Não me empurre! Você não sabe com o que está lidando!

E então desapareceram. Silvio Manfredi estava de volta à encosta verdejante. Cada gorila macho sob ele erguia a cabeça, cada um deles pensando que a hora finalmente chegara.

Mas não. Ainda não.

13

UIVANDO, O HOMEM MONTANHA se voltou para um pálido e inquieto Curt Connors.

– Você matou ele! Você matou o chefe! E agora *você* vai morrer!

Com um único passo, seu braço já alcançava o alvo. Tentando evitá-lo, Connors recuou e tropeçou. Antes de atingir o chão, Marko o segurou pelo jaleco e o ergueu. Suspenso sobre o chão de lajotas, Connors se debatia. Seus olhos em pânico dançavam loucamente. E, de súbito, ficou rígido.

– Me solte... enquanto é capaz...

Sem entender, nem ligar para o que ele estava dizendo, Marko tomou impulso, pronto para esmagar a cabeça do cientista no piso.

Uma voz rouca gritou:

– Pare!

Como se respondendo a uma campainha pavloviana, Marko obedeceu no mesmo instante. A voz era familiar... mas muito grave, muito limpa.

– Sr. Cabelo de Prata?

Marko sacudiu a cabeça e ficou boquiaberto com o que viu.

Um homem de 50 anos estava parado no centro do laboratório. Ele usava as roupas feitas sob medida para o chefe, mas seu cabelo não era branco, era grisalho. E quase todas as rugas haviam desaparecido.

– É algum truque! Você... você não pode ser ele.

Marko tentou olhar para trás do homem, para o ponto no chão onde o corpo do Sr. Cabelo de Prata deveria estar.

– Olhe para mim, Marko! Analise meu rosto. É o mesmo, apenas mais jovem. Me ouça! Essa não é a voz de seu mestre? Esse é o segredo da tábula: juventude eterna. Com ela, vou viver mais sessenta anos!

Marko se sentia hipnotizado. Tinha apenas uma vaga ciência de que Connors se arrastava pelo chão em direção à porta.

– Me diga o que aconteceu com o Sr. Cabelo de Prata, doutor, ou vou te rasgar ao meio!

Ignorando os dois, o homem nas roupas de Silvio Manfredi esticou os braços, seus músculos pressionando contra o tecido da camisa.
— Sessenta anos? Há! Com esse néctar, vou ficar por aqui para sempre!

• • • •

De banho recém-tomado e vestido, Caesar Cicero saiu correndo de seus aposentos para encontrar a fonte dos malditos gritos. Esperava que fosse Cabelo de Prata. Esperava que Cabelo de Prata estivesse morrendo ou, com alguma sorte, já se encontrasse morto. No meio do caminho para o laboratório, quase se chocou com Connors, que fugia. O doutor o empurrou para o lado sem dizer nada e continuou correndo.
— Que diabo foi...?
Cicero pensou em seguir, mas nunca fora muito de correr. Seus homens estavam com a família dele, então não poderia ir muito longe.
Além do mais, se aquela fórmula doida envenenou Manfredi, então Connors me fez um favor.
Ele caminhou até o laboratório, parando diante da porta aberta.
Meu santo...!
Alguém que poderia ser o filho do Cabelo de Prata estava no paraíso dos nerds da ciência, usando as roupas de Silvio. Ele berrava ordens para o Homem Montanha como se *fosse* o Cabelo de Prata. A semelhança era louca — tão perfeita que Cicero devia ter soltado um ruído de susto sem perceber, porque quem quer que fosse aquele se virou na sua direção.
— Entre, Caesar! Estava esperando você, assim como você me esperava morrer!
Falso ou não, os olhos do homem queimavam com a chama predatória de Manfredi.
Marko se apressou em explicar:

— Ele ficou mais jovem, Grande C, por causa da tábula!

Apesar do choque, a mente de Cicero começou a trabalhar, calculando o melhor passo para dar em seguida.

Tudo bem, então eu não sei ao certo o que diabos aconteceu aqui... mas, em resumo, será que me importo? Se esse for o Cabelo de Prata, ele vai me matar. Se não for, Marko vai matá-lo. Faço um se virar contra o outro e mato dois coelhos sem dar nenhuma cajadada.

— Marko, seu estúpido, é um truque! Esse não pode ser Cabelo de Prata. Deve ser um infiltrado, em conluio com os tiras! Estão tentando armar para nós, querem que a gente se incrimine.

— Foi o que pensei, mas ele disse...

— E você acreditou nele? Ele não vai confessar! Pegue-o, antes que seja tarde!

O cenho de Marko se franziu com tanta força que doeu só de ver. Ele tinha que decidir por um caminho ou outro rápido, só para aliviar a tensão. E escolheu.

— Não se preocupe, Grande C. Eu dou um jeito nele!

Se sentindo orgulhoso por não ter sido enganado, Marko avançou e golpeou.

Sim! Só um soco é o suficiente!

Mas o primeiro não acertou. Em vez de desviar, seja-lá-quem empurrou o braço do Homem Montanha e o golpeou no queixo.

— Seu cachorro sem cérebro! Eu cheguei ao topo da Maggia na base do soco, décadas antes de você nascer. Acha que vai me parar agora?

Aquele autoengrandecimento arrogante era tão familiar que fez o olho de Cicero tremer. Talvez aquele *fosse mesmo* o Cabelo de Prata 2.0.

Marko tentou o mesmo movimento de novo, apenas para deixar o queixo livre para outro golpe.

— Há! Você é um bom cãozinho, Marko, mas não conhece muitos truques.

O Homem Montanha fez uma pausa. Seus olhos arregalados.

– O modo como você usa os punhos... é como as histórias que costumavam contar.

Marko ficou mole, deixando seu atacante segurar sua cabeça e a levantar para que ficassem cara a cara.

– Fale! Diga que sabe quem eu sou.

– Sim. Tem que ser você, só que mais jovem. Vejo nos seus olhos. Foi a coisa que bebeu... e ainda está funcionando. Seu cabelo não está mais grisalho. Você parece ainda mais jovem para mim!

Quê?

Era verdade. O prateado se fora, deixando um castanho lustroso. Enquanto Cicero assistia, os fios do Cabelo de Prata se engrossaram e mais rugas desapareceram. Seus músculos ficaram mais macios, perdendo um pouco da rigidez, e a camisa e o terno ficaram mais largos. Cabelo de Prata – e, sim, de algum modo aquele era Cabelo de Prata – mudou de um homem na casa dos 50 para um na casa dos 40.

Qualquer esperança que Cicero tinha de Marko se voltar contra seu chefe se foi. Nem mesmo o melhor advogado do mundo poderia convencer Marko de que o que ele vira e ouvira não era verdade.

Nenhum dos dois estava prestando atenção nele. Cicero recuou até a porta e saiu correndo, forçando as pernas curtas ao máximo. A última coisa que ouviu no laboratório foi Marko dizendo:

– É como mágica. Como ver um relógio andando para trás.

E, no final das contas, acabou que Cicero se descobriu um ótimo corredor.

• • • •

Homem-Aranha não teve que verificar o endereço. Mesmo a quarteirões de distância, o edifício Galby, de quatorze andares, com sua fachada de tijolos e a torre do relógio no topo, parecia ter se teleportado direto dos ruidosos anos 1920, nos dias de auge da máfia.

E todas essas janelas verticais, Deus abençoe quem as criou com essa facilidade de ver o que acontece lá dentro.

Planejara começar no topo e ir descendo, mas o laboratório sofisticado atrás do vidro fosco chamou sua atenção – em maior parte, por causa das duas figuras lá dentro.

Aquele Frankenstein GG parece ser o Homem Montanha para mim! E, quanto ao outro, a foto que vi no Clarim *era preta e branca, mas macacos me mordam se ele não parece com o Cabelo de Prata.*

Homem-Aranha irrompeu pela janela. Assim que pousou entre eles, seu corpo dolorido o lembrou do quanto aquela decisão fora infeliz.

Ai. Preciso ser rápido, focar no que é importante, mesmo que signifique deixar a tábula para trás por enquanto.

– Tá certo, crianças. Estou aqui pelo Dr. Connors e família. Então se puderem só me dizer onde...?

Ele piscou ao olhar pela primeira vez para o homem que *achava* ser o Cabelo de Prata.

– Espera... – disse Homem-Aranha. – Uau! Mas o quê?

Esse cara é jovem demais. Será que é algum capitão de baixo escalão da gangue?

O homem cruzou os braços.

– Hora de provar sua lealdade, Marko. Acabe com ele!

Ou é só o treinador do Marko.

– Estava esperando pedir, Sr. Cabelo de Prata.

O bem apelidado Homem Montanha avançou na direção do herói. Homem-Aranha esperava.

– Cabelo de Prata? Ele parecia mais decrépito nas fotos. As câmeras realmente envelhecem tanto?

Marko parecia mais forte que o Rei do Crime, mas não era tão rápido. Um simples salto fez com que Peter saísse de seu alcance com tempo de sobra. Errando o alvo, o punho de chumbo do Homem Montanha estilhaçou o controle do que parecia um sistema de análise 3D.

Aquilo que dizem de grandes navios serem mais lentos é verdade. De costelas rachadas ou não, essa parte vai ser fácil.

Pisando no teto, Homem-Aranha agarrou o largo colarinho de Marko e o puxou no ar.

Isso está fazendo minhas feridas doerem mais, mas não preciso contar para ele.

O Homem-Aranha soltou. O Homem Montanha deixou escapar um gritinho. A queda foi de apenas uns seis metros, mas as costas largas de Marko atingiram os azulejos com força, sua perna esmagando uma mesa. E bem antes que pudesse se recuperar, o Homem-Aranha já estava em cima dele, de punhos erguidos para o golpe final. Mas um grito grave, triunfante, fez com que os dois se virassem para o homem de terno.

– Ainda estou ficando mais jovem, mais poderoso! Sinto como se estivesse nos meus vinte anos!

Homem-Aranha teve que olhar duas vezes antes de se dar conta de que era o mesmo cara. Suas roupas estavam soltas, seu rosto era o de alguém no auge da vida. E, obviamente, sua conclusão foi de que isso não era fácil de aceitar.

– Aquele... aquele é o Cabelo de Prata? – perguntou o Homem-Aranha.

Marko assentiu.

– Foi a bebida que fizeram com ajuda da tábula.

O punho do Homem-Aranha ainda estava posicionado para o soco. Ele o lançou na cara de Marko, e o largo corpo amoleceu.

– Valeu!

Cabelo de Prata jogou o terno para o lado e soltou a gravata, como se estivesse se preparando para uma luta de rua.

– Nem mesmo você pode se opor a mim agora.

– Se é o que você diz, Peter Pan... Só que, por mais que eu queira te enfrentar, tenho lugares para ir, reféns para resgatar. – Ele se dirigiu à porta. – Se quiser esperar um pouquinho, ficaria feliz em voltar e te enfrentar em alguns...

Seu sentido aranha o puxou para trás. Um tubo de ensaio estilhaçou no lugar onde ele iria pousar, espirrando ácido borbulhante, que corroeu a pintura e abriu um buraco em seu uniforme, queimando um pouco da carne de suas costas já doloridas. Contorcendo-se, ele parou de pé no chão.

O líder da Maggia enrolou as mangas.

– Vou fazer de você um exemplo. Assim que a notícia de que eu derrotei o Homem-Aranha chegar às ruas, toda Nova York entrará numa fila para me servir.

É a dor, ou a voz dele tá ficando mais alta? Mais jovem?

Seu sentido aranha o avisou novamente, mas a agonia o deixara mais lento. Sentiu Cabelo de Prata agarrar sua cabeça e então meter o joelho em seu queixo. A força o jogou para trás de braços abertos.

Ai. Tá bom, certo, ele é bem forte... mas ainda é humano. Assim que eu me livrar dessa dor excruciante, eu posso...

Novamente seu sentido aranha disparou, e novamente não foi rápido o bastante. Cabelo de Prata enfiou os punhos em suas costelas machucadas. Peter sentiu os nós duros da mão dele pressionando os ossos para dentro de seus pulmões e então achou ter ouvido as costelas quebrando enquanto Cabelo de Prata se afastava. Toda sua forma se torceu em agonia.

De alguma forma, ele pressentiu meu ponto fraco. Será que algo no modo como eu me movia me entregou?

Já não se sentia mais tão confiante e, para se proteger, Homem-Aranha rolava de um lado para o outro. O jovem Manfredi avançou e aplicou um chute na queimadura em suas costas.

– Tenho décadas de experiência – disse o bandido. – Centenas de brigas onde me fiar. E sempre trago armas de fogo para brigas de faca!

Meio tonto, achando difícil se mover ou pensar, Homem-Aranha se dobrou em posição fetal. Cabelo de Prata se ajoelhou em suas costas e golpeou suas queimaduras.

– O que você é? Só um garoto metido a esperto? Uma aberração?

Homem-Aranha tentou fugir, mas um olhar dentro dos olhos de Manfredi, que transbordavam um prazer sádico, o congelou. A raiva que ele carregava e o guiava desde que vira Gwen com Thompson fugiu, levando a energia que lhe dava junto.

Tudo que restou foi um velho e incapacitante senso de desamparo. Ele fechou os olhos. Imagens dos valentões da escola, do olhar malvado de Flash e seus comparsas, giravam em sua mente. Enquanto o mafioso continuava golpeando-o, a dor aguda de seus socos se misturava a uma dura lembrança da vergonha que sentia. E ela abrangia tudo em sua profundidade invencível.

Já passara por aquilo muitas vezes antes: brigas em pátios, ataques de Jameson, combates com supervilões muito mais fortes que Manfredi... e, às vezes, parecia que estava lutando contra o mundo inteiro. Tudo doía, dentro e fora.

E então se deu conta: a dor nunca o impedira de nada.

Não sou mais um pobre garoto na escola.

O diálogo interno de julgamento parou, deixando-o só com o momento presente – a sensação do chão embaixo dele, o ruído dos golpes em suas costas. A dor era apenas física; as memórias, apenas fantasmas.

Continuou deitado e esperou, reunindo suas forças.

Os golpes de Cabelo de Prata pareciam ficar mais suaves.

– Por que você não desiste e morre?

Abrindo os olhos, Peter viu que o chefe da Maggia agora tinha a aparência de um adolescente. Apesar de forte, seus músculos ainda não estavam completamente desenvolvidos como minutos atrás. Chegara a um ponto em que sua juventude o deixara mais fraco, e não mais forte.

E mais do que isso, seus socos não se concentravam mais nas feridas do Homem-Aranha.

Ele está frustrado. Quanto mais jovem fica, mais impaciente se torna também.

Na hora certa, o Homem-Aranha se endireitou e jogou os ombros contra Cabelo de Prata. Manfredi voou para trás. Se lançou a meia distância do teto e então se jogou contra ele.

O mafioso ficou caído de costas, olhos abertos, imóvel a não ser por uma leve tremedeira em seus braços. Ele parecia ainda mais jovem – tanto que, por um segundo, o Cabelo de Prata fez Peter se lembrar de si mesmo antes de se tornar o Homem-Aranha. Mas havia uma diferença: um brilho predatório nos olhos dele, que bania qualquer pensamento em similaridade.

Peter não era um valentão. E Cabelo de Prata não era uma criança. Olhou com raiva para o líder da Maggia.

– Onde está a família de Connors?

Não houve resposta. Apesar dos olhos abertos, Silvio Manfredi parecia inconsciente.

Esfregando a costela, Homem-Aranha seguiu para o corredor, que surpreendentemente estava vazio.

Por falar nisso, cadê o resto da Maggia?

Os primeiros cômodos que verificou estavam vazios. Em um deles, encontrou um telefone fixo e o usou para fazer uma ligação anônima para a polícia.

Ruídos de tiros o fizeram correr escada acima e entrar numa área aberta, que parecia o cenário de *Scarface*, com candelabro e tudo mais. Na outra extremidade, soldados da Maggia se posicionavam, apontando para um corredor.

– O próximo tiro não vai ser de aviso, Connors! Ninguém entra naquele quarto até que tenhamos notícias do Cabelo de Prata. Vou contar até três para você sair. Um...

Um pedaço pegajoso de teia calou a boca do homem. Outra teia arrancou sua arma.

Todos os outros dez se viraram para ver o Homem-Aranha pendurado no candelabro. Apesar de suas dores, tinha certeza de que dava conta deles, mas não seria fácil – e, na briga, uma bala perdida poderia atingir o Dr. Connors.

Se é que *ainda* era o Dr. Connors.

– Escutem! – gritou Homem-Aranha. – Vocês deram uma chance ao doutor, então deixem-se devolver o favor. Seu chefe bizarro está lá embaixo dormindo como um... Bem, digamos que ele tá fora da jogada. Não sei se ele vai acabar na cadeia ou no reformatório, mas a polícia está a caminho e a saída fica atrás de mim. Tentem correr, e talvez eu esteja muito concentrado em libertar seus reféns para lhes dar atenção. Comecem a atirar e... Bem, quantos de vocês querem uma nova acusação de tentativa de assassinato na ficha policial?

Dois deles ergueram as armas, mas, quando as teias as arrancaram de suas mãos antes que pudessem puxar os gatilhos, os outros correram para a porta.

O Homem-Aranha seguiu para o corredor quando avistou Caesar Cicero saindo de baixo de uma enorme mesa, tentando se juntar aos que corriam. Usando uma teia para prender seu tornozelo, o Aranha o puxou. A perna de Cicero se lançou para trás, e ele caiu de cara no chão, perto da porta.

– Desculpe, mas essa oferta não vale para a administração.

– Me solta! Preciso sair daqui. Vou fazer valer a pena.

– Nhé. Não sei o que pode valer mais a pena do que ver você se debater, dadas todas as vidas que você ajudou a Maggia a destruir.

Deixou Cicero para trás e continuou. Numa sala ao fim do corredor, os encontrou: o Dr. Connors sentado no chão, com uma arma na mão e os braços em volta de Martha e Billy. Os outros quatro braços envolvendo-o.

– Doutor, você está... bem? As coisas, você sabe, estão sob controle?

Connors olhou para cima, assentiu levemente e continuou abraçando a família. Seus soluços logo se misturaram às sirenes abafadas.

Sentindo que estava interrompendo um pouco aquela reunião, Homem-Aranha recuou alguns passos.

– Então... essa deve ser a polícia. Vocês ficarão bem até que eles cheguem aqui, mas, se quiserem, posso esperar...

Um gemido agudo de angústia se fez ouvir. Soava como se algum tipo de animal pequeno estivesse sendo torturado no andar abaixo.

E então se deu conta de que era humano.

Cabelo de Prata?

Homem-Aranha voltou correndo para o escritório. Cicero se fora; um sapato bem engraxado e uma meia de seda ainda presos à teia. O Aranha imaginou que ele teria fugido com os outros, até que encontrou o advogado da Maggia no corredor de baixo. Ele mancava na direção do laboratório, tentando não colocar o pé descalço no chão frio.

– Idiota senil! Você e aquela pedra nos destruíram! Se aquele elixir não tivesse matado você, eu colocaria uma bala...

Sua ameaça foi interrompida quando viu o que parecia ser a roupa de Silvio Manfredi amassada sair correndo do laboratório e se chocar contra ele no caminho. Soprando e bufando, o monte de roupas se jogou no cômodo vazio mais próximo, batendo a porta e a trancando.

Estupefato, Cicero recostou na parede e deslizou ao chão. Enquanto Homem-Aranha prendia suas pernas e braços com teias, ele perguntou:

– Há alguma outra saída dali?

Cicero sacudiu a cabeça, atordoado.

Homem-Aranha segurou a maçaneta e girou. A tranca quebrou e a porta se abriu com um rangido.

Em algum lugar lá dentro, uma voz de criança ameaçou:

– Se afaste! Eu te mato! Eu arranco seu coração com minhas malditas unhas!

A luz da cidade entrava pela janela, mas não o suficiente para eliminar todas as sombras. No canto mais escuro do cômodo, as roupas de Cabelo de Prata jaziam num monte trêmulo. Enquanto Homem-Aranha se aproximava cuidadosamente, as ameaças exageradas davam lugar a um choramingo infantil.

A cabeça rosada e maior do que o normal de um bebê apareceu por entre as dobras do terno feito sob medida. Enquanto Peter observava, Cabelo de Prata encolheu mais e mais, ficando cada vez mais jovem. Mas, apesar dos passos dados para trás no caminho da vida, seus olhos retinham o brilho terrível.

É como se parte dele se recusasse a mudar, não importa o quão velho – ou jovem – se torne.

E podia ter sido um truque da luz rarefeita fazendo reflexo no diamante de sua abotoadura, mas, mesmo quando Silvio Manfredi finalmente sumiu, o tal brilho permaneceu.

De certa forma, ele conseguiu o que queria.

14

A MOBÍLIA NA MANSÃO DE PRAIA de Long Island era adequada e a vista do mar, de tirar o fôlego. O espaço enorme e sem paredes dava a um homem enorme muito espaço para andar de um lado para o outro.

Mas não era seu lar.

Sem a Cozinha do Inferno para lembrar Wilson Fisk do quão longe havia chegado, se sentia como um rei exilado. Até aquele dia, nunca se sentira desesperançado, mas, pela primeira vez desde que começara a se esconder, as novidades eram boas – tão boas que, apesar das relações abaladas, ele estava ansioso para dividi-las com Vanessa.

Ela estava no centro de uma longa fileira de janelas, olhando para a água. Ele andava de um lado para outro atrás dela, ocasionalmente cerrando os punhos em triunfo.

– Faltam alguns detalhes, outros parecem rumores, mas o fato mais importante é claríssimo. O Cabelo de Prata se foi, presumido morto. O elogiado advogado da Maggia aguarda julgamento. Nossos inimigos se autoderrotaram! Talvez eu deva localizar Wesley. Sem dúvida, ele já tenha ideias sobre quem é o traidor.

Esperando uma resposta dela, fez uma pausa. Ela havia aberto um pouco da porta de correr; a brisa salgada agitava seu vestido. Parecia realeza, como sempre. Uma rainha.

Sua rainha. Mas uma rainha triste e cabisbaixa.

– Você entende, meu amor? Podemos ir para casa.

Ela não disse nada.

– Sei que tenho sido difícil, lutando contra fantasmas, sonhando em estar numa jaula enquanto você corre perigo. Você viu como me debato no sono. Você sabe como sou forte... Só te pedi para ficar numa cama separada para sua proteção. Mas agora isso acabou.

Ela abriu ainda mais a porta. Uma lufada salgada atingiu seu rosto. O inverno distante já estava no ar.

– Não é isso, Wilson. Nunca foi isso.

Ele fez uma careta.

– Você me tirou da rua, se recusou a me abandonar completamente, mas seu coração continua fora de alcance. Vamos continuar nesse purgatório? Juntos, mas separados? Eu sei como a morte de Richard foi dura para você. Percebo agora como minhas mentiras infrutíferas só pioraram essa dor. Mas, enquanto você se recusar a falar disso, a se abrir para mim, a profundeza dessa dor permanecerá desconhecida.

Ele esticou o braço, ousando tocar o ombro dela.

Ela tremeu com tanta força que ele achou que estaria em lágrimas quando se virasse.

Mas ela estava rindo.

– Vanessa, você está bem? Devo pegar uma de suas pílulas?

Ela afastou a mão dele.

Ele se manteve no lugar.

– Me diga o que está sentindo! Prefiro que grite comigo, me bata. Seja lá o que for, deixe sair. Se não para nos libertar, pelo menos para libertar você.

Ela balançou a cabeça.

– Ainda te amo muito para fazer isso, mas não vou protegê-lo mais da verdade.

– Verdade? Que verdade?

Sempre alerta a ameaças, seus olhos captaram um movimento esquisito na praia. A areia no que parecia ser uma duna esvoaçou como se atingida por um vento forte. Enquanto as vibrações continuavam, um veículo preto saiu da camuflagem.

Um homem encapuzado irrompeu dele.

O Rei do Crime endureceu.

– Quem é aquele? Como ele passou por nossa segurança?

A mão de Vanessa em seu peito o manteve quieto por alguns segundos.

– Eu o convidei. É hora de você ouvi-lo.

Seus olhos iam do rosto da esposa para a figura que se aproximava.

– O convidou? Convidou quem? Esse é o traidor? O Planejador?
A esperança que o enchia de propósito desapareceu.
– Vanessa, você me traiu? Esperou todo esse tempo para enfiar pessoalmente a faca em meu coração? Tudo que tinha a fazer era pedir. Eu teria morrido por você de bom grado.
Ela acariciou seu rosto, como sempre fazia quando tentava acalmá-lo.
– Não, não. Não importa o que você tenha feito, meu amor, não poderia traí-lo. Você mesmo se traiu.
– O que está dizendo? O que isso significa?
A figura chegou à varanda. Em segundos, estaria à porta. Vanessa tentava se manter entre eles, mas Fisk a empurrou para o lado.
– Eu não o deixarei entrar em nossa casa!
Sem se dar conta da largura da fresta, ele avançou sobre o intruso do outro lado. Seus ombros arrancaram as portas dos trilhos como se fossem feitas de ar.
O ruído da arrebentação era alto. O Rei do Crime ergueu a voz para se certificar de que seria ouvido.
– Você e eu temos contas a acertar.
O Planejador concordou:
– Temos.
Sem mais nenhuma palavra, Fisk deu um soco no intruso. O Planejador se dobrou, seu capuz escondendo ainda mais seu rosto.
Vanessa gritou.
O Rei do Crime grunhiu:
– Seu músculo é do tipo que se desenvolve numa academia, mas você claramente não é um lutador. Um segundo golpe seria o suficiente para matá-lo, mas não pretendo deixar seus segredos morrerem com você.
Fisk deu um tapa no Planejador com as costas da mão, deixando que seu anel cortasse o rosto do homem, e o puxou para perto.
– Fale! Como você sabe tanto sobre mim?
– Eu conto.

Deu outro tapa.
– Por que você desafia minha liderança?
– Eu conto.
E novamente.
– O que há entre você e minha esposa?
– Wilson! – Vanessa gritou. – Escute-o.
– Eu conto tudo. E então você pode me matar se quiser.
Ele empurrou o Planejador contra a parede de vidro, ficando próximo o suficiente para garantir que não fugisse.
– Seja rápido.
A figura encapuzada ofegava, mantendo a cabeça baixa.
– Alguns filhos podem temer viver à sombra de um pai poderoso, mas eu só queria ser como o meu, até que descobri como sua sombra era cheia de sangue. Fiquei tão enojado, tão envergonhado, que planejei me jogar do penhasco mais alto que poderia encontrar. Mas sobrevivi à minha tentativa de suicídio. Sobrevivi até a uma avalanche.
Fisk o apertou contra o vidro.
– Uma avalanche? Acha que sou um tolo? Você leu sobre Richard em meus arquivos roubados.
– Não. Se você fosse um tolo, eu não desejaria que estivesse morto. Sendo assim, a única maneira de conviver comigo mesmo era tentar transformar minha vergonha em uma fúria como a sua. Me dediquei a um único objetivo: destruir o que já me confortou, sua maldita sombra de sangue. Sua arrogância deixou tudo mais fácil. A única surpresa foi a dificuldade que minha própria mãe teve para me reconhecer e como ainda está sendo difícil para você reconhecer seu filho.
Fisk deu outro tapa.
– Mentiroso! Você é só mais um lacaio da Maggia e não merece mencionar o meu filho!
O Planejador caiu. Antes que Fisk pudesse golpeá-lo de novo, Vanessa ajoelhou-se ao lado dele, acariciando seu rosto machucado do mesmo modo que havia acariciado o do marido minutos atrás.

Depois de lançar um olhar ameaçador para Wilson Fisk, ela baixou o capuz do Planejador. O rosto estava ferido, torcido em um choro de raiva, e os cabelos ruivos salpicados de areia... mas o sol claramente mostrava os traços de Richard Fisk.

– É ele, Wilson – Vanessa disse. – Ele entrou em contato há alguns dias. E eu confirmei. Então acho que cometemos o mesmo pecado um contra o outro. Você não conseguia me contar que ele estava morto e eu não podia contar que ele estava vivo.

Encarando seu filho, Fisk caiu sobre uma das cadeiras do pátio.

– Você me odeia.

Richard limpou o sangue dos lábios.

– Não. Eu amo você, mesmo que deseje, com todas as fibras do meu corpo, que não fosse meu pai.

– Você me odeia – Fisk repetiu. E então ele ficou em silêncio.

A sensação horrível de seus pesadelos o consumia, mas, daquela vez, por mais distante que seu corpo se sentisse, ele não estava dormindo.

Ouvia vozes. Sua esposa, seu filho.

– Ele está morto?

– Não se move!

Soavam com medo, em pânico. Wilson Fisk considerou fazer algo a respeito. Mas então, subitamente, não sentiu mais necessidade de protegê-los. Não sentiu mais nada, absolutamente nada.

– Richard, chame um médico!

As vozes daqueles que ele amava sumiram. Logo, até mesmo o som da arrebentação cessou.

• • • •

A janela encardida do quarto de Peter Parker filtrava o sol da manhã avançada. Folhear o *Clarim* deitado na cama, em vez de pendurado em algum mastro de bandeira, era uma sensação diferente. Meio que boa, na verdade. Embora aquele cantinho de seu coração reservado para Gwen ainda doesse, o repouso havia feito maravilhas pelo resto de seus machucados.

Não faz pouco tempo que os vilões foram para a cadeia? Agora o Rei do Crime está num tipo de coma esquisito e o Cabelo de Prata, bem... Eu realmente não quero pensar nisso. Claro que algum inimigo novo vai acabar aparecendo. Mas, com Connors e sua família de volta em casa, as maiores organizações criminosas da cidade derretendo e a tábua sob custódia de algum tipo supersecreto de polícia, um benfeitor trabalhador como eu pode se dar ao luxo de botar os pés para cima.

Uma batida forte à porta do apartamento se fez ouvir no quarto de Peter.

Ou não.

Ele ergueu a cabeça, ouvindo enquanto Harry atendia.

– Está no quarto dele. Pete?

Determinado a manter a rara sensação de paz, ele respondeu:

– Não, não estou. Seja lá quem for, diga que estou ocupado!

– Mas não ocupado demais para ouvir o que tenho a dizer.

Reconhecendo a voz, mas desejando estar enganado, largou o jornal e pulou da cama. Chegou à sala de estar no momento em que Flash Thompson entrava.

Parte de Peter ficou envergonhada com a rapidez com que se sentiu irritado, mas não conseguiu evitar:

– Você deve ter muita coragem pra mostrar sua cara aqui.

– Calminha, novato. Só quero conversar.

O quepe de Thompson estava em sua mão; sem dúvida foram os militares que lhe ensinaram que é educado fazer isso. Que vergonha não o terem ensinado a ficar longe da garota dos outros.

Peter se aproximou dele.

– Falar? Você só vai falar com meu punho!

Dessa vez, vou dar uma surra nele. Não muito forte para mandá-lo para o hospital... mas forte o suficiente para ele nunca esquecer.

Harry interveio.

– Pete, qual é! Se acalma.

– Ah, deixa ele. É hora do frágil Parker mostrar que tem culhão.

Harry novamente tentou ficar na frente de Flash.

– Olha, ele só quer explicar...

Mas Peter já estava avançando.

– Não. Ele não vai sair dessa na conversa.

Enquanto posicionava o braço direito, empurrou com o esquerdo o soldado contra a parede e o manteve no lugar para aplicar o soco.

Peter parou, mas só para deixar seus motivos claros.

– Eu vi você com Gwen quando ela disse que estava ocupada para mim. E eu vou te mostrar exatamente quanto culhão eu tenho.

Flash ergueu as mãos.

– Olha, CDF, você quer me atacar antes que eu me explique, ótimo. Mas prometi para uma certa loirinha que faria o possível para que você me ouvisse. Certo?

Flash não parecia com medo, mas também não parecia arrogante. Ainda sem confiança para soltá-lo, Peter semicerrou os olhos.

– Então, o que vai fazer? Pedir para que eu saia do seu caminho?

Thompson quase riu.

– Não! Poxa, você é o cara mais inteligente que conheço. Como pode ser tão estúpido? Ela estava falando comigo porque estava preocupada com você.

– Hã?

Ele assentiu.

– Sim. Não que eu estivesse animado para ouvir, mas ela achou que eu poderia saber o motivo de você andar tão triste e sumido nos últimos tempos.

Peter apertou mais seu rosto.

– Com você? Ela queria falar sobre mim *com você*?

– Pois é, vai entender.

Ainda desconfiado, Peter relaxou um pouco.

– Por que não com alguém com quem me dou bem, como Harry ou MJ? Ou um completo estranho, que daria na mesma?

– Foi o que eu perguntei, mas Gwendolyn justificou dizendo que o resto da turma só te conhece há dois anos. Você e eu estudamos juntos. Ela concluiu que isso me daria conhecimento extra, como se talvez você estivesse diferente e eu tivesse notado a mudança. O melhor que pude fazer foi confirmar que você foi sempre esse nerd magricelo e mal-humorado.

Flash tentou tirar a mão de Peter do seu uniforme. Mas ela permaneceu no lugar, rígida como aço, até que Peter o soltou. Surpreso, Thompson ajeitou a roupa com uma leve admiração nos olhos.

– Certo, talvez menos magricelo. Talvez.

Peter se agitou, tentando fazer a nova informação se encaixar no que havia visto.

– Não houve nada entre vocês?

Flash o olhou nos olhos.

– Não ouviu a parte do *não*? Não que eu não tenha tentado, mas ela me pôs na zona da amizade anos atrás. Não precisa se preocupar com ela, com exceção do fato de que ela deve estar ficando louca para estar tão interessada em você.

Peter olhou para baixo, para os lados e depois para Flash.

– É... Obrigado?

Thompson deu um tapinha desajeitado em seu ombro.

– De nada. Mas que isso não seja algo recorrente, certo?

Visivelmente aliviado, Harry esfregou as mãos e foi para a cozinha.

– Agora que somos todos amigos, que tal um expresso?

Thompson puxou uma cadeira.

– Não muito forte. O CDF aqui precisa ingerir menos cafeína.

– Com licença, gente. Tenho uma ligação a fazer.

Flash revirou os olhos.

– Não brinca.

Peter correu para o quarto, fechando a porta enquanto Flash dizia:

– Ei, Osborne, esse bigode é novo?

Gwen atendeu na primeira chamada.
– Peter? Conheço algum Peter?
– Flash está aqui, Gwen. Sei que você mandou ele aqui.
– Não, não, deve ser engano. O único Peter que conheço me deletou dos seus contatos.
– Eu mereço isso! Me desculpa. Me sinto um completo idiota. Quando posso te ver para me desculpar pessoalmente?

Ela fez uma pausa, mas não muito longa.
– Bom, eu sempre fiquei do lado dos completos idiotas. Que tal agora? Estou no que restou do Salão de Exibições. Há uma palestra que começa em meia hora, mas sou sua até lá.
– Não precisa dizer duas vezes.

Desligando, seguiu para a porta. Harry mexia em sua máquina de expresso enquanto Flash continuava sentado à mesa, de mãos cruzadas.
– Sem tempo pro cafezinho?
– Deixe que ele vá, Harry. Honestamente, gosto quando Parker desaparece.

A UES ficava a dez quarteirões de distância, mas um ansioso Peter Parker se meteu num beco, vestiu a roupa de Homem-Aranha, se balançou até lá, trocou de roupas de novo... e, em menos de cinco minutos, chegou. Atravessou a praça correndo na direção do Salão, que ainda exibia marcas de destruição e estava cercado de andaimes.

Se esforçar para manter sua velocidade num nível humano era difícil, especialmente quando viu Gwen encostada em uma das colunas da entrada. Enquanto os estudantes chegavam para a palestra, ela avançou.

Alguns degraus abaixo, Peter pegou as mãos dela e sentiu como se estivesse pedindo-a em casamento.

Gwen estava mais satisfeita que surpresa.
– Como chegou aqui tão rápido?

Olhando para a aglomeração, ele a puxou para o lado.

– Vamos para algum lugar onde possamos conversar sozinhos.

Graças aos andaimes, a área atrás das colunas estava mais calma do que o habitual. Ele pegou as mãos dela e olhou em seus olhos por um minuto inteiro. Parecia que ela iria corar, mas não desviou os olhos.

– Por que está me olhando assim?

– Talvez eu tenha finalmente me dado conta do quanto sinto sua falta quando não está por perto. Ou talvez porque eu não esteja com a mínima vontade de falar.

O primeiro beijo pareceu durar uma eternidade. O segundo, ainda mais. Já o terceiro e o quarto... Bem, em dado momento, ele teve que deixá-la ir para a aula.

– Te encontro em uma hora, ou devo esperar aqui, todo feliz, até que acabe?

– Você que sabe. Você que escolhe. Contanto que esteja aqui quando eu sair.

– Estarei, juro. – Fez uma cruz sobre o peito. – Juro pela minha vida.

– Cuidado, Sr. Parker. Tenho muitos planos para você.

Ela piscou e entrou. Ele perdeu a noção do tempo que gastou olhando para a porta fechada, mas isso não importava.

Temos um futuro juntos. Quem diria?

Subitamente, todas as suas preocupações acabaram.

Acho que envelhecer não é tão ruim. Dado o que aconteceu com Cabelo de Prata, certamente é bem melhor que a outra opção.

"Conhecimento é saber que o tomate é uma fruta.
Sabedoria é não o colocar na salada de frutas!"

– MILES KINGTON,
JORNALISTA BRITÂNICO, MÚSICO E RADIALISTA.

PARTE 2
MAIORIDADE

15

POR ALTO, três milhões de pessoas estavam enterradas no cemitério do Queens, mais do que o número de habitantes atual do bairro. Ali – nos infinitos campos de lápides e cruzes, obeliscos e mausoléus – eram todos iguais: atletas, artistas, policiais, militares, criminosos, políticos, escritores e mais.

Mas, para Peter Parker, alguns eram mais especiais que outros.

Tio Ben estava enterrado ali. A culpa que Peter carregava por sua morte era tão antiga, a lembrança tão desgastada, que ele imaginava que Ben diria:

– Chega! Como você poderia saber?

E a resposta de Peter – *eu deveria saber* – ainda era a mesma, apesar de tudo.

Agora ele se via diante da lápide do Capitão Stacy, que havia morrido ao salvar uma criança da queda de destroços – um garoto que ele nunca vira antes. Lembrar aquele sacrifício fazia a culpa de Peter parecer mesquinha.

Pelo menos, até olhar para o túmulo que ele viera visitar: o túmulo de Gwen.

E então, mesquinho ou não, o remorso competia com a dor.

Eu deveria saber. Deveria.

Mas não soube. Estava tão ocupado salvando o mundo, tão envolvido em suas preocupações, que nunca percebia o óbvio, como o novo bigode de Harry – ou a quantidade de remédios que seu colega de quarto estava tomando, ou como esse hábito se tornaria vício de modo tão rápido.

Claro, Peter fora quem correra com Harry para o hospital durante a overdose, mas e depois disso? Ele presumira que Harry havia aprendido a lição. E então recebera a ligação de Gwen contando que Harry havia tido uma overdose e também um surto psicótico. E, quando ele se mostrara surpreso, ela o chamara de inocente.

Engraçado. As últimas palavras que Gwen me disse foram sobre Harry. "Por toda a vida, ele teve tudo o que quis. O que pode ter acontecido com ele para deixá-lo tão... tão desesperado?"

Peter se lembrava do olhar vítreo de Norman Osborne quando o culpara pela decadência de seu filho. Deixando a culpa de lado, aquilo significava que o único vilão que conhecia a identidade secreta do Homem-Aranha estava recuperando a memória.

Eu deveria saber.

Mas, novamente, não soube que Osborne voltaria a ser o Duende Verde, sequestraria Gwen e a levaria para o topo da Ponte do Brooklyn. Sabendo que ela era a namorada de Peter, ele esperara a chegada do Homem-Aranha e então... a chutara de lá de cima.

A morte do Capitão Stacy era um lembrete de que havia coisas que não poderia controlar. Mas a imagem de Gwen, se torcendo e debatendo no ar, se repetia sem parar em sua mente.

Claro que ele pulara atrás dela. Teria saltado no inferno por ela. Mas nem mesmo o Homem-Aranha era capaz de desafiar a gravidade. Então ele arriscara, a prendera pelo tornozelo com uma teia antes que ela atingisse um dos pilares de concreto. Ele a carregara para onde achava estar segura... e, por um tempo, menos de um minuto, acreditara que ela estava bem.

Mas não estava. Já estava morta.

Ao que a dormência terminava e as lágrimas corriam mais livres, as perguntas começaram a infestá-lo. Se a tivesse girado para um lado e não para o outro... se tivesse sido mais rápido... poderia ter salvado a vida dela? E se tivesse ficado com ela o dia todo? Se tivesse sido um amigo melhor para Harry? E se nunca tivesse se tornado o Homem-Aranha? Se tivesse feito isso, se tivesse feito aquilo?

Se eu soubesse.

– Já chega! Como você saberia?

Eu deveria saber.

Pensar nisso quase o enlouquecera.

Finalmente ele tivera que aceitar que a verdade era *sim*, em retrospecto, havia dúzias de coisas, pequenas e grandes, que ele poderia ter feito – mas era tarde demais. Ele não sabia se encarar isso o deixaria mais maduro, mas o esforço definitivamente o fazia se sentir mais velho.

A noite de primavera estava agradável, o céu claro e acolhedor. Mas, em vez de voltar de teia para o Village, ele pegou o metrô para se dar mais tempo e mais espaço para Harry. Queria ser um amigo melhor caso seu colega de quarto tropeçasse novamente, mas definitivamente não queria que seu jeito macambúzio fosse incluído na lista de problemas dele. Então, antes de entrar no apartamento, Peter respirou fundo e tomou um tempo para melhorar a fisionomia.

O lugar estava escuro, com exceção de uma pequena lâmpada na bagunçada mesa da cozinha. Harry estava sentado metade numa sombra, largado sobre uma pilha de documentos com os quais era forçado a lidar desde a morte do pai.

Peter acenou.

– Ei, colega.

Ele nem sequer ergueu o olhar.

– Peter.

Peter colocou o casaco no cabide.

– Quer fazer algo, comer uma pizza?

– Hoje, não.

Harry juntou os contratos, foi até seu quarto e fechou a porta.

A rejeição não foi surpresa. Os esforços de Peter para se aproximar de Harry estavam presos em outra teia de mentiras e ironias. Sem ter consciência do alter ego maluco de Norman, Harry culpava o Homem-Aranha pela morte de seu pai. Peter havia encorajado a história de que trabalhava junto com o escalador de paredes para conseguir fotos, então Harry acabara ficando com raiva de Peter por tabela.

Pela primeira vez, Peter tinha certeza de que aquele era um caso em que contar a verdade só pioraria as coisas. Sem contar que parte dele não *queria* matar o Duende, mas as circunstâncias o deixaram sem escolha. Desesperado e machucado, Osborne mandara seu planador controlado remotamente atingir o Homem-Aranha por trás, esperando eviscerá-lo. Mas o sentido aranha de Peter o fizera saltar no último segundo – e o dispositivo a jato atingira o Duende no peito.

Peter ainda se lembrava do som exato que o planador emitira, ao atingir o concreto, e quando Norman Osborne caíra.

Deixou a porta do quarto aberta para o caso de Harry voltar e decidir que queria conversar. Apesar de tudo que havia mudado, o quarto de Peter ainda parecia o mesmo do dia em que se mudara para ele. Tanta coisa em sua vida só seguia em frente sem parar, como que por impulso.

Agora ele fazia parte da equipe de fotógrafos do Clarim, mas ainda tinha dificuldades para pagar as contas. Ele ainda tentava se formar na UES, mas sua carreira acadêmica estava quase totalmente parada. Havia algumas aulas que nem os mais brilhantes alunos podiam perder. Depois de reprovar em física experimental avançada duas vezes graças às ausências e trabalhos atrasados, o obcecado por prazos Dr. Blanton lhe dera a última e definitiva chance.

Honestamente, não seria difícil para Peter se importar com as aulas se não fosse pela Tia May. Embora eles nunca falassem desse luto, ele sabia que a morte de Gwen a afetava quase tanto quanto a ele. Ela aceitara Gwen como uma filha, pensara nela como a futura mãe de seus netos. E agora, com a perda de Gwen, Peter se sentia ainda mais na obrigação de se formar, atingir o máximo de seu potencial e dar orgulho para sua única parente viva.

Não importavam quantas vidas o Homem-Aranha tivesse salvado; se partisse o coração da mulher mais doce a amorosa que existia, jamais seria capaz de se olhar novamente no espelho.

Isso significava meter a cara nos livros, o que ele fazia até ser vencido pelo sono. E pelo menos, naquela noite, ele foi pacífico, escuro, profundo e sem preocupações.

Em algum momento, o toque de um telefone o acordou. Um pesado livro jazia diante de seu rosto, uma página amassada grudada em seu lábio. Tentando fazer com que o caríssimo volume não perdesse o valor, ele a desgrudou cuidadosamente e atendeu ao telefone.

– Peter Parker?

Sem conhecer a voz, presumiu o óbvio.

– Seja lá o que esteja vendendo, não tenho...

– Sobrinho de May Parker?

Ele se endireitou na cadeira. Uma olhada no relógio mostrou que já era meia-noite, muito tarde para telemarketing.

– Sim?

– Aqui é a Dra. Amélia Fent. Sua tia deu entrada no Hospital Presbiteriano após um acidente. Ela foi...

– Acidente? Que tipo de acidente?

– Ela se encontrava desorientada, então Anna, a amiga dela, a trouxe para cá. Acabei de receber os resultados do exame de sangue dela, e suas funções hepáticas não estão como deveriam. Dado o histórico dela...

A doutora era calma e clara, mas, quanto mais ela falava, menos ele entendia.

– Histórico? Que histórico? Onde está o Dr. Bromwell, o médico dela?

– Está a caminho. Ela está numa condição estável por enquanto...

– Por enquanto?

– Ela não está em perigo imediato, mas seria melhor se você viesse até aqui. O Dr. Bromwell pode lhe passar os detalhes quando você chegar.

● ● ● ●

Na maior sala particular da nova ala, construída com suas doações, Vanessa Fisk observava o subir e descer do peito do marido. Como quase tudo, o respirador havia sido projetado para homens menores – já fora necessário aumentar a pressão três vezes para encher os pulmões dele com o oxigênio necessário. Era um movimento estável, mas calmo... diferente da respiração rápida e ofegante à qual ela estava acostumada. O fogo que o transformava em sua parte animal desaparecera.

Os médicos disseram que, se falasse, ele poderia ouvir, mas ela não conseguiria dizer nenhuma palavra. Até mesmo segurar sua mão lhe traria a dolorosa sensação de que, apesar da evidência do corpo na cama, Wilson Fisk não estava ali.

Se você estiver vivo, posso te amar. Se estiver morto, posso sofrer sua perda.

Na maior parte dos dias, os antidepressivos ajudavam. Às vezes se pegava cantarolando enquanto vagava sozinha pela casa de praia em Long Island. Mas sempre que o visitava, sentia como se o mesmo abismo que havia consumido Wilson clamaria por ela também.

O novo "perito" a examiná-lo era mais jovem que o último. Enquanto era educado e profissional, seus olhos inexperientes expressavam pouca compaixão, como se tentasse resolver palavras-cruzadas em vez de salvar uma vida. Talvez fosse melhor assim. Vanessa o contratara por suas habilidades, não por seu bom coração.

– Não é normal precisar de um respirador, nem mesmo nos piores casos de catatonia, mas a respiração dele diminuiu a um ponto muito perigoso. Não temos escolha.

– Dois anos e nenhum médico faz a menor ideia de como ajudá-lo.

– Admito que também estou perdido. Trauma cerebral explicaria um coma, mas não há indicação de que isso tenha ocorrido. Problemas mentais podem causar catatonia, mas ele não tem reagido a benzodiazepina ou qualquer outro medicamento psicoativo. Eu tentei levodopa, no caso de falha nos testes que detectam encefalite letárgica, mas nada ajudou. A única coisa que resta é a terapia eletroconvulsiva.

Ela tremeu ao pensar nisso.

– Eu entendo que os choques são administrados com um controle maior do que antes, mas você tem alguma ideia de como isso possa vir a funcionar?

– Honestamente, não. Não faço ideia. Nesse estágio, só digo que mal não pode fazer.

Ela queria lhe lançar um olhar severo, mas lhe faltava energia.

– Poderia se dizer a mesma coisa de canja de galinha.

– Você disse que ele sofreu um choque emocional grave, mas nunca explicou qual foi.

– E ajudaria? É um assunto de família, particular.

– Talvez. Já estou ficando sem opções.

– Você sabe o que os jornais dizem sobre meu marido? Você compreende por que eu agendei essas consultas num horário tão tarde?

Ele assentiu.

– E se eu dissesse que saber o que aconteceu com ele colocaria alguém em risco?

O medo súbito dele era palpável.

– Nesse caso, talvez seja melhor não me contar.

O médico estava pensando em si mesmo, mas ela pensava em seu filho. Consumido pelo remorso do que havia feito com o pai, Richard fugira do país. Embora isso significasse que ela também o perdera, provavelmente fora o melhor a se fazer. Havia muitos por aí que ainda eram leais, se não ao Rei do Crime, à organização que ele deixara em ruínas. Algum novato querendo fazer seu nome não hesitaria em rastrear e ferir Richard.

– Posso dizer que eu estava lá, que eu vi rasgarem o coração de um grande homem cujo amor era a única coisa mais forte que sua raiva... tão forte que o aterrorizava. De uma única vez, ele foi arrancado. Foi como se ele simplesmente perdesse a vontade de viver.

O perito deu de ombros.

– Sra. Fisk, eu gostaria de dizer mais, mas a metáfora é tão bom diagnóstico quanto qualquer outro que eu ofereça. Você quer considerar a terapia de choque?

Ela colocou a mão sobre o peito do marido, que subia, esperando que sentir as batidas daquele coração a convencesse de que Wilson ainda, de alguma forma, estava presente ali. Não convenceu.

– Vou pensar nisso.
– Claro. Leve o tempo que precisar. Ele... hã... não vai a lugar nenhum.

Dessa vez, ela ergueu a cabeça para lhe lançar um olhar de raiva, mas o ruído invasivo e alto de tênis rangendo contra o chão a fez voltar a atenção para a porta.

Um jovem corria pela sala particular; seu rosto belo estava pálido de preocupação. Ela não o considerou como ameaça, mas, por não ter os mesmos instintos do marido nesses assuntos, estava incerta. Um segurança imediatamente apareceu, a deixando menos temerosa.

– Desculpe, Sra. Fisk, esse cara deve ter entrado no lugar errado. Vou removê-lo daqui.

– Seja gentil. Ele provavelmente tem as próprias más notícias para lidar.

• • • •

Depois de conversar com o Dr. Bromwell, com seu bigode e cabelos brancos de sempre, Peter ficou tão desorientado que andou a esmo por duas alas erradas antes de encontrar sua tia. A segunda cama no quarto cinza semiparticular estava vazia, mas a enfermeira advertiu que o quarto poderia receber outro paciente a qualquer momento.

Tia May estava no leito perto do aquecedor e da janela; o colchão levantado para que ela pudesse ficar sentada. Os cobertores enfiados ao seu redor estavam perfeitamente lisos, como se ela não houvesse se mexido desde que chegara.

Bromwell havia alertado que a alta quantidade de bilirrubina em seu sangue mudara sua aparência, mas até Peter se aproximar não fazia ideia do quanto. As luzes fluorescentes que zumbiam sem parar deixavam todo mundo um pouco verde, mas a coloração amarelada na pele de sua tia era irreal. Ela parecia uma imagem na televisão com o balanço de cores bagunçado.

Engolindo em seco, ele se sentou ao lado dela e colocou a mão em seu ombro fino. Sob o toque, as pálpebras da tia se abriram e ele viu que o tom de amarelo havia se espalhado para seus olhos. Segurou o choro. Felizmente, o olhar dela vagava de modo sonhador; quando ela despertou por completo e o reconheceu, ele já havia conseguido se recompor.

– Peter!

– Problema no fígado? Tia May, por que você não me contou?

Ela franziu os lábios do mesmo modo que o faria se ele tivesse descoberto um segredo mais benigno, como da vez que ela vendera algumas joias antigas para comprar um microscópio novo para ele.

– Esses médicos bobos me disseram isso anos atrás. Depois de tudo que você passou, não tive coragem.

Torcendo os lábios num frágil sorriso, ela segurou sua mão e a acariciou. Seus dedos estavam frios e ossudos. Ele os apertou e esfregou até esquentarem.

– Se eu não souber o que está acontecendo, como posso ajudá-la?

Ela revirou os olhos.

– Jovenzinho, eu lhe disse a mesma coisa por anos. Na metade do tempo, eu não tinha ideia do que você estava sentindo.

– Sinto muito, Tia May, eu...

Ela beliscou sua bochecha.

– Quietinho. Já passamos dessa fase. Se quiser saber a melhor maneira de me ajudar, a resposta é: se ajude. Seja feliz e produtivo.

– Mas Tia May...

Nenhum deles notou o Dr. Bromwell à porta até que ele se pronunciou:

– Peter, podemos conversar?

– Claro. – E se voltou para a tia. – Fique bem aí, certo? Nada de acrobacias agora.

Ela ergueu as sobrancelhas.

– E eu que estava ansiosa para começar as aulas de fisiculturismo.

Peter riu, esperando que não soasse forçado.

– Olha quem está fazendo piadas, para variar. Isso é bom sinal, certo, doutor?
– Certamente, sim. – O Dr. Bromwell não riu, mas assentiu com satisfação. – Lá fora, por favor.

Numa cena que havia visto em dúzias de filmes e novelas de melodrama, Peter se encostou à parede do corredor. O médico se manteve reto, inclinando o pescoço para mais perto enquanto sussurrava.
– O funcionamento do fígado dela está em declínio há anos. Vai precisar de um transplante se piorar demais. O procedimento é comum, mas na idade dela qualquer cirurgia invasiva traz um grande risco. Por causa disso, ela vai pro fim da lista de espera. Por outro lado, se um membro da família se voluntariar, podemos executar o transplante enquanto ela estiver forte o bastante – talvez nas próximas semanas. Eu sei que ela não é uma parente de sangue, mas seus registros médicos indicam que você provavelmente é compatível. Se estiver disposto, há alguns exames que eu gostaria de fazer. Podemos começar pela manhã.

Peter concordava o tempo todo.
– É claro, claro.

Mas, enquanto o médico descrevia a biópsia, a terrível realidade veio à tona. *Meu sangue é radioativo – meu DNA foi alterado. Um transplante meu pode matá-la!*

Com a boca entreaberta, os acenos de aprovação pararam e ele se viu sacudindo a cabeça.
– Não, não, sinto muito, eu vou... eu vou ter que pensar sobre isso.

Se Bromwell ficou surpreso, era experiente demais para demonstrar.
– É claro. Você já teve um choque hoje, e é uma decisão grande. Tome um tempo, analise a informação neste documento. Mas esteja ciente de que o fígado dela vai continuar a falhar. É uma contagem regressiva.

O médico continuou falando, mas a mente de Peter estava acelerada. Em algum ponto, murmurou um agradecimento e cambaleou até a sala de espera para encarar imóvel o panfleto que descrevia o procedimento. Um segundo depois, Anna Watson irrompeu na sala, com os olhos vermelhos e arregalados.

Brandindo um buquê de flores como se fosse um porrete, ela o golpeou nos ombros. Pétalas frescas voaram para todos os lados.

– Você tem que *pensar*?

Ele ergueu a mão para bloquear o segundo golpe, mas a verdadeira arma de Anna era a dor angustiante em sua voz, e essa o atingiu fundo.

– Eu escutei tudo, seu covarde egoísta! Você vai simplesmente deixá-la morrer? Aquela mulher fez tudo por você, por toda a sua vida, e você vai deixar ela morrer?

E, claro, ele não pôde explicar.

16

ASSIM QUE SAIU DO HOSPITAL, Peter encontrou o lugar escondido mais próximo e vestiu seu uniforme azul e vermelho.

A tia May está morrendo – e não há nada que eu possa fazer.

Foi até o topo dos prédios, planou sobre as ruas, acelerou por entre os recônditos urbanos e labirintos que só ele podia encontrar. Mas nem mesmo Nova York poderia suprir a distração de que ele precisava. No máximo, a cidade fedia tanto quanto sua vida.

Nada nunca muda, a não ser para pior.

Não importava o quão alto ele se movesse, tudo parecia uma rotina supérflua.

O que mais posso fazer? Sentar por aí e esperar? Aonde mais posso ir? Para casa, na esperança de que Harry sinta pena o suficiente de mim para querer conversar? Ahhh... posso tentar tirar umas fotos do Homem-Aranha.

Havia entregado tão poucas ao Clarim ultimamente que JJJ já começara as ameaças de demissão. Sem aquele salário de merda, não poderia comprar os livros de merda para passar na aula de merda. E então...

E então, o quê? Não posso nem proteger a Tia May, que diferença faz o que faço ou deixo de fazer?

Pousou no telhado de uma casa perto da UES e resistiu à tentação de chutar as telhas e quebrá-las em pedaços. Olhou ao redor, esperando que aquela calmaria entrasse nele e o tranquilizasse.

São o quê? Três da manhã?

Passou pela velha delegacia do Capitão Stacy. Quando um novo prédio fora construído, alguns blocos mais à frente, aquele fora convertido num galpão para guardar velhos arquivos e evidências. Ninguém mais se importava com o lugar. As paredes de tijolos exibiam pichações e algumas janelas estavam quebradas. Embora algumas luzes ainda brilhassem nas salas dos andares superiores, a maioria estava queimada.

Mas havia outra iluminação, fraca e tremeluzente, visível além das janelas baixas do porão. E ela se movia. Pulando para baixo, a fim de ver melhor, notou que uma das janelas não estava apenas quebrada. Ela fora arrombada.

Randy disse que alguns estudantes acham que o lugar é assombrado. Então provavelmente é algum novato que gosta de caçar fantasmas, mas uma invasão é uma invasão.

Saltando num ângulo que o fizesse passar direto pela entrada forjada, entrou em silêncio no recinto. O andar inteiro estava cheio de prateleiras e armários de arquivo. As únicas coisas remanescentes do prédio antigo eram as paredes de concreto com as portas das celas removidas. Sem as barras de ferro, pareciam um tipo de labirinto; ele podia ver a luz clareando as paredes e se movendo em direção à outra extremidade.

Meio que uma versão em miniatura do galpão no final de Os caçadores da arca perdida.

Homem-Aranha instalou sua câmera no alto de um canto.

Esperava que o ângulo aberto desse uma visão decente do labirinto. Assim que a ligou, ouviu um "ah" de satisfação.

Parece que alguém encontrou o que queria.

A luz tremeluzente se apagou. Por sorte, o infravermelho da câmera poderia capturar o rosto do vândalo mesmo no escuro.

Acho que vai embora logo, o que me dá uma ideia para umas boas fotos.

Selando a janela quebrada com teias, ele ajeitou a câmera para o outro lado: a porta do porão. Então bloqueou a saída e esperou. Foi certeiro. Uma figura magra surgiu embaixo da janela. Peter não conseguia ver seus traços – era apenas um vulto emergindo das sombras.

A figura subiu no parapeito. Encontrando a saída selada, resmungou, olhou ao redor e desceu.

É isso aí, vem pro papai.

O bandido emergiu bem à frente – no momento em que o Homem-Aranha havia planejado. Viram um ao outro ao mesmo tempo, iluminados pelo farol de um carro que passava.

Isso não é um universitário... É um garoto!

Uma voz surpreendentemente jovem murmurou algumas palavras surpreendentemente adultas.

– Cara – respondeu o Homem-Aranha –, você beija sua mãe com essa boca?

As teias foram lançadas, mas o garoto mergulhou no labirinto. Depois de mais alguns ruídos de coisas sendo arrastadas, tudo ficou em silêncio.

– Eu sei que você acha que pode brincar de esconde-esconde aí, amiguinho, mas essa é a única saída e eu sou bem paciente.

Uns bons cinco minutos se passaram antes de ele incluir:

– Não vou entregar você. Apenas devolva o que você pegou e a gente encerra a noite. Certo?

Mais cinco minutos e o Homem-Aranha se deu conta de que não estava se sentindo tão paciente assim.

Pensando que o sinal aranha poderia assustar o garoto, lançou-o pelos corredores formados por prateleiras. Nada se mexeu. Por outro lado, suas pegadas apareceram no pó, mostrando onde o garoto se escondia. Desligando a luz, ele se rastejou por entre os arquivos.

Mais alguns passos e posso...

Um ruído baixo o fez se virar.

Ah! O pestinha me fez de trouxa!

Seu sentido aranha avisou que o ataque estava vindo, mas não que seria tão rápido e forte. Ele girou, com as mãos para cima, e encarou uma onda de evidências caindo das estantes. Sem tempo para pular para longe – nenhum lugar para ir na bagunça de caixas e estantes de metal –, foi soterrado em segundos.

Mas não ficou assim por muito tempo. Flexionando os braços, abriu espaço o suficiente por entre os arquivos para avistar o garoto na saída. Com uma caixa de papelão enfiada embaixo do braço, ele forçava a porta com um pé de cabra.

Homem-Aranha tentou se mover, mas seu tornozelo estava preso entre os pés de uma estante caída. Ele poderia se soltar, mas o aço afiado poderia causar estragos, deixando-o com um ferimento que ele não queria suportar nem ter que explicar.

Com movimentos de punho, lançou duas teias. Uma errou, atingindo os destroços. A outra atravessou o recinto e acertou a caixa que o garoto carregava. Uma puxada leve a arrancou dele, resultando em outro ataque de xingamentos adultos.

O Homem-Aranha pegou a caixa e então se voltou para o aço que prendia seu tornozelo. O ladrão hesitou por um instante, mas abriu a porta e acelerou para dentro da noite.

Nos segundos que Peter levou para se libertar e o seguir, o garoto já havia desaparecido por um entre as dúzias de caminhos possíveis. Indo até o telhado, Homem-Aranha procurou entre ruas e becos, mas estavam vazios. O ladrão sumira.

O lançador de teias se voltou para a caixa, marcada como "evidência". O selo já havia sido rompido, então ele a abriu, revelando uma conhecida tábula de pedra.

Essa coisa de novo? Sem chance.

Ele pensou por um momento.

Ei, não é minha responsabilidade. É melhor deixá-la pendurada por aí para que a polícia a encontre. Certo?

17

NA MANHÃ SEGUINTE, de volta ao seu quarto, Peter se sentou à mesa olhando fixamente para a tábua, se perguntando seguidas vezes:
Por que não deixei essa coisa lá? O que há de errado comigo?
Em parte, fora por causa da assinatura no formulário que encontrara na caixa de evidência. Os traços confiantes da caneta de George Stacey eram por si mesmos um tipo de relíquia, conjurando lembranças da mão sábia e firme do capitão.
O que realmente fizera Peter tomar a decisão, no entanto, foram as imagens que sua câmera capturara. Havia seis fotos do rosto do garoto. Nenhuma estava perfeita, mas algumas eram claras o suficiente para que notasse uma vaga semelhança com um certo Silvio Manfredi.
Seria seu neto? Um parente? Ou, pior, de alguma forma o Cabelo de Prata voltou?
Peter virou a tábua, calculou o peso e a devolveu à caixa. Enfiou-a embaixo da cama.
Desse jeito, vou acabar ficando com a coisa e a transformando numa luminária.
Mas para dizer a verdade? Era uma distração bem-vinda.
Ele ainda tinha tempo antes da aula, e o horário de visitas do hospital só começava depois do meio-dia. A última atualização do Dr. Bromwell dizia que os níveis da Tia May estavam estáveis, mas terminava com aquele horrível "por enquanto". Pelo menos teria tempo para pensar em outras maneiras de ajudá-la.
Talvez eu deva contar a Bromwell a verdade sobre mim, assim ele começa a procurar outras maneiras de ajudá-la. Existe algum tipo de privilégio "cliente/advogado" com os médicos? Se nada mais der certo, ele pode me dar alguns conselhos.
Falando em advogados, sei de um lugar perfeito para começar a investigar a invasão. Já faz um tempo, mas ainda me lembro de como chegar ao escritório de Caesar Cicero.
Ele vestiu o uniforme de Homem-Aranha e seguiu para o Centro. Escalou o prédio de trinta andares, olhou por uma das janelas e franziu o cenho. Várias paredes dentro do venerável arranha-céu

haviam sido derrubadas, dando ao escritório pessoal do líder da Maggia bem mais da metade do andar.

Parece que ele está muito mais arrogante. O que faz dele um cara mais prazeroso de encontrar.

De fato, nada menos que doze janelas permitiam que nosso herói tivesse a visão do homenzinho sentado atrás da maior mesa que ele já vira.

Nem quero imaginar o que ele está tentando compensar! Dá para pousar um avião naquela coisa.

Cicero era a imagem da satisfação; os pés em cima da mesa, sem os sapatos e meias. Ele flexionava os dedos, olhando com felicidade para as nuvens e o céu azul acima da cidade. Seu rosto largo exibia um sorriso relaxado, como se o mundo fosse uma piada e alguém já lhe tivesse contado o final.

O sorriso permaneceu imperturbável, até que o Homem-Aranha abriu uma janela e saltou para dentro.

– Que bom que você não trocou essas janelas de empurrar por algo que eu não conseguiria abrir. Senão eu teria que atravessar o vidro para entrar.

Cicero tateou a mesa, procurando um botão de alarme – ou uma arma escondida. E então pareceu pensar melhor. Ele se recostou novamente, estalou a língua e suspirou.

– Também há uma bela porta na frente que você poderia ter usado, sabia?

– E perder essa belíssima mistura de medo e culpa na sua cara? Sem chance.

– Ah. Se gosta tanto, tire uma foto. Se quiser, pegue minhas chaves e filme o lugar todo.

Endireitando a espinha, ele soltou o chaveiro da calça e o jogou no chão acarpetado entre eles.

– A chave que abre o corredor secreto agora está etiquetada?

– Não tenho nada para esconder de você, nem de ninguém.

– Sério? Juramento de dedinho?

Cicero passou o dedo grosso pela camisa, fazendo a gravata voar para o lado.

– Juro pela minha vida e espero que *você* morra. Nos dias de hoje, os negócios que toco são completamente legais.

– Ceeeeeerto. A boa e gentil Maggia sobre a qual ando lendo no *Mafiosos de Hoje*. Tudo na legalidade... Pelo menos, no que consta no papel.

– Você é advogado agora? – Os lábios grossos de Cicero voltaram a sorrir. – É claro, "no papel". Como é que dizem? A era dos objetos físicos acabou. – Fez um movimento com a mão no ar. – Está tudo no éter. Ganhamos mais dinheiro movimentando dinheiro por aí do que jamais ganhamos, ou melhor, jamais ganharíamos agindo de modo ilegal... coisa que, é claro, nunca fizemos.

Sem se impressionar, Homem-Aranha se sentou na mesa.

– Coisas como sequestrar alguém? Sempre me pergunto como foi que você escapou daquela.

– Quer conversar sobre os velhos tempos? Tudo bem, vamos conversar.

Cicero se levantou, virou as costas para o lançador de teias e serviu um pouco do uísque de um decantador de cristal num bar atrás de sua mesa.

– Sinto muito, não vou te oferecer, mas a coisa é boa e... você não vale o gole.

Ele tomou um pouco e estalou os lábios.

– Onde estávamos? Certo. Sequestro. Conforme os testemunhos, eu estava presente em certos locais junto com aquelas infelizes vítimas. Por outro lado, durante a ocorrência dos crimes contra elas, as vítimas disseram que estavam vendadas e, *ergo ipso facto*, incapazes de distinguir os responsáveis entre meras testemunhas, como eu. E, como eu disse sob juramento, estava a caminho de relatar o sequestro quando fui atacado e ilegalmente detido por um certo escalador de paredes. E ele acabou se mostrando ausente na hora de testemunhar, fazendo com que ninguém soubesse seu lado da história.

Cicero estalou os lábios de novo.

– E talvez, só talvez, alguém com meus recursos possa ter conseguido empurrar as acusações restantes para o amiguinho do Rei do Crime, Wesley. E ele provavelmente deu com a língua nos dentes quando o caso se arrastou por mais seis meses. Então, antes que eu inclua invasão e intimidação na longa lista de reclamações que os tiras têm contra você, por que não para com essa besteira de se sentir superior e me diga o que diabos você quer?

– Como quiser. – Homem-Aranha atirou um clipe de papel que estava na mesa dentro do copo que Cicero segurava. Quando ele estilhaçou, o advogado saltou para longe dos cacos quebrados e do líquido derramado.

– Precisava disso?

– É, meio que sim. Mas, para responder sua primeira pergunta, houve uma tentativa de roubo na noite passada.

Cicero fingiu desmaio, erguendo as costas da mão até a testa.

– Oh. Uma tentativa de roubo em Nova York! Misericórdia, que choque! Já disse que não faço mais essas coisas.

Ele se abaixou, pegou suas chaves e as sacudiu na frente de Peter.

– Veja por si mesmo.

Sem tocar no advogado, Peter chutou o chaveiro para longe. As chaves atravessaram o escritório de um lado a outro, pousando no bolso de um sobretudo felpudo que estava pendurado no canto.

Cicero olhou fundo nos olhos do uniforme do Homem-Aranha.

– Estou dizendo a verdade. Se é ilegal, não é da minha alçada. Até dispensei o Marko. Acredite em mim, foi difícil. Aquele gigante imbecil era tão leal que doía... mas ele não se encaixava na nossa nova cultura corporativa, entende? – Ele estreitou os olhos. – O que tentaram levar? Deve ser algo grande para fazer você sair de baixo da teia. Barras de ouro? Algum raio da morte experimental que transforma hamsters em caminhões monstro?

– Alguém tentou roubar a tábula.

Pareceu que Cicero havia engolido vinagre.

– A tábula? Por quê?

Hum. Talvez ele não saiba de nada.
– Esperava que você me dissesse.
Ele limpou a garganta.
– Queria poder dizer. Nunca tinha acreditado em maldições até trombar com aquela pedra. O Rei do Crime a queria; ele está em coma. Ela quase derrubou a Maggia, e você viu como foi com Cabelo de Prata. Sabendo disso, por que eu iria... ou melhor, por que *alguém* iria querer algo que te transforma... em nada?! Como veneno? Existem milhares de maneiras mais fáceis de se matar alguém. Se eu ouvisse que alguém está atrás daquela coisa, seria o primeiro a chamar os tiras.

Por um lado, Cicero parecia sincero. Por outro, aquele era seu trabalho, e ele era bom no que fazia. Peter trouxera as fotos do ladrão. Pensou em mostrá-las a Cicero, mas se segurou.

Se a Maggia está por trás disso, não quero que conheçam nenhuma evidência que eu tenha. E, se não está, não quero dar nenhuma razão para se envolverem.

Tentou um caminho diferente.
– O Cabelo de Prata tinha família?
Cicero riu.
– Se tinha, com certeza estão se escondendo de mim.

• • • •

O galpão estava havia anos para ser demolido, mas nem tudo tem a morte que merece. Os donos haviam planejado construir um novo edifício no terreno, mas o fundo que tinham desmoronara junto com a fortuna de seu maior investidor, Wilson Fisk. Agora a construção se encontrava negligenciada, ocasionalmente expelindo montes de aço enferrujado e cacos de vidro como dentes que apodrecem ou cabelos que caem. Muito da estrutura já havia desaparecido, tanto que em breve o pouco de natureza que a cidade permitia desabrochar a derrubaria de vez, sem a necessidade de uma bola de demolição ou da vontade humana.

As poucas pessoas desoladas ou desesperadas o bastante para ignorar as placas de perigo eram mantidas afastadas pelos constantes estalos e rachaduras que ameaçavam o desabamento. Na verdade, todas as formas de vida se mantinham longe – ratos e baratas inclusos –, exceto o garoto.

O garoto que sempre estava bravo.

Embora não tivesse certeza de que já havia estado ali antes, de alguma forma sentia que era o seu lugar. Havia encontrado com certa facilidade as escadas meio desabadas que levavam ao porão. Ali, as paredes de concreto e a fundação permaneciam sólidas e silenciosas como uma tumba – ou melhor, um memorial, um templo que ele poderia construir para si mesmo.

Para sua raiva.

Não, não um templo, um palácio – um palácio da memória, como no livro que havia encontrado, *Retórica a Herênio*. Havia sido escrito por Cícero, um nome que ele associava à traição. Mas este era outro Cícero, um romano. O livro dizia para escolher um lugar na sua cabeça, um lugar que você conhece, e enchê-lo de coisas que você quer lembrar. Então, sempre que precisar se lembrar de algo, poderá encontrar.

Mas, ao chegar ali, o garoto mal conseguia se lembrar de nada. Então decidira ir além do que o romano espertinho dizia e fazer seu palácio real – e o encher de lembranças que seria capaz de tocar. E ali estava, iluminado por velas e lanternas roubadas, mobiliado com cadeiras e uma cama roubadas. A única coisa que ele não havia roubado eram os blocos de concreto. Já havia muitos por ali, então ele os usara para construir a plataforma no centro de seu local. A plataforma onde estava seu trono.

Não sabia por que tudo tinha que ser roubado. Talvez porque nada fosse realmente seu, mas roubar o tornava dono de tudo. Roubar o fazia se sentir importante, então ele seguia nisso, rasgando páginas de jornais e livros nas bibliotecas quando podia, usando cartões de crédito roubados para comprar exemplares novos quando podia. Coisas antigas também pareciam importantes, como a submetralhadora Thompson de 1928 que ele roubara de uma loja de armas antigas. Coisas antigas o faziam se sentir seguro, como se fosse mais difícil perdê-las, já que existiam havia muito mais tempo.

Realmente, aquilo não fazia sentido, mas, novamente, ele seguia nisso.

Se ajoelhou diante do trono de concreto – não para se curvar a um grande poder, apenas para ficar mais fácil alcançar as imagens que ele tinha da coisa *realmente* antiga. A tábula. Não era dele ainda, mas era o que mais queria. Depois de todo o trabalho para encontrá-la, o cara fantasiado, o Homem-Aranha, o impedira. Tocar as imagens, no entanto, o fazia imaginar que estava tocando a pedra.

Às vezes ele imaginava tanto, que achava que podia mesmo se lembrar de seu passado. E, quando terminava, puxava a única coisa que pensava não ter roubado, a única coisa que era verdadeiramente sua. Com cuidado, ele afastava os pedaços de concreto e a umidade da capa do caderno de notas, retirava o elástico que o fechava e abria numa página em particular. Lendo as palavras, tentava cantar.

– Beber, beber.

Estava errado. Sua voz estava errada. A melodia estava errada.

Ele tentou novamente, erguendo o tom na primeira palavra, baixando na segunda.

– Beber, beber.

Ainda não estava certo. Conhecia as palavras – ele as memorizara do caderno –, mas as anotações não traziam a melodia e, mesmo se trouxessem, ele não sabia ler música.

Então *tinha* que se lembrar.

Tentou começar baixo e então deixou a voz buscar por algo que soasse familiar.

– Beber, beber!

Não! Não era isso!

A resposta tinha que estar em algum lugar – se não no palácio que havia feito, então trancada dentro de si. Trancas não o assustavam. Ele tinha um sentimento forte de que poderia abrir qualquer uma que encontrasse.

Mas, primeiro, tinha que encontrar a porta certa.

18

BEM DEPOIS DE UMA DA MANHÃ, o Detetive Darryl Tanner ainda estava soterrado em papelada. Estava tão absorto em seu trabalho que seu parceiro, Miles Langston, teve que bater duas vezes ao batente da porta para fazê-lo olhar.

– Terminei os preenchimentos, então pensei em dizer boa-noite. Ou bom-dia. – Vendo as pilhas de papel, Miles soltou um assobio. – O que você fez para deixar Connolly irritada?

Após anos trabalhando juntos, Darryl ainda tinha inveja daquele assobio. Ele se perguntava como Miles conseguia fazê-lo tão forte e alto. Darryl nunca conseguira assobiar.

– Nada. Pedi para fazer. Precisava da hora extra. As coisas estão difíceis em casa.

"Difíceis" era pouco, mas havia razões para ele manter os detalhes de seus problemas financeiros privados. Quando o Rei do Crime desaparecera, os ganhos de Darryl caíram pela metade. Hoje em dia, a Maggia lhe dava alguma coisa, mas não o bastante para evitar que tivesse que tirar a filha do colégio particular a fim de conseguir pagar a hipoteca.

Miles era solteiro e parecia não se preocupar com nada, mas assentiu por empatia.

– Entendi. Quer que eu faça mais um café para você antes de ir embora?

– Não. Estou quase terminando, mas acho que deixo o relógio correr mais um pouco, sabe?

Miles fez um sinal com o dedo.

– Eu não ouvi isso. Manda um oi pra família.

Esse maldito garoto acha que é engraçado.

Darryl fez um aceno fraco.

– Pode deixar.

Observou enquanto Miles seguia pelo corredor e entrava no elevador. Continuou observando até que a luz em cima da porta indicasse que seu parceiro já estava no lobby.

Satisfeito por estar só, deu as costas ao trabalho. Os rapazes levaram meio dia para arrumar a bagunça que restara da invasão no velho anexo. A maior parte do tempo fora gasta organizando as coisas em suas respectivas caixas. E ficara a cargo de Darryl bater o que encontraram com as listas do acervo. Metade dos arquivos nessas listas não estava mais na disposição indicada pelos documentos mais antigos. E no resto do tempo não conseguia entender a letra de quem arquivara.

Verificou tudo mais duas vezes. E estava certo. Havia apenas uma caixa desaparecida, colocada ali sob autoridade do falecido Capitão George Stacy.

Deixando a lista principal de lado, Darryl folheou as cópias em carbono e encontrou o número respectivo, arrancando a página em seguida. Dobrou o papel e enfiou no bolso. Então voltou para a principal e registrou a caixa vazia, para que o mundo pensasse que ainda estava lá, sã e salva.

Leu as notícias até quase duas da manhã, quando se levantou e seguiu para o escritório da chefe dos detetives.

Darryl não fazia ideia de por que Connolly sempre trabalhava até tarde e nunca sentira vontade de perguntar.

À porta, ele limpou a garganta.

– Chefe?

Ela lhe lançou um sorriso cansado.

– Fez aquele relatório para mim, Darryl?

– Sim, senhora, fiz.

– E?

– Seis tipos diferentes de formulários, três bancos de dados e tudo revisado. Acho que devemos a integridade de nosso anexo de evidências ao Homem-Aranha.

Ela revirou os olhos enquanto ele lhe entregava as listas.

– A não ser que seja ele quem tenha invadido. – Ela lia os documentos por alto. – Esse trabalho está muito bom... Estou feliz por

um verdadeiro profissional ter cuidado disso. Bote mais uma hora no ponto, mas não mais que isso.
— Obrigado, chefe.

Em vez de ir para casa, ele caminhou alguns quarteirões e então pegou o telefone descartável que usava para ligações especiais. Seu contato atendeu na primeira chamada.

— Acho que descobri algo. Aquela velha tábula que a Maggia roubou alguns anos atrás? Por todo esse tempo esteve no anexo de evidências... Pelo menos até ontem. Alguém a levou. Julgando pelas teias na cena, ou foi o Homem-Aranha ou ele tem uma ideia de quem foi. Imaginei que saber que ela está de volta às ruas valha algo para você.

A voz do outro lado riu.

— Imaginou errado. Cicero não quer nada com aquela coisa.

— O que nela o assusta tanto? Eu sei que supostamente é mágica e...

— Assusta? Não. Tá mais para não querer nada que o faça lembrar o Cabelo de Prata. Você está conosco há um tempo, então vou te dizer, mas não ouviu de mim. As fofocas lá embaixo dizem que o escalador de paredes nos fez uma visita hoje. Depois dela, o Grande C precisou de uma massagem de quatro horas só para conseguir tirar um cochilo. Meu conselho? Esqueça tudo isso.

A linha ficou muda. Ele olhou para o telefone.

Droga. Todo esse trabalho por um extra de duzentos dólares? Se eu tivesse dito para a chefe que um artefato de valor inestimável sumiu, poderia ter recebido um bônus. Agora não existe nem um caso para tentar achar o ladrão.

O único outro número no telefone descartável chamou sua atenção. Era velho, provavelmente inútil, mas, pensando naquele fundo para a faculdade, fez uma tentativa.

Depois de três toques, uma mulher respondeu.

— Alô? Quem é? Como conseguiu esse número?

Ele a havia visto uma ou duas vezes, mas aquela voz de melodia triste era difícil de esquecer.

– Sra. Fisk? Darryl Tanner. Não sei se se lembra de mim.
– Detetive Tanner. É claro, daquela festa de Natal três anos atrás. Que... surpresa. É bem tarde. Há algo errado?
– Nada errado. Eu só estava trabalhando num caso que me lembrou seu marido. É a respeito de algo que eu sei que ele queria muito.

Ao menos ela estava ouvindo. Se ele jogasse direito, no fim das contas a informação poderia valer alguma coisa.

• • • •

Se Wesley não estivesse na prisão, ele teria respondido a chamada; em vez disso, ela fora para Vanessa Fisk. Ela não estava certa do que esperava ouvir, que fantasma do passado queria falar com ela. Nem sabia ao certo por que se importava tanto a ponto de continuar com aquele telefone, muito menos atendê-lo. Mas ela ouviu, e o que ouviu atiçou seu coração letárgico.

Acostumada a dormir agora no centro da cama colossal que dividia com Wilson, teve que usar as pernas para se arrastar pela largura do móvel até alcançar a beira. Pela primeira vez em dezesseis horas, colocou os pés descalços no chão. Por hábito, pôs o robe verde opaco para cobrir a roupa de baixo. Se lembrou do modo que seu marido teria olhado para ela e quase sorriu.

Mas isso foi antes, quando o amor era outra coisa além de crueldade.

Quando o amor era o coração da criação.

Pressionou a testa contra o vidro e observou a maré. Se lembrou de que ele a alertava a evitar as janelas, sempre temeroso de que um de seus muitos inimigos viesse atrás dela.

Não havia razão para que alguém a ameaçasse agora. A única coisa de valor que ela tinha era o coração do Rei do Crime e isso havia se perdido. Os dois seguranças no andar de baixo e os dois que circulavam ao redor da casa de praia só eram mantidos para honrar a lealdade que seu marido tinha com seu pessoal.

Por que atendi o telefone?
Quando Wilson estava saudável... Não, a palavra "saudável" não lhe fazia justiça. Quando ele era a força bruta cuja presença gritava *vida*, ela não tinha interesse em seus negócios. E mesmo agora, quando a necessidade pessoal deveria ser o suficiente para forçar seu envolvimento, ela só dava atenção aos pormenores de seu moribundo império para assegurar a continuidade do pagamento de suas contas médicas. Nesse caso, ela permitia que os advogados lhe indicassem quais documentos assinar... e ela nunca, nunca se importava.

Desde que ele entrara naquele torpor horrível, ela tinha pouco interesse em qualquer coisa. Constantemente se assustava com o número de horas que podia passar olhando para o nada.

Mas a tábula poderia mudar tudo. Havia muitas coisas que ela lembrava sobre Wilson: seus humores, seus deleites, seus demônios. Mas ela se lembrava especialmente do brilho em seus olhos quando ele decidira que queria o artefato.

E, entre as poucas coisas que sabia sobre o submundo, estavam os rumores de que aquela pedra havia, de algum modo, feito com que Cabelo de Prata se tornasse jovem e forte outra vez.

Também ouvira rumores sobre o assustador resultado e imaginava se aquilo não fora interferência de Wesley.

Sua cabeça e seu coração ficaram vazios por tanto tempo que o mundo deixara de ter significado. Seus pratos favoritos tinham gosto de cinzas; quadros que costumavam lhe tirar o fôlego agora pareciam rabiscos vazios; músicas que elevavam sua alma soavam como cacofonia distante.

Mas esse novo pensamento ecoava com tanta força que a preenchia:

Poderia a tábula fazer o mesmo por meu amado? Poderia preencher a alma de Wilson novamente?

Se esse fosse o caso, Richard não precisaria sentir culpa. Com as palavras certas, ela poderia convencer o orgulhoso pai fera a perdoar sua única cria. Ela sabia que era capaz disso. E, então, todos ficariam juntos novamente.

Tal possibilidade – por mais distante que fosse, por mais estreita que fosse – a impediu de voltar para a cama. Mesmo que isso significasse voltar a se importar, significasse abraçar o lado obscuro dos negócios do marido.

Porque o amor já fora o coração da criação.

E a criação pode ser uma coisa sangrenta, muito sangrenta.

19

NA MANHÃ SEGUINTE, Peter apareceu para cumprimentar Harry. Seus pensamentos estavam dominados por sua tia e pela tábula, mas ele ainda estava determinado a fazer um esforço.

– Ei, Harry. Tenho que ir ao Clarim deixar umas fotos e depois vou para a aula, mas estou com um tempinho. Pensei em dar uma olhada em quem está no Grão de Café. Quer vir?

O olhar mortal que recebeu o interrompeu no meio do passo. Harry pegou o prato com seu café da manhã, ainda meio cheio de comida, e o jogou na pia com tanta força que soou como se a louça tivesse rachado. Peter já havia visto seu colega de quarto com medo, arrogante e irritado quando lutava contra as drogas... mas aquilo era diferente.

– O que há com você?

Ao passar, o rapaz deu um esbarrão em Peter, pegou o casaco que comprara num brechó e enfiou embaixo do braço. A batida que a porta deu fez a parede tremer, sacudindo um cartaz cafona com a pintura de Grandes Olhos, que MJ lhes dera para fazer piada.

– Harry?

Peter tentou pensar em algo que pudesse ter dito ou feito, ou algo que pudesse *não* ter dito ou feito, para deixar Harry daquele jeito. Mas não conseguiu. Eles mal se falavam mais.

Posso segui-lo como Homem-Aranha para me certificar de que ele está limpo. Mas não quero bisbilhotar o pobre rapaz como se ele fosse um supervilão, a não ser que eu tenha um bom motivo.

A chegada de Peter no Grão de Café fez com que seu argumento se tornasse discutível. Harry ainda parecia macambúzio, largado numa cadeira com uma caneca de café quente diante dele. Mary Jane, Randy e Flash Thompson – em casa permanentemente desde que suas viagens terminaram – estavam com ele e também não pareciam muito felizes. Na verdade, quando tentou puxar uma cadeira para se juntar a eles, todos lhe lançaram o mesmo olhar mortal.

– Que foi? Roubei um banco enquanto dormia ou algo do tipo?

O rosto de Harry se retorceu. Flash fechou o punho. Randy lhe deu as costas.

MJ franziu os lábios. Apertando a caneca, a virava para a esquerda e para a direita enquanto tentava explicar.

– Tigrão, minha tia Anna me contou o que aconteceu no hospital ontem à noite. Ela estava muito chateada. Havia mais más notícias sobre a tia May? Não, os médicos teriam ligado para ele. Quando franziu o cenho, ela explicou mais com mais didática.

– O transplante. O médico queria testar você, mas você se recusou?

Seu coração ficou preso na garganta.

– Ah.

Flash o olhou nos olhos.

– Eu passei os últimos dois anos tomando tiros de inimigos por pessoas que eu nem sequer conhecia, e você está com medo de salvar a vida da sua tia por causa de... quê? Você é covarde demais para entrar na faca?

A velha acusação não o atingiu com a mesma força de antes, mas a decepção nos olhos de todos atingiu.

Se sentiu gaguejando.

– Não é isso.

– Então o que é? – perguntou Randy.

Peter abriu a boca. Nada saiu.

O silêncio se estendeu até Harry pressionar a unha contra a madeira da mesa, tentando raspar uma antiga mancha.

– Eu sei o que é – ele disse. – Todos sabemos. Talvez... seja só o Peter sendo o Peter, pensando só no Peter, como Peter sempre faz.

Mary Jane lhe lançou um olhar penetrante.

– Ei, pega leve! A tia dele está muito doente.

Harry ergueu a cabeça e olhou feio em resposta.

– E meu pai está morto.

Mary Jane suspirou.

– Está sendo um ano difícil para todos nós. – Olhou para Peter. – Você me conhece, sempre que posso tento deixar tudo mais leve. *Você* gosta de ser o tipo mal-humorado e silencioso. Mas acho que todos já estamos velhos o bastante para saber que nem sempre podemos ser o que queremos. Com algumas coisas a gente é obrigado a lidar. Então, por favor, Pete, por que não nos conta o que está acontecendo?

Ele tentou conjurar alguma explicação que, no mínimo, fizesse sentido, mas não foi capaz. Ou talvez, depois de todo aquele tempo, ele simplesmente não tivesse mais coragem de mentir.

Então ele disse:
– Não posso.
E saiu.

Pensando que, pela primeira vez, lidar com Jonah não seria a parte mais dolorosa do seu dia, Peter seguiu até o escritório do Clarim. Betty estava doente e não se encontrava; um estagiário educado, mas atordoado, tentava atender às ligações durante a ausência dela. O garoto o deixou entrar sem olhar duas vezes.

A caminho da porta de Jameson, Robbie Robertson apareceu e simpaticamente colocou a mão no ombro de Peter.

– Randy me contou o que está acontecendo com sua tia. Espero que ela se recupere.

Peter conseguiu exibir um sorriso corajoso.
– Obrigado, Sr. Robertson.

O editor de Cidades mordeu o punho como se debatesse internamente se deveria falar o que estava pensando.

– Pete, antes de entrar, eu quero te mostrar algo.

De costas para a equipe, Robbie discretamente levantou sua camisa branca, revelando uma cicatriz de dez centímetros no centro do abdome.

– Apendicectomia. Eu estava no colégio, antes da laparoscopia. O cirurgião da emergência deixou um sangramento, então tiveram que voltar para cauterizar. Se eu estava com medo? Claro. Mas eu consegui. E você também consegue.

Sem saber o que dizer, Peter concordou com cara de bobo.

– Eu ouvi aquele ingrato preguiçoso que se considera um fotógrafo chegando? *Pelo menos posso contar com JJJ para manter a cabeça nos negócios...* A porta se abriu com tudo. Jameson apontou um lápis para ele.

– É você mesmo!

Peter ergueu a câmera.

– Tenho algumas fotos do Aranha.

Jonah estalou a língua.

– Sua tia no hospital e você vadiando com aquele vigilante? Eu achei que você fosse melhor que isso, garoto.

Peter ergueu as mãos.

– Da última vez que te vi, você estava gritando que, se eu não trouxesse depressa mais fotos, estaria demitido!

– Claro, coloque a culpa no homem que lhe provê o ganha-pão.

Jameson pegou a câmera e viu as fotos.

– É, eu *poderia* jogar umas dessas na primeira página: Ameaça--Aranha *surra menino de 10 anos.* Mas não vou, e você sabe por quê?

– Porque as pessoas estão cansadas de seus ataques ao Homem-Aranha?

– Não! Espere, o novo estagiário te mostrou o resultado de nossas pesquisas? Bom, não tem nada a ver com isso! A única razão pela qual não vou usar essas fotos é te ensinar uma lição sobre prioridades. – E sacudiu o dedo na cara de Peter. – Família em primeiro lugar!

Entre o hospital, as aulas e a tábula, Peter esperava um longo dia. Ele não esperava que a parte da manhã, por si só, o faria sentir como se passassem duas semanas.

Quando se trocou para Homem-Aranha e começou a viajar acima das calçadas, não se enganou sobre suas acrobacias poderem afastar as coisas ruins de sua mente. Não era a culpa habitual que o dominava, ou o sentimento de que o mundo estava contra ele.

Não era: *oh, não, todo mundo me odeia!*
Nem mesmo: *Tia May precisa de mim e não posso estar lá por ela!*
Era a doentia compreensão de que ela poderia realmente morrer. Parte dele sabia que isso aconteceria em algum momento. Mas ela era sua figura materna, sua âncora. Ele odiava pensar que os pés dela ficariam gelados se ele não trouxesse mais cobertas; como imaginar o dia em que ela acabaria a sete palmos naquele infinito campo de lápides?

Ainda estava pensando nisso quando pousou na parede de trás do edifício de Ciências da Vida na UES. Passaram-se longos minutos até que ele se lembrasse do motivo de estar ali.

Estou tão atrapalhado que não consigo pensar direito. Não me surpreende que Tia May não quisesse me contar sobre sua saúde.

Ele deu um toque no vidro da janela. Um homem de um braço só na sala de aula, cercado pelos cálculos que fazia na lousa, cumprimentou o Homem-Aranha com um sorriso. Daquela vez, Peter não precisava procurar on-line por um perito em hieróglifos. Uma das únicas duas pessoas que conseguiram traduzir a tábua, Dr. Curt Connors, por coincidência era um adjunto da UES, em vias de se tornar professor em tempo integral.

Ele abriu a janela e acenou para o Homem-Aranha.

– Em que posso te ajudar?

Homem-Aranha saltou para o chão e puxou a pedra presa por teias em suas costas.

– Eu realmente odeio te dizer isso, mas...

Depois de uma breve explicação, ele mostrou as fotos para Connors.

– É possível que Cabelo de Prata tenha sobrevivido?

Um austero Connors circulou o rosto do menino com seu dedo.

– Vejo a semelhança, principalmente nos olhos. Mas, honestamente, não faço ideia se é possível, ou o que isso pode significar.

– Havia alguma instrução na tábua? Do tipo, "tome duas de mim e me ligue pela manhã?".

Connors assentiu.

– Já que Wesley e eu separamos a fórmula química, com um pouco mais de análise, talvez eu possa descobrir algo. Quer deixá-la comigo?

Homem-Aranha balançou a cabeça.

– Doutor, você é uma das poucas pessoas no mundo nas quais confio, mas, como não sei quem está atrás dessa coisa ou por quê, não quero deixá-la longe da vista. Isso é tanto pela sua segurança quanto pela de qualquer um. Não pode fazer uma cópia esfregando o lápis no papel por cima dela ou algo do tipo?

– Não adiantaria. O significado do glifo varia pela profundidade.

Batucando o queixo, olhou ao redor.

– Não tenho um scanner 3D à mão, mas tenho um silicone de secagem rápida que uso para fazer o molde de fósseis. Eu hesitaria em usar num artefato tão singular, mas parece que não tenho muita escolha. Pode esperar quinze minutos?

Homem-Aranha olhou para o relógio. Havia muito tempo antes de sua aula de física experimental avançada.

– Para uma relíquia antiga? Claro.

Colocou a tábula na mesa. Connors a cobriu de lubrificante e então despejou o silicone líquido, trabalhando nas runas esculpidas. Enquanto Homem-Aranha assistia, sua mente viajava até Tia May.

Ele é uma das únicas pessoas em quem posso confiar. Por que não confio nele em mais uma coisa?

– Doutor, você se importaria se eu perguntasse algo mais pessoal?

– Está brincando? – Connors sorriu. – Você salvou a vida da minha família e impediu que eu passasse o resto da vida como um predador irracional. Pergunte o que quiser.

Peter soltou o ar.

– Certo, então. Alguém que eu amo vai precisar de um transplante de fígado, e sou o doador mais próximo. Só que o meu corpo e meu sangue são, bem, radioativos, para começar... Isso está ligado a como eu me tornei quem sou. Quero ajudar, mas tenho medo de que isso me desqualifique.

Connors assentiu em simpatia.

– Sinto muito. Contou isso ao cirurgião?

Peter apontou para a máscara.

– Certo. Sua identidade. É claro. – A tábua já estava coberta de silicone. Connors ajustou um pequeno temporizador e o colocou ao lado da pedra. – Você provavelmente não vai querer ouvir isso, mas, pelo que já conheço da sua fisiologia, isso com certeza o desqualifica. As equipes atuais de cirurgia são treinadas para lidar com uma porção de coisas, mas radioatividade não é uma delas.

O Homem-Aranha endureceu.

– Eu... tenho que fazer algo.

Connors colocou a mão em seu ombro.

– Eu entendo, mais do que a maioria das pessoas. Não faz muito tempo que eu estava fuçando no DNA de outras criaturas porque eu tinha que fazer algo para ajudar. Nós sabemos no que deu. Mesmo que eles sigam em frente com o transplante, seria o primeiro do tipo, adicionando várias camadas de risco a um procedimento já complicado. Eu certamente não correria esse risco, especialmente com alguém importante para mim. Eu tentaria... encontrar outro modo.

O escalador de paredes suspirou e baixou a cabeça.

– Eu temia que você dissesse algo desse tipo. Agora só tenho que pensar em como contar a eles sem contar a eles. Obrigado, doutor.

O recinto só não ficou em silêncio total por conta do tique do temporizador. Quando ele deu o alarme, Connors retirou a forma de silicone da pedra.

– Como posso entrar em contato se eu descobrir algo?

– Ah... – Homem-Aranha pegou uma caneta e escreveu um número num bloco de notas. – Esse é o telefone de Peter Parker. Ele consegue me encontrar. Ele estuda aqui.

Connors olhou para o nome.

– O rapaz que tira fotos suas. Se você falar com ele antes de mim, diga que o Professor Blanton mencionou o nome dele numa reunião da faculdade e não foi de um jeito bom.

Perfeito.

– Eu, hã, farei isso.

– Espere. Antes de ir, acho que tenho uma caixa selada do mesmo tamanho da tábula. É uma relíquia única de uma civilização perdida.

– Certo, contanto que eu possa carregá-la comigo.

A caixa pequena comportava a tábula perfeitamente, até um pouco apertada, mas funcionava.

Homem-Aranha a prendeu nas costas e deixou o Dr. Connors trabalhando. Escalando até a frente do edifício, olhou para o outro lado da praça, onde ficava a enorme torre do relógio com seu estilo *art déco*, em cima do recém-reinaugurado Salão de Exibições.

Com muito tempo até a aula, seus olhos vagaram pela torre até chegar à entrada.

Demoraram muito para finalizar as renovações, mas pelo menos parece que o Salão atraiu muitos dos potenciais doadores que o reitor...

Seu corpo deu um sobressalto. Um banco da praça, logo isso, vinha voando em sua direção. Havia sido arrancado do asfalto e atirado nele. Isso significava duas coisas: fosse lá o que tivesse atirado o banco era muito forte e não muito sutil.

Uma voz de barítono gritou:

– Pelo amor de...! Dá pra ficar um segundo parado?

O Homem-Aranha não precisava chegar muito perto para reconhecer seu agressor.

Eu reconheceria aquela montanha humana em qualquer lugar!

20

MICHAEL MARKO ESTAVA PARADO na calçada, sacudindo os punhos. Estudantes, vendedores e professores fugiam para todas as direções.

— Desça aqui!

Tenho que mantê-lo ocupado tempo suficiente para que todos consigam se esconder.

Homem-Aranha lançou uma teia, que prendeu em um poste de luz, e a usou para deslizar até a calçada. Seus calcanhares passaram raspando nos cabelos grossos e escuros de Marko.

— Sua memória é tão curta assim? Quer dizer, você é um brutamonte perfeito, mas realmente quer me enfrentar de novo?

Com os pés grudados no poste, Homem-Aranha saltou de costas e pousou no galho de um carvalho próximo. Enquanto isso, Marko havia arrancado mais um banco do chão.

— Ei, coloque isso de volta!

Mas é claro que Marko o atirou. A teia do Homem-Aranha pegou o banco no ar, fazendo-o cair na grama abaixo.

E, então, Marko já estava arrancando um terceiro.

— Para com isso! Minha nossa. Ouvi dizer que você rasgou um sofá ao meio na casa dos Stacy, agora isso com os bancos? O que você tem contra as pessoas sentarem?

— Você quer que eu pare? Desça aqui e me enfrente!

— Nada pessoal, mas você viu sua cara ultimamente? Além do mais, quanto tempo mais acha que tem antes dos tiras chegarem?

— Tempo suficiente! — Ele ergueu o terceiro banco e arremessou. Considerando sua forma esquisita, o projétil voou com uma precisão surpreendente. Homem-Aranha o segurou com as duas mãos, olhou para a placa de cobre colada no assento e o encaixou no galho ao lado dele.

— Ah! Esse aqui é uma lembrança da Sra. Maddie Blaustein, de Long Island!

Quando Homem-Aranha se levantou, Marko pareceu animado, ansioso para lutar. Mas, em vez de descer para encontrá-lo na grama, o Homem-Aranha se sentou no banco enganchado à árvore.

Vendo o quão irritado o Homem Montanha ficou, ele cruzou os dedos das mãos atrás do pescoço e fingiu bocejar.

– Então, o que te traz aqui, Homem? Ou será que devo chamá-lo de Montanha?

Contanto que as pessoas permanecessem seguras, tudo ia bem. A praça já estava quase vazia, os prédios fechados, e a segurança do campus estava bloqueando o perímetro.

Infelizmente, um estudante magro, loiro, usando óculos, escolheu aquele momento para sair de seu esconderijo nas moitas e correr por campo aberto.

– Socorro! Pelo amor de Deus, me ajudem! – ele gritou.

Inferno.

Homem-Aranha e Marko viram o rapaz na mesma hora, mas o gigante estava mais perto. Marko saiu correndo; seus passos largos eram mais rápidos do que Peter se lembrava. Antes que o Homem-Aranha pudesse se mover, Marko agarrou o fugitivo e prendeu os dois braços dele atrás das costas.

– Socoooorro!

– Não grita no meu ouvido! – Marko cobriu a boca do jovem com suas enormes mãos... Toda a cara dele, na verdade. – Mais um pio e eu aperto seu nariz com tanta força que vai precisar de um macaco de carro para poder espirrar, entendeu?

Quando seu prisioneiro assentiu, trêmulo, Marko se voltou para o Homem-Aranha.

– Vai descer agora?

– Certo, certo! – Saltou da árvore e pousou, se agachando a alguns metros de distância. – Você é bem rápido, grandão. Anda malhando?

Ele assentiu.

– Tenho um treinador que me ajuda a transformar minhas deficiências em vantagens.

– Bom saber. Já vim até a montanha, o que você quer?

– Não consegue adivinhar? A pedra, que, imagino eu, está nesse compartimento nas suas costas. Tenho um cliente disposto a pagar por ela e eu ando precisando de dinheiro.

O Homem-Aranha inclinou a cabeça para o lado.

– A Maggia disse que não está interessada. Quem te contratou? Foi o Cabelo de Prata?

Os olhos de Marko se arregalaram.

– Não! Você está tentando me enganar? Ele está morto!

Só de ouvir o nome de seu antigo mestre, ele já fica irritado. Marko deve estar trabalhando para outro.

– Sem enganações, mas, já que você vai ficar todo abalado desse jeito, seria uma vergonha se eu não aproveitasse.

Ouviu-se um ruído pegajoso e os olhos de Marko se cobriram de teia. Sem enxergar, ele tentou arrancar a massa grudenta, soltando o estudante aterrorizado e permitindo que o Homem-Aranha o pegasse e o depositasse em segurança a centenas de metros dali.

Assim que pousaram, o estudante começou a gritar novamente.

– Socorro! Socorro!

– Respira fundo, tá bom?

Quando Peter voltou, Marko havia sumido.

Ele já se livrou da minha teia? Aparentemente é mais forte do que me lembro também.

Uma busca pela praça e pelas ruas laterais ao edifício de Ciências da Vida não trouxe resultados além de pedestres e carros.

Como alguém do tamanho dele se esconde tão rápido? Talvez eu tenha tido sorte de não lutar com ele.

Olhou para a torre do relógio.

E agora eu preciso mesmo me trocar e ir para a aula do professor Blanton.

• • • •

Marko ficou abaixado na traseira do furgão roubado, puxando o restante da teia nojenta que grudava em sua pele.

Essa coisa é pior do que chiclete mastigado!

Um pedaço havia grudado em seu cabelo. Diziam por aí que a coisa se dissolvia se você esperasse um pouco, mas Marko nunca fora um homem paciente. Ele agarrou e puxou.

– Ai!

Colocou a mão na boca e olhou pelo vidro. Chegara à van pouco antes dos tiras aparecerem. Agora eles estavam por todos os lados. Tivera sorte de não o ouvirem.

Com a cabeça latejando, olhou para baixo e viu um pequeno chumaço de cabelo e pele em sua mão.

Que desperdício! Eu não entendo. Aquele primeiro banco deveria tê-lo derrubado, mas foi como se ele pressentisse.

Marko achava estar sendo tão esperto. Sabendo que o Homem-Aranha estava presente quando a tábula fora roubada, passara horas verificando a faixa de rádio da polícia. Imaginava se aquele idiota fantasiado tinha ideia de quantos olhos os tiras tinham sobre ele. Pelas conversas no rádio, parecia que metade da polícia de Nova York apostava em quem via o Aranha primeiro.

Quando vira a protuberância nas costas do Aracnídeo, imaginara ter tirado a sorte grande.

Mas estragara tudo. Ouvir o nome do Cabelo de Prata era como ver o bicho-papão ganhando vida.

Ele não pode estar de volta. Foi um truque. Mas... se o Sr. Cabelo de Prata voltou, será que está bravo comigo por ter ido trabalhar para outra pessoa?

Naquele momento, não importava. O Homem-Aranha e a tábula sumiram, junto com sua chance de ganhar aquele trocadinho de Vanessa Fisk – e a grande oportunidade de impressioná-la.

Aquilo doía, e não só porque ele precisava de emprego. Sim, ele estava fazendo por dinheiro. Desde que Cicero o despedira, os trabalhos estranhos que aceitava não eram o suficiente para manter alguma grana em seu bolso. Mas, desde a primeira vez que vigiara o Rei do Crime a mando da Maggia, havia algo naquela Vanessa Fisk que ele achava encantador. Até mesmo grudara algumas fotos dela na parede perto de sua cama, tentando dar um pouco mais de classe ao lixão onde morava.

Além disso, ele queria *mesmo* esmagar aquele Homem-Aranha.

• • • •

Por razões óbvias, Peter não levava seu celular para as lutas. Ele também o desligava sempre que o deixava para trás, para não se esquecer de deixar no mudo. Senão, uma vibração ou uma chamada poderiam chamar a atenção de um passante para a trouxinha de roupas escondidas num saco de teias.

Faltando segundos para o começo da aula de física experimental avançada, Peter religou o telefone, para o caso de o hospital ter ligado. Chegando à sala, viu o sisudo professor Blanton através da pequena janela na porta fechada acenando para que ele se apressasse. A mão de Peter segurou a maçaneta, mas, antes de girá-la, uma lista de mensagens urgentes o fez congelar.

Através da janela, Blanton lhe fez um aceno de alerta. Não havia tempo para explicar. Peter fez um "me desculpe" com os lábios, sem soltar a voz, e saiu correndo.

O Dr. Bromwell e a Dra. Fent, com quem havia falado ao telefone da primeira vez, o encontraram na entrada do Centro Presbiteriano de Doenças do Fígado e Transplantes. O olhar de Peter ia de um para o outro. Suas expressões plácidas eram ilegíveis.

– O que aconteceu? Ela está bem?

O Dr. Bromwell respondeu:

– Está bem.

Mas a Dra. Fent incluiu:

– Por enquanto. Sua condição piorou, então ela foi levada para a UTI. Para desacelerar o metabolismo dela e com sorte estabilizá-la, a colocamos em coma induzido.

Peter se assustou.

– Coma?

Ela assentiu.

– Ela está tomando propanal. Estava ciente da necessidade e consentiu que lhe déssemos qualquer tratamento que julgássemos necessário. Ela queria ver você antes do procedimento, no caso de... Bem, enviamos mensagens e esperamos o máximo que consideramos seguro.

O olhar de Peter ia de uma coisa para outra, sem se focar em nada.

– Meu telefone... ficou sem bateria. Posso vê-la?

– É claro. – Bromwell exibiu um meio sorriso. – Peter, te conheço desde que você era criança. Eu gostaria de conversar um minuto com você sobre o transplante.

– Na verdade, doutor, eu também quero conversar sobre isso, mas preciso conversar com a Dra. Fent a sós, se estiver tudo bem.

– Ah... – O Dr. Bromwell deu a impressão de ter sido pego de surpresa. Mas concordou. – Certamente.

O médico se afastou, indo na direção da recepção, e começou a mexer em seu celular.

A Dr. Fent olhava ansiosa para Peter.

Ele não sabia por onde começar.

– É... O Dr. Bromwell é muito próximo da família e ele é ótimo, mas às vezes conversa muito com minha tia. E há coisas que eu prefiro que ela não saiba.

Ela ergueu uma das sobrancelhas.

– Sua família não gosta muito de se abrir sobre problemas médicos, não é?

Peter tentou exibir um sorriso de ironia.

– Sim, bem, acho que nos preocupamos demais uns com os outros. De qualquer forma, tenho um... problema no sangue que o

Dr. Conn... meu outro médico... disse que faria de mim um péssimo candidato para o transplante. Para segurança dela, não minha.

– Seu médico tem certeza? Hoje em dia até mesmo pacientes soropositivos podem doar órgãos.

– Não é HIV. E, sim, ele tem certeza.

Fent parecia duvidar, mas não quis debater a informação.

– Essa condição... Você a tem sob controle?

– Sim. Quer dizer, acho que sim. Não sou contagioso, se é isso que quer dizer. Mas não é sobre mim. Há alguma outra coisa que eu possa fazer pela minha tia?

– Ela já está na lista de espera, mas acredito que o Dr. Bromwell já tenha explicado que a idade dela a coloca em desvantagem. Existe um tratamento experimental, Obético, que mostra uma restauração promissora das funções do fígado. Este hospital está conduzindo testes, mas, novamente, a idade a faz uma candidata ruim. E ele ainda não foi aprovado, então não é coberto por nenhum plano de saúde.

– E quanto custaria sem o plano de saúde?

– Receio que mais de cem mil dólares.

Peter não soube ao certo quanto tempo ficou parado ali, com a boca aberta, antes que finalmente conseguisse dizer:

– Ah.

21

COMPARADA À SALA semiparticular cinzenta, a UTI era bem iluminada e aberta, com paredes verde-claras e janelas largas e com vista. Assentos estofados se espalhavam pelas dez camas, acomodando visitantes que só ficavam ali por alguns minutos, assim como membros das famílias que passavam longos períodos. Os olhos de Peter percorreram com ansiedade o local até avistarem a Tia May.

O pensamento de que ela gostaria daquela vista do rio Hudson lhe trouxe um certo alívio. Nem mesmo o ruído mecânico ininterrupto o incomodaria... até que chegou perto o bastante para se dar conta de que ele vinha de um respirador conectado a um tubo azul flexível enfiado na garganta dela.

O tom amarelado havia desaparecido um pouco de sua pele. Alguns pontos rosados já se mostravam por baixo da uma quase invisível penugem. Ela parecia estar sendo bem cuidada, havia acabado de sair do banho e tinha os cabelos entre o grisalho e o branco bem penteados para trás. A cor de seu pijama hospitalar estava desbotada, mas ele estava limpo. Aquele tom de azul teria combinado com seus olhos, se eles estivessem abertos.

Ainda se contendo, ele puxou uma cadeira. Mas quando se sentou, subitamente não sabia se deveria gritar ou chorar. Qualquer que fosse a sabedoria que os anos lhe deram, sempre havia algumas coisas que o faziam se sentir como uma criança indefesa.

Grandes poderes podem trazer grandes responsabilidades, mas também podem ser bem inúteis. Eu não chego nem perto de ter o dinheiro necessário para salvá-la, mas tenho o segredo para a juventude eterna enfiado embaixo da minha cama – algo que a humanidade vem procurando desde que começou a andar sobre dois pés – e que serventia ele tem? Se não fosse tão triste, seria engraçado. A não ser...

De repente, uma ideia lhe surgiu.

Se o Cabelo de Prata ainda está vivo, talvez aquele elixir possa ajudar a Tia May.

Uma estranha intuição o fez erguer o olhar. Anna Watson estava à porta; não estava entrando, nem saindo. Se perguntando por quanto tempo ela estivera parada ali, ele se levantou para lhe oferecer a cadeira.

– Sra. Watson?

Como se estivesse se preparando para algo desagradável, ela respirou fundo e se aproximou. Notando a escova que ela segurava, Peter se deu conta de que fora ela quem havia penteado o cabelo de sua tia.

– Você esteve aqui todo esse tempo?
– Ela é minha melhor amiga.
– É claro... Estou agradecido por ela ter você.
– E você... – ela começou. E então, literalmente, mordeu a língua. – Não. Eu prometi para Mary Jane que não diria nada, então vou guardar minha opinião para mim mesma. Acho que seria melhor esperar lá fora até você sair.

Odeio que ela se sinta assim.

– Não, sente-se aqui, por favor. Já estou saindo.

Seu silêncio era pior que suas recriminações.

Ele saiu. Restando pouco menos de uma das três horas da aula do professor Blanton, ele voltou para a UES.

Esperando não chamar atenção, tentou entrar escondido pelos fundos da sala. Claro que a porta estava trancada. Ele arranhou o vidro da janelinha até que uma aluna sentada perto do corredor teve pena dele e a destrancou. E, quando ela o fez, derrubou seu livro no chão. Blanton imediatamente parou de falar. E, pior, as dobradiças da porta chiaram quando Peter entrou. Todos os olhos se voltaram para ele. A porta gemeu ainda mais alto. Alguns alunos riram.

O severo Blanton, com sua careca que o fazia parecer sempre exasperado, deu um tapa na lateral de seu atril para chamar a atenção deles.

– Quietos!

Peter tentou ir na direção de um assento vazio, mas o professor o chamou.

— Não se sente ainda, Sr. Parker. Eu gostaria de saber que tipo de desculpa você terá dessa vez.

Até mesmo Blanton tinha que entender que a condição de sua tia era uma emergência, mas aquele não era o lugar nem a hora certa para explicar.

— Eu sei que lhe devo desculpas, senhor, mas prefiro discutir isso em particular.

Depois de uma pausa exagerada, Blanton assentiu rapidamente.

— Muito bem. Vamos voltar às regras para contagem de algarismos significativos. Como eu estava dizendo, todos os zeros entre os dígitos não zero são significativos...

Se metendo por um caminho cheio de obstáculos, como mochilas e pernas dobradas, Peter tentava chegar em silêncio ao único lugar vazio. Mas então a porta rangeu de novo.

Entrando, um atormentado Dr. Connors apontou para Peter.

— Desculpe pela interrupção, John. Você se importa se eu pegar Peter Parker emprestado por alguns minutos?

Blanton lançou as mãos ao ar.

— Nem um pouco, Curt. Por favor, faça isso. Fique com ele.

Envergonhado, Peter fez o caminho de volta pelos assentos cheios. Enquanto isso, Connors acenava excitado para que ele se apressasse, enquanto Blanton permanecia num silêncio mortal.

Em seguida, correram para o edifício de Ciências da Vida.

— O que foi, doutor? O Homem-Aranha me disse que você estava tentando descobrir algo com aquela antiga tábua. Conseguiu?

— Consegui. Acontece que ele estava certo. Cabelo de Prata está vivo!

— Mas como? Achei que ele tinha desaparecido na não existência ou algo do tipo.

— O problema é o "algo do tipo". Eu estava fazendo progresso com as inscrições quando me veio a ideia de que um simples experimento poderia prover uma resposta muito mais rápida. Provavelmente é melhor eu te mostrar.

Assim que entraram em seu laboratório e a porta se fechou atrás deles, Connors sacou um microscópio de elétrons.

– Geralmente o espécime precisa passar por uma preparação especial e ser mantida dentro de uma câmara de vácuo, mas, com esse novo microscópio, doado pela Oscorp, as coisas são mais flexíveis.

Enquanto Connors ajustava o aparelho, uma imagem monstruosa apareceu no monitor: uma criatura desengonçada com asas, exoesqueleto de um ocre translúcido e uma cabeça imensa formada basicamente por dois olhos vermelhos bulbosos.

Peter não sabia para o que estava olhando.

– Parece um refugiado em um filme de monstro dos anos cinquenta. O que isso tem a ver com a tábula?

– Já vou chegar aí. Essa é a *Dolania americana*, uma espécie de mosca. As fêmeas têm uma expectativa de vida de mais ou menos cinco minutos. Quando o Cabelo de Prata tomou aquela fórmula, ele começou a rejuvenescer. Conforme o processo continuava, acelerou e, então, em poucas horas, ele se tornou uma criança. Agora, se você considerar que a expectativa de vida humana é de mais ou menos 70 anos...

– Entendi. Com a mosca, tudo vai acontecer em segundos. Então você fez mais da fórmula?

Ele retirou um pequeno frasco do bolso de seu jaleco e o ergueu. Estava cheio até a metade com um líquido claro e brilhante.

– Francamente, fiquei surpreso que tenha funcionado com um inseto. É como se a composição química se adaptasse ao seu hospedeiro.

Usando um conta-gotas, ele colocou uma pequena quantidade sobre o espécime. Na tela, uma única gota parecia um dilúvio. A mosca se afundou no líquido, mas conseguiu emergir.

– O ciclo de vida da mosca consiste em quatro estágios, que, para nosso propósito, recitarei de trás para frente. O último, o estágio adulto, chamado de imago.

Enquanto a mosca tentava se secar, sua cor ficou mais suave e sem força, suas pernas encurtaram. As asas adquiriram um tom azulado.

– Essa é a subimago.
As asas se dobraram para dentro do corpo, que se tornou mais longo e fino. Pequenas garras apareceram na ponta das seis pernas.
– A ninfa.
Em menos de um segundo, o corpo encolheu, se tornando uma pequena forma oval, que se ajeitou no fundo do recipiente onde estava o espécime.
– E o ovo.
Conforme o ovo continuava encolhendo, Connors ajustou ampliação. Alguns traços embriônicos continuavam visíveis, mas, conforme diminuía mais, as divisões entre as partes do corpo desapareciam.
– Agora basicamente assistimos a uma individuação ao contrário...
Connors fez um ajuste final. As células individuais se mesclaram umas às outras, até que restou uma única.
– ... até que sobrou o zigoto inicial, ou o óvulo fertilizado. Daqui, você pensaria que a célula se desintegraria até o nada, do modo que achamos que Cabelo de Prata terminou. No entanto...
Depois de alguns segundos, as células começaram a se dividir.
– ... os ciclos se iniciam novamente. No começo, as coisas seguem num passo normal, mas então o processo acelera até que a mosca chegue ao final de seu ciclo.
Peter observava a forma oval. A ninfa emergindo e se tornando uma subimago e, em seguida, a imago totalmente formada. Mais um segundo depois, a mosca caiu de costas, retorceu as pernas e parou de se mover.
– Está morta?
Connors deu de ombros.
– Se não, está o mais próximo possível disso.
Mas então as pernas retorceram novamente, e a imago se levantou. Pelo próximo meio minuto, passou por todo o ciclo reverso novamente – subimago, ninfa, ovo, zigoto.

Peter franziu a testa.

– E continua fazendo isso sem parar... para sempre?

– Pelo que entendi, sim.

– Mas, quando o Cabelo de Prata bebeu aquela coisa, ele perdeu décadas em horas, e isso foi dois anos atrás. O garoto que o Homem-Aranha viu tinha por volta de 10 anos. Ele não teria que estar mais velho... ou mais novo?

– Não dá para ter certeza de como funciona exatamente, ou se é tão estável nos humanos... mas, julgando pela mosca, o processo se inicia numa velocidade normal e vai gradualmente acelerando. Pode ter levado todo esse tempo para ele atingir os 10 anos de idade.

– É por isso que ele quer a tábua. Deve saber o que está acontecendo com ele e suspeita de como vai acabar se continuar envelhecendo. Provavelmente espera que a tábua, de alguma forma, interrompa o ciclo. Quem não iria querer isso? É como uma maldição.

– Cabelo de Prata criança já é ruim... e logo será adulto. Achei que o Homem-Aranha deveria saber.

– Vou dar o recado a ele imediatamente.

– Ótimo. Depois disso, você deveria tentar pegar o fim daquela aula. Blanton parecia bem nervoso. – Connors pegou uma caneta e escreveu algo num bloco com o logotipo da UES. – Vou lhe dar um bilhete dizendo que precisei de sua ajuda para salvar algumas amostras de laboratório.

– Não sei se isso vai ajudar, mas obrigado.

E então se deu conta. *Se houver um modo de parar o ciclo, o elixir pode ajudar a salvar Tia May.*

– Mais alguma coisa? – Connors perguntou.

Homem-Aranha lhe contou sobre o transplante, então vai ser melhor se a pergunta vier do cabeça de teia e não de Peter Parker.

– Não, essa coisa toda é tão bizarra. Obrigado novamente pelo bilhete.

••••

Connors esperou Parker sair para destruir o espécime. Ele já havia vivido seu ciclo de vida quatro vezes. Sem saber como sua biologia alterada poderia interagir com o ecossistema, não era capaz de libertá-lo. A alternativa – deixá-lo passar por um loop infinito de ciclos de vida enquanto presa naquele vidro – parecia cruel.

Lavou o vidro na pia do laboratório, esmagou o pequeno corpo entre os dedos e observou enquanto ele era sugado para o compartimento de lixo tóxico. Dos fundos de seu subconsciente, um estranho ímpeto surgiu – um desejo de comer a mosca.

Lagartos adoravam insetos.

Mas esse era o tipo de coisa pela qual ele passava todos os dias, do mesmo jeito que uma pessoa comum vivencia um fugaz desejo de ultrapassar alguém que a fecha no tráfego. O Lagarto não representava uma ameaça verdadeira de voltar à superfície desde o sequestro.

Fez com que Connors tivesse certeza de que dera o conselho certo sobre o transplante ao Homem-Aranha. O escalador tinha sorte de ser capaz de usar seus poderes para o benefício dos outros, mas os dois compartilhavam aquele muro invisível que os separava do resto de sua espécie.

Pelo canto do olho, notou uma pequena figura escalando a janela da frente.

Falando do diabo.

– Homem-Aranha? – ele chamou.

Mas não eram as mesmas roupas, e a voz era jovem demais.

– Cabelo de Prata!

– Meu apelido, certo? É bom ouvir alguém me chamando assim novamente.

Analisando-o, Connors perguntou.

– Você não tem certeza?

– Tenho o suficiente.

Ele viu um pedaço de papel em sua mão.

– Dr. Connors, certo? O cara que me fez chegar aqui, para começar. É engraçado como as memórias vêm e vão, doutor, mas, ouvindo sua conversa com aquele garoto, acabei preenchendo mais espaços em branco. Talvez tenha esquecido meu apelido por um segundo, mas ainda consegui entender a maior parte do assunto. E, mesmo que você seja tão inteligente, deixou passar algumas coisas.

O adolescente desajeitado se aproximou. Seu corpo era um pouco estranho, como se tivesse esticado rápido demais por conta das mudanças hormonais da puberdade. Mas Connors estava mais preocupado com a coisa em suas longas mãos: uma metralhadora antiga. Atingido pela memória muscular das velhas ameaças do mafioso, Connors lutou para permanecer calmo. As lembranças de Cabelo de Prata estavam fragmentadas, e a própria identidade dele se confundia. Não podia ter seus antigos contatos.

Billy e Martha estavam seguros, visitando parentes na Flórida.

– Quer me contar o que deixei passar? – Connors perguntou.

A pergunta confundiu o garoto e então o enraiveceu.

– Eu *quero* te contar? Não. Mas você vai *querer* ouvir, como se sua vida dependesse disso.

Quando ele apontou o cano na cara de Connors, o Lagarto se revirou.

– Para começar, não é tão suave como naquela mosca que você acabou de mandar ralo abaixo. Às vezes nada acontece por semanas, ou meses, e então tenho um arranco de crescimento que dói tanto que fico gemendo no chão como um cachorro que apanhou. E quando me levanto, estou um ano mais velho e experiente.

Notando seu reflexo na janela, o garoto esfregou a bochecha.

– Quantos anos acha que tenho agora? Quatorze? Mal posso esperar para ter uma barba decente. De qualquer modo, no começo eu saí daquela, não sei, escuridão? Quando percebi, estava sendo erguido por uns braços gordos que me levaram até perto de sua enorme cara. Não era a cara de Deus nem nada parecido, era só uma mulher da limpeza. Ela me levou para um hospital, onde me cutucaram e furaram como se eu fosse uma almofada de alfinetes. Eu era um bebê, não tinha ideia de quem eu era, mas sabia que tinha que ser alguém. Era como se a ideia de quem eu fosse nunca me abandonasse, mas não estivesse realmente comigo também. É como se você soubesse tudo sobre o amor da sua vida só para descobrir que estiveram te enganando o tempo todo. Me mandei daquele lugar assim que consegui, mas foi só quando comecei a me ensinar a ler que passei a juntar as peças.

Ele franziu seu cenho cheio de espinhas. E choramingou, como se fosse uma alma perdida, desesperada para ser compreendida por alguém, por qualquer um. Mas quando Connors assentiu com simpatia, o garoto voltou novamente a arma para ele. O familiar brilho predatório nos olhos de Cabelo de Prata pairava sobre suas pupilas. Ele baixou o queixo e balançou a cabeça num clássico gesto de agressividade.

Connors percebeu seu erro. *Ele só está me contando seus sintomas porque espera que eu o cure. No fim, como tudo mais, ele preferia guardar suas experiências para si mesmo. Eu sei como é isso.*

Cabelo de Prata deu um sorriso de canto de boca.

– Por mais feliz que esteja de ter dado um chute na bunda da Dona Morte, quando chegar aos 30, isso tem que parar... e você vai me ajudar. Mas não aqui. Não quero seu amigo Homem-Aranha ou aquele garoto, Parker, xeretando. Pegue o que precisar, mas ou você vem comigo ou não encontrarão muito de você para poderem enterrar.

Connors tomou uma postura submissa, olhos para baixo.

– Farei o que puder, mas preciso de equipamento. Tenho um lugar, não é longe. Ninguém o conhece, juro.

Por alguma razão, seu sequestrador riu.

– Parece que temos nossos segredos, hein? Muito bem, o que está esperando? Não estou ficando mais jovem... ainda. Vamos indo.

Enquanto Connors juntava suas anotações e o molde da tábula, a metralhadora continuava apontada para ele. E, enquanto imaginava o que fazer em seguida, algo sombrio surgiu no fundo de sua mente:

Você deveria ter comido aquela mosca.

22

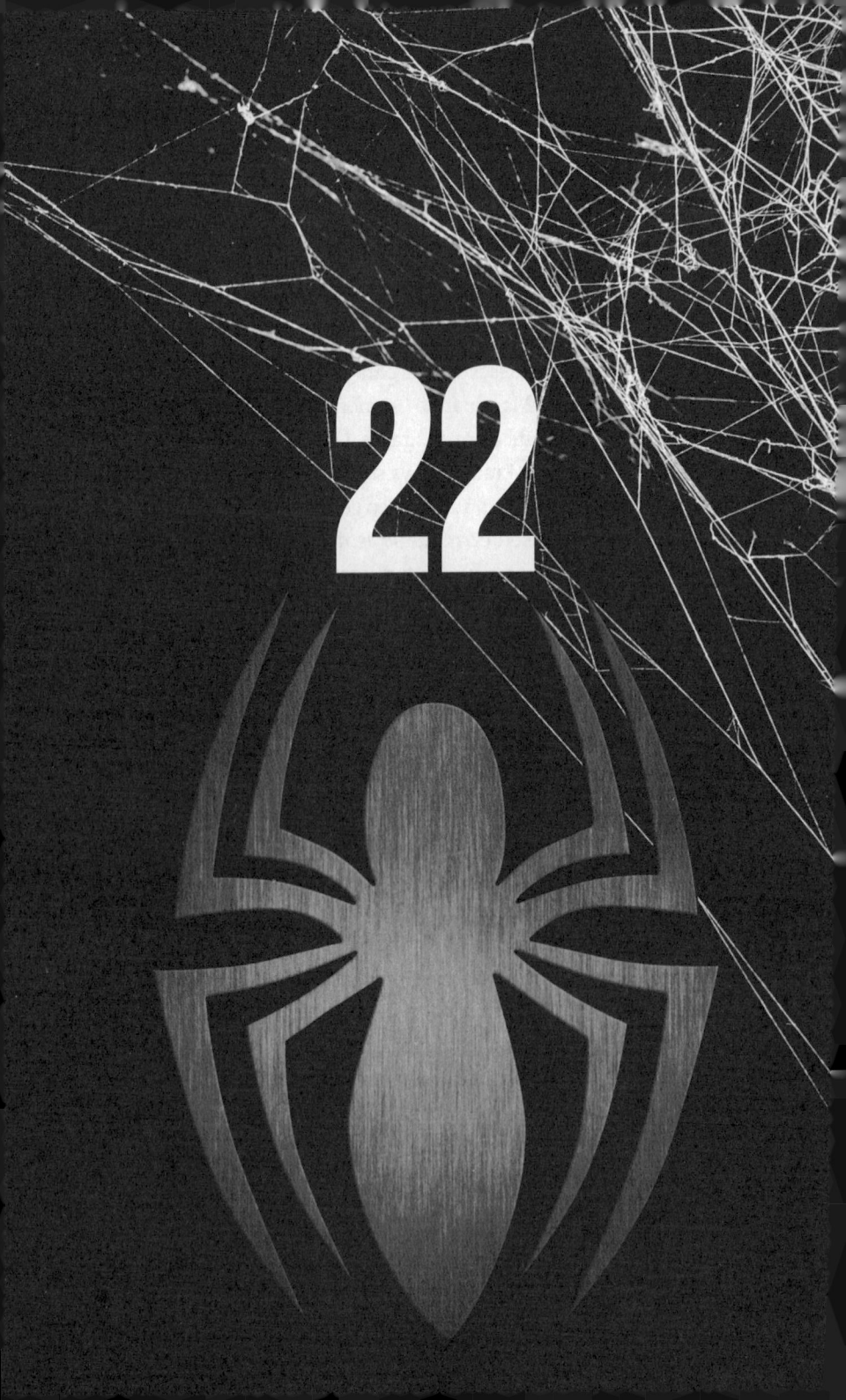

SE AFUNDARAM NOS ESGOTOS ÚMIDOS. Connors segurava a lanterna enquanto Cabelo de Prata mantinha a metralhadora pressionada contra suas costas. O perigo persistente ainda não havia irritado a criatura a ponto de fazê-la se transformar, mas cada vez mais Connors lutava contra sua presença. A umidade fazia o Lagarto se lembrar dos pântanos, seu lar. Infelizmente, também fazia a criatura se lembrar da importância de defender seu território.

Chegando ao ponto certo, Connors apontou sua lanterna para uma subida acima do limo e tateou a parede para encontrar uma alavanca escondida. E foi só quando a encontrou que começou a se perguntar se estava pronto para revelar a localização de seu laboratório. Fazia um certo sentido: seu equipamento e arquivos antigos estavam ali e, se a arma fosse disparada, ninguém mais precisaria se envolver. Mas, igualmente, era possível que um motivo mais primal estivesse escondido atrás daquela aparência altruísta.

Todo mundo acha que o Cabelo de Prata está morto. Ninguém vai sentir falta dele.

Colocar o pensamento em palavras lhe dava poder. Estrangular seu inimigo parecia algo tão razoável que fazia Connors vibrar.

Se o mafioso ressurrecto iria notar, não se importava. Sua atenção estava focada na parede curvada que começava a se afastar do lodo com um estalo. Uma iluminação de espectro total transbordou da escuridão, revelando um espaço branco e limpo, equipado com aparatos de alta tecnologia e diversos biotanques borbulhantes povoados por plantas e répteis raros.

Cabelo de Prata soltou um assobio baixo.

— Tudo isso com o salário de um professor, hã? Essa universidade deve estar sentada na grana.

A criatura se retorceu quando o invasor entrou em seu ninho.

— Na verdade – disse Connors –, eu mesmo fiz muito da construção, e minhas pesquisas me geram patentes valiosos, que muitas vezes ultrapassaram meu salário.

Rapidamente Cabelo de Prata localizou a única cadeira confortável e se jogou nela. A criatura também não gostou disso. Vendo o olhar no rosto de Connors, Cabelo de Prata sacudiu a arma, como se um lembrete de sua presença fosse necessário.

– Aconselho você a não perder tempo deixando esse seu cérebro todo ouriçado. Tem muito trabalho a fazer.

A acne no rosto de Cabelo de Prata já estava diminuindo; seus traços estavam levemente mais adultos.

Talvez eu possa prendê-lo aqui e entrar em contato com o Homem-Aranha. Ou, melhor ainda, deixá-lo até que se torne um moleque indefeso e dar cabo dele.

– Você se importaria de não apontar essa coisa para mim, por favor?

Cabelo de Prata riu e baixou a arma.

A criatura se acalmou, mas não se tornou mais dócil. Connors colocou o molde de borracha abaixo de um conjunto de lentes suspensas e projetou sua imagem na parede.

– Você me ouviu dizer que só traduzi a fórmula química... e, para chegar até ela, tive que estudar a prosa?

Cabelo de Prata fez uma careta, como se indicasse que talvez tivesse ouvido, talvez não.

– E?

– Tenho alguns palpites, mas preciso de algumas horas para confirmá-los.

Inquieto, Cabelo de Prata olhou ao redor. Notando um grande botão vermelho de emergência em uma das paredes, perguntou:

– Aquilo é para o lançamento de um foguete?

Connors receava ter que responder, mas, antes de abrir a boca, o mafioso continuou:

– Tem internet aqui?

Ele não só tinha a aparência de um adolescente – de muitas formas, era um. E precisava de distração.

Connors abriu um navegador para ele em um dos terminais e voltou ao trabalho.

•••

Segundo o relógio, faltavam dez minutos, mas, quando Blanton avistou Peter tentando entrar novamente na ponta dos pés, ele repentinamente dispensou a classe. Conforme os alunos saíam, encarou Peter, sem dizer nada, sem nem se mover. Peter também não se moveu. Apenas seus ombros murchavam mais e mais.

Assim que todos os alunos saíram, Peter caminhou até o professor, esticando o braço para lhe entregar a mensagem amarrotada escrita pelo Dr. Connors. Se sentia um garotinho de escola em vez de um brilhante estudante de física falando com um instrutor erudito.

– Tenho um bilhete.

Blanton pegou a folha e a leu.

– Você teve que ajudar o Dr. Connors a preservar alguns valiosos espécimes. Isso faz com que, pelo menos, um membro do corpo docente da UES se sinta grato por confiar em sua presença.

Ele amassou o bilhete, formando uma bola, e o jogou no cesto de lixo. Nenhum deles prestou atenção se chegou a entrar.

– Sr. Parker, você faz ideia de quantas aulas minhas você já perdeu nesse semestre?

Peter deu de ombros, indefeso.

– Eu me simpatizo com você. E também não. Mas é muito, muito fácil me lembrar exatamente de quantas vezes você esteve aqui. Três. Três vezes.

– Sinto muito, professor Blanton, mas minha tia...

Ele ergueu uma mão, como um guarda de trânsito.

– Não duvido de que você tenha seus motivos. Como a física nos ensina, nada ocorre sem eles. Mas chega num ponto em que já não é mais viável a ideia de que alguém tão ausente possa, de alguma forma, completar esse curso rigoroso.

– Eu entendo, vou me esforçar mais. Juro. Fico feliz em fazer qualquer tarefa ou trabalho extra...

Blanton sacudiu a mão, dispensando-o.

– Levei seu caso ao comitê disciplinar. Quando se reunirem, amanhã às 3:15, vou recomendar uma suspensão acadêmica de um ano. Isso vai te dar tempo para examinar suas prioridades.

Blanton se virou para sair. Atordoado, Peter o seguiu pelo corredor.

– Senhor, por favor! Terei que fazer rematrícula. E nunca terei o mesmo nível de auxílio com minhas notas atuais. Não vou ser capaz de terminar o curso!

– Sr. Parker, há muitos outros alunos igualmente qualificados em busca desses auxílios, e não posso deixar de pensar que a maioria deles realmente estará sentada nesse assento caríssimo que foi reservado a você.

– Mas...

Blanton respondeu com firmeza.

– Pelo amor de Deus, rapaz! Economize seu fôlego. Você vai precisar dele no comitê de revisão. Se você conseguir comparecer.

● ● ● ●

Por cerca de quinze minutos, os olhos de Cabelo de Prata correram entre Connors no trabalho e o computador emprestado. E então ele sossegou, envolvido por qualquer coisa que tivesse encontrado. Isso fez com que o bioquímico se concentrasse com mais facilidade na tarefa à mão.

Mais rápido que o esperado, Connors chegou ao limite de seus conhecimentos linguísticos. Mas, em vez de anunciar esse fato, aproveitou a oportunidade de analisar seu abdutor. Enquanto o cientista dentro dele buscava uma compreensão completa dos efeitos do elixir, a criatura caçava um sinal de fraqueza.

Manfredi parecia entender muito bem o computador. Mas, diferente dos jovens da época, cujos dedos voavam pelo teclado, Cabelo de Prata catava milho com uma só mão.

Curioso, Connors se aproximou, sem se dar conta do quanto estava sendo silencioso. Na tela havia uma série de artigos e fotos do *Clarim*, do *Times*, CNN e mais. A maioria com data de até um ano antes; outros voltavam até a Segunda Guerra Mundial. E todos compartilhavam o mesmo assunto: Silvio Manfredi, de seu nascimento em Corleone, Sicília, passando por sua carreira como escroque e sua ascensão sangrenta na Maggia, até seu desaparecimento.

Ele tentava redescobrir sua própria história. Não ter aquela conexão devia fazer alguém tão egocêntrico se sentir... vulnerável. Mas, como qualquer animal, isso só o tornava mais perigoso.

A metralhadora estava na mesa. A mão livre de Cabelo de Prata cobria o punho como se fosse um mouse. Ainda certo de que não havia sido notado, Connors voltou sua atenção da tela para o jovem. Já havia passado mais uma hora, mas a acne ainda não estava totalmente limpa, e Cabelo de Prata não parecia muito mais velho.

Deveria devorá-lo agora, enquanto ele ainda é macio.

Ou a surpresa de Connors com seu próprio pensamento entregou sua presença, ou Cabelo de Prata sabia que ele estivera ali o tempo todo. Sem mover os olhos da tela, o mafioso despretensiosamente ergueu a arma e encostou o cano embaixo do queixo de Connors.

– Já conseguiu algo para mim?

Derrube-o. Ele não está esperando. Proteja o ninho.

Connors lutou para enterrar aquela vontade.

– Sim. Você sabe como a lenda crê que a tábula contém a fórmula para a fonte da juventude?

Cabelo de Prata apontou para o próprio rosto.

– E a lenda é verdade. Dã.

– Não, não é. Não exatamente. Pelo que consegui reunir, os antigos que criaram a tábula tinham objetivos mais elevados em mente. O sistema de crenças deles era similar o suficiente ao dos hindus e de outras religiões orientais para me fazer pensar que essa deve ter sido uma antecessora. Basicamente, eles acreditavam que a alma não apenas reencarnava, ela tinha que vivenciar múltiplas reencarnações para se aperfeiçoar. O objetivo do elixir é acelerar esse processo, fazer uma alma passar por quantas vidas forem necessárias para remover suas impurezas e alcançar o que consideravam o estado definitivo da vida: uma forma transcendente, onisciente e onipotente.

A cara amassada de Cabelo de Prata fazia Connors se lembrar de um aluno de escola tentando entender cálculo.

– Onipotente, como um Deus? Gosto de como isso soa. Mas por que minha memória está toda esculhambada? Não tenho que me lembrar das coisas se preciso aprender?

Connors se esforçou para explicar de um modo simples.

– Não sou filósofo, mas, pela maneira que eles pensavam, o "eu" e tudo que vinha com ele eram ilusões. O ideal seria que o ego fosse perdido para se alcançar a perfeição.

– Uma ilusão? Você quer dizer "feliz, feliz, feliz, a vida é só um sonho*"?

– Mais ou menos. É mais como se nosso "eu" fosse feito de desejo e o desejo fosse o sonho. Nirvana é entender que tudo já é como deveria ser e nada precisa ser mudado. Nesse estado supremo, todo o desejo... incluindo qualquer desejo de poder... desaparece. – Apontou para a tela. – Pelo que eu li, esses esforços para se manter colado à sua história pode mantê-lo preso nesse ciclo para sempre.

Frustração e ressentimento se misturavam com confusão no rosto do adolescente. Isso fazia com que ele parecesse mais velho, mais como o Silvio Manfredi do qual Connors se lembrava com medo.

– O quê? Para conseguir o que eu quero, tenho que parar de querer? Isso não faz sentido. É uma trapaça besta, uma mentira. Deve haver um modo de parar isso, uma cura.

---

* Trecho da canção popular americana "Row Your Boat".

Como professor, Connors sabia que dizer para Cabelo de Prata que ele estava errado só criaria mais resistência. Mas ele sempre fora melhor em pesquisa do que em lidar com estudantes.

– Você não está pensando corretamente sobre isso.

A reação foi mais extrema do que a esperada. Cabelo de Prata saltou do banquinho, brandindo a metralhadora, lançando a cabeça para a frente e pisando firme enquanto falava.

– Não estou o quê? Você acha que é inteligente me dizer como eu deveria estar pensando?

O cientista recuou, tentando evitar que Manfredi invadisse o espaço pessoal da criatura.

– Por favor, só estou tentando explicar o modo que eles pensavam. Eles não viam isso que você está passando como uma maldição ou doença. Viam como uma cura, a cura para todas as dores de nossa vida impermanente.

– Não, não, não! Isso é como dizer que a morte é a cura para a vida. Eu já curei muita gente e sei que isso não é para mim. Esses antigos eram malucos.

Se aquela fosse uma discussão acadêmica, teria terminado ali. Mas, para um ego que já compreendia divergência como desobediência, havia muito mais em risco. Cabelo de Prata sacudiu a cabeça, como se tentasse arrancar de forma mecânica a explicação de Connors de sua mente. Se os fatos não lhe davam o que ele queria, então os fatos deviam estar errados.

Certamente, a convicção interna parecia forçar a confusão no rosto de Cabelo de Prata.

– Você deve ter deixado passar algo, ou aquele pedaço de borracha não pegou a história toda. Deve haver mais coisa naquela tábula. Tenho que pegá-la de volta.

Ele avançou para Connors.

– E você não vai a lugar nenhum até que eu faça isso.

Contra a parede, não havia para onde o cientista ou a criatura pudessem ir. Cabelo de Prata estava tão próximo, tão ameaçador, que, antes que Connors pudesse censurar, a coisa dentro dele respondeu.

– Não há mais nada, seu idiota!

Cabelo de Prata enfiou a arma no queixo de Connors, lançando sua cabeça contra a parede. Seu corpo deslizou até o chão.

– Você se acha melhor do que eu, né? Acha que já protegeu sua bagagem pessoal?

Cabelo de Prata andou até o monitor e clicou numa das abas do navegador.

– Como sua esposa e filho?

Fotos de Billy e Martha surgiram na tela.

– É isso mesmo, Connors, posso digitar devagar, mas rastreei a reserva de hotel deles. Eu sei exatamente onde estão.

Curt Connors queria ficar abaixado, mas seu corpo começou a se erguer mesmo assim.

– Se você os machucar...

Cabelo de Prata veio para cima dele de novo.

– Se? Não tem "se", mas vamos deixar isso ainda mais pessoal. Como vai sua perna? Acha que já se livrou desse peso?

Ele chutou Connors logo abaixo do joelho. A dor passou rosnando por todo o corpo de Connors. Se abaixasse a cabeça e agisse com submissão novamente, Cabelo de Prata recuaria – mas o Lagarto não era animal de bando e não entendia tal conceito. Se recusando a cair para não mostrar sinal de fraqueza, ele se manteve meio em pé, deixando o mafioso mais furioso ainda.

– Que tal sua cabeça? Ainda ligado a ela?

A arma se lançou para frente. Connors usou seu único braço para bloquear o golpe. A parte dele que ainda era humana suplicou.

– Pare! Você não entende o perigo...

O rosto de Cabelo de Prata ficou vermelho.

– Ainda não caiu? Muito bem... Você aprendeu a viver sem um braço, que tal se eu cuidasse do outro? Talvez assim você PARE DE ME DAR ORDENS!

Ele agarrou o braço de Connors e o torceu. Novamente a dor rasgou seu corpo. Dessa vez, algo rosnou em resposta. Connors uivou, se curvou, dobrou... mas não por causa do mamífero segurando seu braço.

– Finalmente! Agora me diga como entrar em contato com aquele garoto, Parker, com quem você estava falando. Ele pode me levar ao Homem-Aranha.

Cabelo de Prata não notou o novo membro se formando do cotoco de Connors. E foi só quando as escamas começaram a surgir no braço bom do doutor que o idiota se deu conta do que estava acontecendo.

Era uma sensação tão boa, como rasgar um casulo seco e sentir o ar fresco novamente, uma nova pele.

– Eu... ficaria feliz em te dar... o número dele – Connors sibilou. – Na verdade, vou anotar... com seu sangue!

Antes que o focinho do réptil terminasse de crescer, o Lagarto tentou abocanhar o rosto de Cabelo de Prata. Mas o jovem era muito rápido. Ele se afastou no último segundo.

– Santo...

Levemente desapontado, o Lagarto sibilou novamente. Sua espinha estava estendida por inteiro, terminando na grossa cauda que mantinha sua incrível forma em equilíbrio, como o equivalente a um quinto membro.

Sua presa não escaparia outra vez.

– Ratinho, ratinho, tão cheio de fominha. Vamos ver como você lida com a minha!

– Fique longe de mim! – Manfredi disparou, mas os tiros acabaram rápido, e as balas batiam sem causar danos na grossa pele da criatura.

– Não. – Ele agarrou a metralhadora e jogou longe. – Não vou ficar.

Cabelo de Prata conseguiu escapar. O Lagarto não se apressava, inclinando a cabeça para a esquerda e para a direita, primeiro a levantando, depois se inclinando para a frente e indo em sua direção. Estava surpreso por ver que a raiva permanecia no rosto daquele mamífero, no lugar do medo. Mas, pelo menos, a comida não falava mais.

Manfredi continuava recuando, atirando qualquer coisa que encontrasse no caminho da criatura – tanques de espécimes, terminais de computadores, frascos químicos.

Fazia muito tempo que Lagarto não caçava; até pensou em abrir a porta e deixar a presa sair, só para ter o prazer de caçá-la pelos esgotos. Mas não... Aquela bolha de sangue quente e proteína não apenas havia ameaçado o ninho, também ameaçara o garoto e a mulher.

Cabelo de Prata estava sem coisas para atirar quando viu o grande botão vermelho na parede.

Lembrando-se das precauções que o idiota do Connors havia preparado, a criatura gritou:

– Não!

Ouvindo o pânico na voz do Lagarto, Cabelo de Prata se jogou no botão com tanta força que quebrou a superfície de plástico ao meio. Em um instante, um chiado lançou nuvens brancas por buracos escondidos no teto. E a temperatura caiu subitamente.

Cabelo de Prata se jogou embaixo de uma mesa, mas o Lagarto já não estava mais interessado em caçar. Tentou se erguer na ponta da cauda para interromper o gás congelante. Suas garras atingiram os buracos, mas estavam tão frios – só o toque queimava sua pele, deixando-a num tom cinzento. Na preparação para se salvaguardar de sua própria transformação, Connors não deixara um botão para desligar. Tudo que o Lagarto podia fazer era lutar e socar as paredes enquanto as nuvens de nitrogênio o forçavam para o chão. E ele se curvava até formar uma bola, enquanto o ar se tornava cada vez mais frio, até que teve de fechar os olhos. Enquanto a escuridão dominava a mente do Lagarto, ele temia que Connors não conseguisse se reafirmar.

Mas, quando a criatura despertou, ainda estava em sua forma de réptil. Havia correntes ao redor dela, prendendo seus braços e pernas. Sua cauda permanecia livre, mas o jovem que deveria ter sido uma refeição agora estava em pé em sua frente, fora do alcance, rindo.

– Uau, o pessoal tem todo tipo de segredo, hein? Achei essas correntes numa gaveta ali, e havia ganchos na parede, então imaginei que tenham sido deixadas para situações como essa.

O garoto parecia um pouco mais velho, um pouco mais forte... mas nem de perto forte o suficiente.

– Connors queria proteger seus associados de sangue quente, mas o Lagarto não tem tais escrúpulos – sibilou. – O número de Peter Parker está no telefone de Connors. Está bem aqui, no bolso do jaleco. Por que você não o pega?

– E perder um dedo? Não, obrigado, acho que vou procurar por ele. Quantos Peter Parker existem na UES? Nesse meio tempo, fique aí tranquilo. Pelo que li sobre mim mesmo, sou amante dos cães. Nunca tive um lagarto antes, mas vamos ver como me saio.

Se vendo refletido no vidro de um dos poucos terrários que permaneciam inteiros, Manfredi penteou o cabelo para trás e arrumou o paletó.

– Falando em cães, acho que é hora de me reapresentar a alguns associados antigos. Começando com...

Ele fez força para se lembrar do nome.

– Morrinho? Não. Montanha? É isso. Marko, o Homem Montanha. Aposto que aquele cão sente falta do dono.

23

POR MAIS ADORÁVEL que fosse a Ponte do Brooklyn com o sol da manhã brilhando por entre sua teia de cabos de metal, ela trazia lembranças dolorosas. Enquanto Homem-Aranha permanecia sentado na base da torre de fundação no lado de Manhattan, ele se perguntava por que diabos havia escolhido aquele lugar.

Eu costumava vir aqui com minha lambreta só para pensar. Saudades daquela lambreta.

Saudades da Gwen.

Usou seus lançadores de teia para fazer um saco de ar, do tipo que vira em documentários algumas espécies de aranhas usando para ficar embaixo d'água por longos períodos. Enrolou a máscara para cima, cobriu o nariz e a boca com a nova engenhoca e mergulhou. Nadou para o fundo, mantendo um olho na fundação de cimento para guiá-lo através da escuridão do lodo.

O frio não o incomodava, assim como a sensação oleosa da água do rio; talvez nunca fosse capaz de tirar a sujeira de seu uniforme. Por sorte, o saco de ar se manteve até o fundo do rio. Removeu o compartimento de proteção que carregava nas costas e o enfiou na lama, perto do canto sudoeste do imenso pilar. Por fim, colocou uma enorme pedra em cima de tudo para se assegurar de que a corrente não o levasse.

Quero ver alguém encontrar isso aqui embaixo.

Empurrou a pedra mais ainda contra o barro. A terra se ergueu e rodopiou na água ao seu redor. Enquanto nadava de volta, se corrigiu.

Na verdade, não. Não quero ver ninguém tentando encontrar. Espero que ninguém nem procure. Mas se o Cabelo de Prata está atrás disso, não posso deixá-lo rastrear essa coisa até o apartamento de Peter Parker. Minha identidade e a segurança dos meus amigos são as últimas coisas com as quais quero me preocupar agora.

Quando sua cabeça irrompeu na superfície, ele arrancou o saco de ar e respirou fundo o que esperava ser ar fresco. O cheiro era grotesco. A água, se é que podia chamá-la assim, parecia uma segunda pele nojenta.

Ótimo, vou precisar de um banho... ou dois... antes de aparecer na minha reunião disciplinar.

Pelo menos havia se adiantado e deixado um enorme saco plástico no telhado de seu prédio. Mas, mesmo depois de tirar o uniforme e embalá-lo, continuava fedendo. Escalou pela janela, só de cuecas, largou o saco, correu para o banheiro e ficou debaixo d'água o máximo que pôde.

Seu cabelo era o maior problema. Quando começou a se ensaboar, o frasco de shampoo estava quase cheio. Agora, já estava vazio, e ele ainda sentia que exalava um certo odor.

Talvez eu deixe a tábula lá para sempre.

Era bem cedo, então a lavanderia do prédio estava vazia. Se sentou ali enquanto seu uniforme passava por dois ciclos de lavagem, e aproveitou o tempo para ler sobre suspensões acadêmicas no manual da UES.

Tudo que lia só o deprimia mais. Esperava estar errado em sua suposição de que teria que se rematricular para conseguir o auxílio, mas não estava. Peter sempre fora grato por receber aquela ajuda, mas, quando viu o número de inscritos e o orçamento total, se deu conta de como deveria ter sido muito mais grato. A Oscorp tinha uma nova bolsa que seria perfeita para ele, mas de alguma forma achava que Harry não estava no clima de lhe dar qualquer ajuda.

Talvez ele esteja melhor quando minha suspensão acabar... dentro de um ano.

Depois das duas lavadas, ficou sem sabão, detergente e tempo. Algumas manchas escuras oleosas permaneciam, mas a maior parte da roupa vermelha e azul estava limpa.

Ainda bem que esse ano não estou concorrendo a escalador de paredes mais bem-vestido.

Escolhendo suas melhores camisa e gravata, ele penteou o cabelo, esperando que não estivesse cheirando tão mal quanto pensava. Se olhou demoradamente no espelho do banheiro, mas não teve coragem de dar ao pobre idiota arrumadinho uma reprimenda por deixar as coisas ficarem tão ruins – ou a energia de lhe oferecer um papo motivador.

Uma ligação para o hospital lhe confirmou que não havia mudanças. Anna Watson ainda fazia companhia para Tia May. Ele se sentia terrível por não estar lá.

Talvez eu precise desse tempo. Uma pessoa normal, lidando com metade dessas coisas, precisaria. Se encontrarem um doador, vou poder estar por perto para ajudá-la a se recuperar, cuidar um pouco dela, para variar.

Se...

Uma vez na vida, Peter chegou dez minutos mais cedo. Sabendo que os professores discutiriam os detalhes do seu caso antes de convidá-lo a entrar, ele esperava que a porta estivesse fechada – mas estava aberta, os participantes já lá dentro.

Se apressou na direção do primeiro rosto familiar que viu, seu conselheiro.

– Professor Warren! Eu sei que não estou atrasado. O que está acontecendo?

Warren, que sempre fora incrivelmente paciente com ele, deu um tapinha em seu ombro.

– É seu dia de sorte, Sr. Parker. O professor Blanton retirou o pedido.

Peter imediatamente ficou boquiaberto.

– Sério? Por quê? Ele estava tão impassível.

– Por que não pergunta por si mesmo?

Foi só quando Warren indicou com a cabeça o fim do corredor que Peter notou o professor Blanton se afastando apressado. A postura curvada no homem que sempre andava altivo o tornava difícil de se avistar.

Era quase como se tentasse se esconder.

– Professor Blanton? – Peter jurou que o homem acelerou ao ouvir sua voz. – Professor!

Blanton parou e forçou um sorriso.
– Sr. Parker. Peter.
– Não quero te segurar, senhor. Só quero agradecer e dizer que não vou decepcioná-lo. – Sabia que deveria ter parado por aí, mas Blanton parecia estranhamente nervoso. – Hã... tenho que admitir que estou curioso sobre o motivo de ter me dado uma extensão de tempo.
Ele *tossiu*.
– Bem... Eu... eu... fiquei sabendo da sua tia. Só isso. Você deveria ter mencionado a doença dela logo de início.
Faz sentido, mas por que ele está olhando ao redor como se estivesse com medo ou sendo observado?
– Eu realmente não tive a oportunidade, senhor.
– Claro! Não estou acusando você de nada. Tome o tempo que precisar para cumprir seus prazos. Sem pressa. Não, melhor, tome o tempo que você *quiser*.
– Você está se sentindo bem, professor?
– Por que não estaria? Agora realmente preciso ir. Se estiver tudo bem para você.
Tudo bem para mim?
– Sim.
– Ótimo. Então vejo você na classe. Ou... sei lá quando.
Blanton se apressou, quase correndo. Peter esfregou o cabelo e cheirou os dedos.
Será que tem algum alucinógeno na água do rio? Porque isso não pareceu nada real.
Com o dia subitamente liberado, Peter decidiu ir até o Grão de Café para estudar sob uma boa dose de cafeína. Mas, assim que saiu do campus, seu sentido aranha disparou, alertando-o de uma enorme figura que emergia de um beco e entrava em seu caminho.
– Marko?
O gigante pareceu satisfeito por Peter saber seu nome.

– Já leu sobre mim, não é? Bom para você, garoto. Então também sabe que vai ser muito mais fácil se não causar confusão. – Ele apontou o dedão para o beco. – Uma pessoa importante quer dar uma palavra com você.

– Comigo? Por quê?

– Ele vai te dizer.

Incapaz de lutar sem revelar sua identidade, Peter se permitiu ser levado.

Enquanto os ombros e peito largos do homem bloqueavam o sol, um outro rapaz saiu das sombras. Tinha a idade de Peter, talvez até mais jovem. Ele usava um paletó surrado sobre uma camiseta branca sem colarinho e uma boina cinza. Era o tipo de roupa humilde que um imigrante europeu usaria muito tempo atrás. Mas o olhar presunçoso em seu rosto fez com que um arrepio percorresse a espinha de Peter.

Cabelo de Prata! Quando lutei contra Marko na UES, ele parecia surpreso pela possibilidade de seu chefe ainda estar por aí... mas acho que estavam trabalhando juntos. Não imaginei que aquela tora humana fosse capaz de mentir tão bem.

Manfredi olhou para além de Peter e disse para o Homem Montanha:

– Por que não vai dar uma volta? Não quero deixar nosso amigo aqui mais nervoso do que o necessário. Eu ligo quando precisar de você novamente.

Marko grunhiu e recuou, deixando o sol voltar a brilhar no beco. Vendo a metralhadora na mão de Manfredi, Peter ergueu as mãos, fingindo estar com medo.

– Quem é você? O que é isso?

Cabelo de Prata lhe ofereceu um sorriso gelado.

– Aquela coisa de revisão acadêmica acabou bem para você?

Peter piscou. O nervosismo de Blanton começava a fazer sentido.

– Aquilo foi você? Você *ameaçou* meu professor? Por quê?

– Ah, vamos chamar de presente. Tudo que quero é uma coisinha em retribuição. Você dá ela para mim e nunca mais me vê. Você não... Bem, vamos só dizer que sou o tipo de cara que você não quer como inimigo.
– E o que você quer?
– Nada de mais. Só uma ajudinha para pegar o Homem-Aranha.
Peter tentou suprimir o sorriso.
Cara, você veio ao lugar certo.

••••

Com Cabelo de Prata ocupado, Marko sentiu que seria seguro entrar na parte de trás do enorme utilitário estacionado na rua. E se sentiu até melhor quando se deu conta de como cabia bem no assento, ou de como estava perto de Vanessa Fisk.

Conforme fechava a porta de correr, sentiu os olhos dela analisando seu imenso corpo. Sem nenhum choque ou repulsa, como alguns faziam, mas com um tipo de admiração e tristeza.

– O carro foi customizado para meu marido. Acredito que o ache confortável, não é, Michael?

E ela me chama de Michael.

– Sim, madame. Muito confortável. Obrigado.

Espionar Cabelo de Prata era o maior risco que Marko já correra. Silvio Manfredi havia lhe dado sua primeira grande oportunidade na Maggia. E, desde então, achava que nada o poderia fazer trair aquele homem – na vida ou na morte. Mas, assim que se recuperara do choque de ver seu chefe novamente, fora como visitar a casa em que se mora quando é criança: tudo é igual, mas parece menor, menos ameaçador.

Claro, Cabelo de Prata *realmente* estava menor. Marko acreditara quando ele dissera que estava crescendo novamente por causa de uma maldição bizarra, mas ainda não era como se aquele Sr. Manfredi de antes fosse voltar a comandar a Maggia muito em breve.

E valia apostar em Vanessa Fisk. Ele a analisava, se perguntando se "esmeralda" era a melhor palavra para a cor de seus olhos, ou como seria sentir aquela pele de porcelana em seus dedos. E então se tocou de que ela esperava um relatório.

– Desculpe. É como eu disse: ele quer a tábua para poder parar de ir de bebê a velho, e vice-versa, sem parar. Ele chegou à conclusão de que o Homem-Aranha está com ela e de que aquele menino pode levá-lo ao escalador de paredes.

– Michael, ele disse tudo isso só para você?

– Até onde sei.

Ela manteve o olhar fixo.

– Quero que você pense nisso com muito cuidado antes de responder. Se eu agir contra o Sr. Manfredi para conseguir a tábua, você acha que ele está em posição de ser perigoso?

A resposta era bastante óbvia.

– O Sr. Cabelo de Prata é sempre perigoso, mas não como antes. Ele não vai tentar retomar a liderança da Maggia até que esteja pronto. E se ele vier atrás de você...

Eu a protegerei dele. Eu a protegerei com minha vida.

– Sim, Michael?

– Pode contar comigo.

Ela pousou a mão sobre a dele.

– Obrigado. Eu aprecio isso mais do que você imagina. Por enquanto, quero que você fique perto dele e me diga tudo que ele estiver planejando. Pode fazer isso por mim?

Ele olhava fixamente para a mão dela. Tão pequena, tão frágil, tão linda.

– Claro.

– Excelente. Agora, se me der licença, é hora de fazer meus próprios planos.

E tão triste. Tão, mas tão triste.

24

ESCAPAR DE CABELO DE PRATA era muito fácil. Tudo que Peter tinha que fazer era concordar em pedir para que o Homem-Aranha aparecesse naquele mesmo beco durante a noite. As coisas ficaram um pouco estranhas quando o mafioso beliscou sua bochecha, como se Peter fosse seu neto – mas aquele era um preço pequeno a se pagar. Agora, a parte complicada era se certificar de que não estava sendo seguido. Assim poderia vestir seu uniforme.

Afinal, por que aparecer mais tarde numa armadilha se posso pegá-lo agora?

Caminhou alguns quarteirões, se esgueirando por entre os pedestres da tarde. Quando se deu por satisfeito de que estava sozinho, chutou os sapatos, subiu até uma escada de incêndio e saltou para o teto de um dos dormitórios da UES.

Peter Parkour, esse sou eu. Uma pena que nunca possa dizer isso em voz alta.

Verificou a rua abaixo, se certificando de que ninguém o seguia, e então vestiu o uniforme. Apesar das manchas, estava completamente seco. Na verdade, tinha até um cheiro bom de roupa lavada.

Duvido que isso dure.

Pulando de telhado em telhado, refez seu caminho. A perspectiva do alto permitia que ele mantivesse um olho em Cabelo de Prata. Era claro que não esperava que o mafioso ficasse naquele mesmo beco, então começou a fazer círculos cada vez mais largos ao redor do local.

Depois de muito nada, chegou a um prédio mais alto e analisou a área maior. A alguns quarteirões dali, avistou aquele chapéu antigo; parecia uma tampa de garrafa se movendo pelas curvas e quebras entre os edifícios. Alguns balanços de teia depois, Cabelo de Prata estava a poucos metros adiante.

Assim que eu encontrar um local estável, jogo uma teia nos pés dele e o deixo pendurado.

Mas a escada de incêndio onde pousou rangeu sob o peso de seu corpo e Cabelo de Prata olhou para cima. Peter atirou teias gêmeas na direção dele, mas Cabelo de Prata agarrou uma lata de lixo e as bloqueou. Com um grunhido, Manfredi atirou a lata na direção do Homem-Aranha e correu.

Estava mais rápido do que na delegacia.

Desviando da lata, Homem-Aranha gritou para ele:

– Onde está indo? Achei que *você* estivesse *me* procurando!

Seguiu grudado nas paredes do espaço entre os edifícios. Cabelo de Prata estava impressionante mesmo, desviando de obstáculos com uma facilidade e uma confiança bizarras. Passando por baixo de um latão de lixo apoiado em blocos de concreto, pegou um telefone e começou a falar.

– Vocês, jovens de hoje em dia, e seus celulares! – disse o Homem-Aranha. – Ninguém te disse que é grosseria fazer ligações quando alguém está tentando ter uma conversa de verdade com você?

Quando Cabelo de Prata terminou a ligação, Homem-Aranha já estava pendurado de ponta-cabeça na frente dele.

– O que é, o que é: anda com quatro pernas de manhã, duas de tarde e três de noite? – Homem-Aranha perguntou. – Você! Entendeu?

– Como me encontrou tão rápido?

– Vamos dizer que foi bom eu ter visto aquele documentário sobre a Ilha Ellis na época da escola, ou nunca teria reconhecido esse visual "acabei de sair do navio" que você está ostentando.

Cabelo de Prata pareceu não ter reconhecido a referência, mas isso não o impediu de mostrar a carta que tinha na manga. Homem-Aranha desviou a cabeça com facilidade.

– Garoto, você é *mesmo* da velha guarda. Não vejo um desses golpes desde... Você sabe, acho que nunca vi um desses golpes.

Manfredi correu para o lado de onde tinha vindo.

– Qual é, Silvio? Você sabe que vou te alcançar!

Cabelo de Prata girava, tentando encontrar uma rota de fuga viável. Ao não ver nenhuma, deslizou pelo asfalto como um jogador de beisebol chegando na base e se enfiou na única cobertura disponível: o latão de lixo.

– Que nojo – disse o Homem-Aranha ao pousar no chão. – Sem mencionar que isso não vai te ajudar em nada, né?

– Vem me pegar.

– Tá bom.

No momento em que Peter levantou a lixeira por sobre a cabeça, o enlouquecido Cabelo de Prata o golpeou no joelho com um pedaço de vergalhão de aço. Homem-Aranha gritou, e a lixeira quase escapou de suas mãos. Os olhos de Cabelo de Prata se arregalaram ao se dar conta de seu erro – aquele trambolho de metal estava prestes a cair bem em cima dele. Cerrando os dentes, Homem-Aranha recobrou o controle e jogou o objeto para o lado. Manfredi não esperou que ele se recuperasse; dessa vez, o vergalhão errou o joelho do Homem-Aranha e atingiu sua canela.

– Ei!

Cabelo de Prata se levantou e correu novamente.

– Não dá para continuar assim! Não consigo.

Sua perna estava dolorida, mas não quebrada. Homem-Aranha saiu mancando atrás dele.

– Se entregue e talvez eles encontrem algum modo de ajudá-lo.

– Há! Já estou bem escaldado para acreditar nessas mentiras.

Na calçada, Cabelo de Prata parou como se esperasse algo. Logo Homem-Aranha o alcançou, jogando-o no chão e prendendo-o.

– Hora de fazer as malas, meu velho... quer dizer, meu jovem... hã, talvez... meu caro.

Manfredi lhe dirigia um olhar assustador. O ódio fervilhando em seus olhos era tão intenso que fez Peter recuar.

É como se ele estivesse com raiva de tudo... de mim, de si mesmo, da vida, do mundo. Seja lá o que estiver por trás disso, está muito acima do meu cargo. Vou enrolá-lo na teia e deixar que o psicólogo da prisão lide com ele.

Com os dedos já nos lançadores de teia, o sentido aranha explodiu. Na rua, um ônibus municipal derrapava para o lado, empurrando um carro, que capotou e vinha na direção deles. Incapaz de desviar do veículo, Homem-Aranha lançou o ombro contra o lado do passageiro, interrompendo o impulso o suficiente para fazê-lo cair de lado por cima da fachada de uma lavanderia.

Um quarteirão abaixo, um homem imenso saltou do ônibus em movimento, rolando ao atingir a rua.

Marko!

O ônibus acelerava para um cruzamento lotado. Peter pôde ver o motorista inconsciente largado sobre o volante e os passageiros aterrorizados tentando acordá-lo. Forçado a abandonar Cabelo de Prata, se apressou rua abaixo, se balançando até o teto do ônibus.

Como estudante de física, ele sabia que não podia simplesmente parar dezoito toneladas em movimento. Mesmo que conseguisse prendê-lo com sua teia a algo sólido o bastante, o impulso liberaria o ônibus.

Mas deveria haver algum modo de impedir que ele batesse.

Esperando ao menos conseguir mudar a direção do veículo, lançou uma teia na roda dianteira da direita e a prendeu a um hidrante. O ônibus desviou um pouco para a direita, mas ainda seguia na direção do cruzamento. O hidrante quebrou em um ponto e a água jorrou, quase arrancando-o.

Mas a virada súbita também fez com que a roda esquerda do ônibus se erguesse um pouco do asfalto. Então ele lançou outra teia, passando-a por trás de um poste de luz, e a puxou. O poste dobrou; seus ombros pareciam prestes a quebrar, mas conseguiu erguer o ônibus a ponto de fazê-lo cair de lado. Saltando do teto para não tombar junto, lançou uma cama de teia na rua para tentar amortecer ao máximo a queda.

Mesmo de lado, o ônibus deslizou alguns metros antes de parar. Homem-Aranha arrancou a porta. Os passageiros estavam estremecidos e meio escoriados, mas vivos.

Ufa! Marko é o tipo de cara que usa o que vê na frente, não é esperto ou cruel o suficiente para aquele tipo de jogada. Devia estar seguindo ordens de Manfredi.

Era claro que os dois vigaristas não estavam mais em lugar nenhum. Na verdade, um chapéu cinza e um paletó aguardavam perto do carro capotado onde Homem-Aranha havia deixado Cabelo de Prata.

Pelo visto, ele ouviu minha dica de moda.

25

DEPOIS DE TROCAR NOVAMENTE o uniforme por roupas civis, Peter resolveu caminhar para pensar em seu próximo passo.

Cabelo de Prata não é o mesmo cara com quem lutei da última vez. Ele ainda é esperto, mas está errando mais, fazendo movimentos estúpidos. Me lembra de mim mesmo quando era mais jovem, com exceção da coisa psicopata que ele tem.

Parou do lado de fora do Grão de Café, surpreso por encontrá-lo vazio. A porta estava trancada, as cadeiras já colocadas em cima das mesas. Uma placa explicava: *Fechado indefinidamente.*

Uau. Por falar em juventude perdida. Acho que tudo tem que crescer e mudar... ou morrer. Com exceção de Cabelo de Prata. Ele tem que fazer tudo isso muitas e muitas vezes. Não que eu trocaria de lugar com ele, mas há muita coisa que eu gostaria de voltar e desfazer.

Tocou na vitrine, pensando em todas os momentos que passara ali durante seu tempo de colégio – bons e ruins – e as escolhas que teria feito. Sua mente se afastava cada vez mais, até que se lembrou do rosto bondoso de seu tio e imaginou sua presença paternal mais uma vez atrás de si.

– Mantenha a cabeça no presente, Peter. É realmente tudo o que temos.

Naquele vidro da cafeteria, a visão de Tio Ben se misturava com a de Peter. Ele se deu conta de que seu rosto estava parecendo um pouco mais envelhecido ultimamente – velho o bastante para que visse a semelhança familiar da qual Tia May sempre falava. Sabia por fotos que Ben e Richard Parker, seu pai havia muito falecido, eram bastante parecidos. O pensamento de que ele fazia parte daquela conexão o acalentou.

Família faz a diferença. Norman Osborne tinha um fraco por seu filho. Até o Lagarto sempre quis proteger Martha e Billy. Duvido que algum dia Silvio Manfredi tenha isso, não importem quantas vidas ele viva. Será que ele nasceu assim, ou algo se danificou pelo caminho?

Seu telefone vibrou com uma mensagem. Esperava que pudesse ser Mary Jane ou Harry, ou até mesmo Flash reclamando sobre a perda de seu ponto de encontro. Mas era do hospital, e as cinco palavras traziam o melhor do que se há de misterioso:

Sua tia tem um visitante.

Não era o tipo de palavreado habitual que o pessoal da enfermaria utilizava. Seu primeiro pensamento – Cabelo de Prata – o fez correr em busca de um lugar escondido para se trocar.

Droga! E se agora ele quiser chegar ao Homem-Aranha atacando a família de Peter Parker?

Selecionou o número da central das enfermeiras e ligou, então segurou o celular entre o queixo e o pescoço enquanto se balançava na direção do centro. Era difícil se fazer ouvir, mas o homem nervoso que atendeu confirmou que havia alguém com a Tia May, alguém que se recusava a ir até o telefone.

E não era Anna Watson.

Quando Peter chegou, só queria escalar pela lateral até encontrar a janela de Tia May. Mas sabia que, uma vez que estivesse lá, não seria capaz de entrar sem estilhaçar o vidro. Além de colocar em risco sua identidade, um movimento como esse criaria mais perigo para sua tia e para os outros pacientes. Além do mais, não parecia que ela estava sob ataque.

Então se trocou mais uma vez para suas roupas comuns e, em vez de suportar a tortura de um elevador, correu pelas escadas, saltando andares. Por sorte, não havia ninguém mais nas escadarias. Só desacelerou quando abriu a porta e irrompeu na UTI.

Ignorou as enfermeiras. Seus olhos colados numa figura alta e magra, cujo casaco longo lhe lembrava alguém indo a uma ópera, pairando sobre a cama de sua Tia May.

Seja lá quem for, não é uma ameaça, ou meu sentido aranha já estaria formigando.

Ouvindo os passos apressados, a figura se virou e estendeu uma mão magra de dedos e unhas longas.

– Sr. Parker?

Ele a cumprimentou. Uma dúzia de perguntas queimando em seus lábios.

– Meu nome é Vanessa Fisk. Sou esposa de Wilson Fisk.

Puxou a mão repentinamente.

– Escuta aqui, eu não ligo que...

– Por favor. Eu entendo que você tenha sido ameaçado mais cedo e como isso deve ter sido desconfortável, mas eu lhe asseguro que esse não é meu jeito de agir. – Ela se aproximou meio passo e baixou a voz. – Embora, para ser clara, eu também queira a tábula. Você está ciente da condição do meu marido?

– Os jornais dizem que ele está em algum tipo de coma, mas não muito mais que isso.

– Já faz dois anos, e os melhores médicos falharam em ajudá-lo. Aquela tábula é minha última esperança de fazê-lo se reerguer. Gostaria que você falasse com o Homem-Aranha em meu nome.

Peter piscou e então balançou a cabeça, descrente.

– Dona, eu entendo sua dor, mas o Homem-Aranha nunca ajudaria um bandido como o Rei do Crime.

Franzindo os lábios, ela virou o rosto para baixo, revelando o profundo pesar em seus olhos.

– Talvez, mas nosso dinheiro também construiu essa ala do hospital, um lugar que salvou muitas vidas. E também posso usar nossa fortuna para garantir que os segredos da tábula fiquem disponíveis para o benefício de todos. Poder e dinheiro não me atraem. Gosto de pensar que já aprendi algo que Wilson ainda precisa descobrir: que tudo na vida acaba, com exceção do que deixamos para trás.

– O que quer dizer? O que é que deixamos para trás?

Ela olhou para a desacordada Tia May.

– Família. Richard, nosso filho, se sente responsável pelo que aconteceu com o pai. Ele tentou suicídio antes, e agora não sei nem como entrar em contato com ele. Tenho esperança de que, se meu marido melhorar, Richard possa se perdoar e voltar para casa. Ele é o nosso futuro. Minha família seria completa novamente. E, disso, quem sabe quais outras mudanças virão?

Peter tentou demonstrar empatia.

– Eu entendo a perda... e, acredite em mim, sei o quanto a culpa pode corroer. Mas Wilson Fisk deixou um grande rastro de corpos...

Ela o interrompeu, mas de alguma forma conseguiu fazer isso de um jeito gracioso.

– Me perdoe... mas vou, como vocês jornalistas dizem, estragar a manchete. Se você falar com o Homem-Aranha e ele concordar em me ceder a tábula, eu pago pelo tratamento experimental que pode tratar sua tia.

Peter ficou estupefato.

– Você salvaria a vida dela. Mas eu... eu não sei se o Homem-Aranha colocaria isso acima do que é certo ou errado.

– Você pode estar certo, mas eu fiz algumas pesquisas. Não sei se ele considera você um amigo, mas suas vidas claramente estão conectadas. Isso não é uma ameaça velada, te garanto. Só espero que esse gesto o ajude a mudar de ideia, o ajude a entender melhor que meus motivos não são ruins. Espero que, no mínimo, ele esteja disposto a se encontrar comigo.

Dar a tábula para ela pode ajudar a salvar a Tia May.

Mas... não posso ajudar criminosos, posso?

– Eu... eu vou passar a mensagem a ele.

26

PETER SE ENCONTRAVA no Parque Brooklyn Bridge, a oferta ainda rodando em sua cabeça como os pequenos vórtices de água que se formavam ao redor dos pilares de concreto.

A escolha parecia tão simples. Não era uma decisão feita "no calor do momento", quando a vida e a morte dependiam de habilidade e rapidez – como qual a melhor maneira de derrubar um vilão numa luta ou a melhor maneira de tirar alguém de um edifício em chamas.

Ele poderia dar a tábula para Vanessa Fisk e salvar a Tia May... ou não.

Poderia restaurar o poder do pior criminoso que a cidade já vira pelo bem da mulher que o criara... ou não.

De um jeito estranho, fazer essa escolha esclareceria alguns outros pontos de sua vida. Não importava o quanto sua culpa insistisse em lhe dizer o contrário, não havia como saber que aquele ladrão mataria o Tio Ben, ou que o Duende mataria Gwen. Ele não tivera como saber, até que já fosse tarde demais.

E nem era questão de que uma escolha poderia ter resolvido tudo. Ser um herói mais cedo teria salvado o Tio Ben, mas ser um herói fora o que matara Gwen. E pensar que, se tivesse sido bom ou sincero o suficiente, tudo teria dado certo era por si só um tipo de arrogância. Não importava o tamanho de seu poder ou de sua responsabilidade, havia momentos em que as grandes escolhas não lhe pertenciam.

Mas não era esse caso. Dessa vez, o destino de Tia May realmente estava em suas mãos.

Ele olhava para a água imunda. A tábula estava bem ali embaixo; tudo que tinha que fazer era mergulhar e recuperá-la.

Mas ainda não havia decidido. Ainda.

Se virou e seguiu para o Village.

A questão era que havia outras decisões que se sentia grato por não ter de tomar. Por um longo tempo, se sentira com raiva pelo destino do Duende Verde ter sido tirado de suas mãos. Agora, pela primeira vez, sabia ter tido sorte por isso. Era claro que ele gostava de pensar que não teria matado Norman Osborne. Tornar-se um assassino teria traído tudo em que ele acreditava, maculado a memória de Gwen. Mas ele havia ficado tão machucado, tão ansioso por atacar. No calor do momento, parte dele se perguntara: por que não? Por que não cruzar aquela linha só daquela vez?

E do mesmo modo agora se perguntava: por que não entregar a tábula?

Isso é diferente. Não é questão de tirar uma vida... é recuperar duas. Mas já é ruim o bastante o mundo ter que lidar com o Cabelo de Prata novamente. Vanessa Fisk deve acreditar que o Rei do Crime é capaz de mudar, mas eu não acredito. E se houvesse um modo de controlar o elixir, de impedir aquele ciclo de... envelhecer e rejuvenescer? Isso poderia deixar os dois ainda mais poderosos... até mesmo imortais. Eles acabariam lutando um contra o outro pelo controle da cidade... para sempre.

Claro que posso me convencer de que prenderei Fisk se ele tentar continuar a vida criminosa... mas isso não seria uma desculpa para fazer a coisa errada? Veja quanto tempo Caesar Cicero ficou na cadeia.

Na esquina da East Houston com a Lafayette, passou por um homem sujo e vestindo trapos, parado em pé sobre uma caixa de plástico. Não estava pedindo dinheiro, tocando música ou sequer pregando o fim do mundo. Apenas recitava um poema que lhe soava vagamente familiar.

Envelheço... envelheço...
Devo usar minhas calças enroladas até o joelho
Devo meu cabelo partir ao meio? Ousar comer um pêssego?

Peter jogou um trocado no chapéu do homem e continuou andando.

E se o pêssego nem for seu?

Se perguntou o que seu tio faria, mas não fazia ideia. E, mesmo que pudesse adivinhar o conselho de Ben, a decisão ainda seria sua. Apenas os vivos teriam que lidar com os resultados.

Uma cabeça cheia de fantasmas não mudaria isso.

Estava sozinho nessa.

No caminho de casa, decidiu passar em frente ao fechado Grão de Café. Uma figura solitária se encontrava ali na frente, encarando a escuridão que havia lá dentro. Provavelmente algum outro cliente regular lamentando pelo passado. Conforme Peter se aproximava, passou a reconhecer a figura.

Harry?

Peter se colocou silenciosamente ao lado dele. Quando Harry viu o reflexo do amigo no vidro, instantaneamente se virou para ir embora. Peter segurou seu ombro.

– Espere. Por favor. Se vamos morar juntos, temos que no mínimo ser capazes de conversar um com o outro. A não ser que você planeje me expulsar.

Harry fez uma careta e afastou sua mão.

– E fazer a turma me odiar por ter jogado o pobre Peter Parker na rua? Não, obrigado.

Os dois ficaram ali parados, sem jeito, por alguns segundos, olhando pelo vidro escuro.

Peter tentou começar uma conversa.

– Você acha que avisaram os clientes ou algo do tipo?

Harry franziu o cenho.

– O aviso ficou por semanas. Não é de se surpreender que você não tenha notado.

Depois de mais um tempo de silêncio, Peter tentou de novo.

– Olha, eu entendo. Você está furioso por eu trabalhar com o cara que você acha que matou seu pai. Eu *sei* que ele não matou. Se por um segundo eu achasse que foi ele, é claro que eu o abandonaria, mesmo que isso significasse perder o pouco de dinheiro que ganho.

– Você poderia ter trabalhado para o meu pai. Ele te ofereceu emprego.

Sim, antes de enlouquecer...

– Sim, mas já quase não estou dando conta das aulas. Eu queria esperar até me formar.

Harry olhou para ele de lado.

– Um cérebro como o seu? Teria dado conta.
Peter estreitou os olhos.
– Isso foi um elogio?
– Apenas um fato. Eu não entenderia como algo mais.
– Beleza, não vou, mas podemos tentar colocar tudo isso de lado por um tempo? Uma trégua temporária? Eu não sei você, mas estou passando por muita coisa e bem que precisaria de um amigo.
Olhando fixo para a frente, Harry suspirou e bateu no vidro.
– Quase posso ver onde Flash riscou o nome dele na mesa. É duro acreditar que tanta coisa esteja mudando.
– É verdade. Sempre achei que crescer nos daria mais liberdade, mas parece que as escolhas ficam mais difíceis.
Harry assentiu.
– Você precisa ver como olham para mim sempre que vou até o escritório executivo da Oscorp. As pessoas pensam que só porque sou rico não tenho problemas. Mas eu mal saí da reabilitação e de repente tenho que decidir qual empresa comprar ou vender. E minha maior preocupação? Não é com quem será despedido e perderá seu lar. Não... É se estou decepcionando ou não meu pai.
Peter queria dizer a Harry que ele fora a única coisa que mantivera Norman Osborne são, mas isso significava ter que revelar demais.
– Acho que você deve se concentrar no que acha que é certo. Mas, cara, ultimamente ando percebendo que as coisas importantes nem sempre são certas ou erradas. São só tons de cinza.
– Exatamente. Tem dias que fico tão cansado que quero mandar todo mundo embora, tomar um punhado de comprimidos e deixar o mundo pegar fogo.
O cenho de Peter franziu.
– Mas você não vai fazer isso, vai?
– Um dia por vez. Hoje, eu não vou. Amanhã?
– Não esqueça que estou aqui por você, sempre, de todas as maneiras. Todos nós estamos.
Harry deu de ombros.

– E qual é o tom de cinza com o qual você está lidando?

– Não sei bem como fazer essa pergunta, mas, se alguém que você ama estivesse morrendo e para salvá-lo você tivesse que fazer algo terrível, você faria?

Harry soltou uma risada.

– Acho que não estamos muito velhos para verdade ou desafio, né? Você não está conversando com o cara mais corajoso do mundo, Pete. Um pouco mais de estresse e já me amasso como um pedaço de papel. Mas se alguém que eu amo realmente precisasse de mim? Gosto de pensar que eu faria qualquer coisa... mentir, roubar, matar, subir numa pilha de cadáveres, qualquer coisa que fosse preciso... para salvá-lo. – Um sorriso estranho surgiu em seu rosto, como se os traços de seu pai o assombrassem. – Na verdade, se um dia eu provar que o Homem-Aranha teve um dedo sequer na morte do meu pai? Bem... Um dia por vez. Um dia por vez... – O olhar evaporou. – Mas não estamos falando de nada do tipo, certo? E talvez aquela operação não seja tão ruim quanto você pensa. Há muita coisa pior por aí para se temer, você sabe.

Ele acha que estou falando sobre doar meu rim. Que estou com medo.

Incapaz de responder de outro modo, Peter assentiu.

Depois de um último olhar para a velha mesa, Harry foi embora.

– Gostei da trégua, colega. Me ajudou a aceitar algumas coisas. Estou indo para a cobertura do meu pai, então o apartamento é todo seu hoje. Espero que sua tia esteja bem.

Peter não tinha certeza de que a paz duraria, de que um dia seriam próximos novamente. Era só mais uma coisa para adicionar à longa lista de coisas que ele não sabia. Só havia uma coisa da qual tinha certeza: estava exausto. Precisava de uma boa noite de sono.

Mas os estranhos encontros do dia ainda não haviam acabado. Alguém o esperava na sombra, a alguns metros da entrada de seu prédio. Ao ver Peter, ele veio para a luz. Menos de 24 horas haviam se passado, mas Cabelo de Prata já estava mais velho. Suas roupas ainda eram irremediavelmente fora de moda, mas o terno e o colete lhe cabiam melhor.

Quando ele chamou o nome de Peter, estendeu as vogais.

– Peeetaaaa Paaaaahkaaaah!

Peter parou na hora.

– Sr. Cabelo de Prata. Olha, eu fiz o que você pediu. Dei sua mensagem ao Homem-Aranha.

Manfredi assentiu.

– Sim, e alguns segundos depois ele aparece e me dá uma surra. Posso lidar com cinco caras normais com facilidade, então, quando digo que o Homem-Aranha é mais poderoso, isso quer dizer algo. Nem sequer consegui perguntar a ele sobre a tábula. Mesmo assim, já enfrentei coisas piores e venci. Sabe como? Encontrando o ponto fraco. Neste caso, é você, Peeetaahhh Paaahhkaaaahh.

– Eu não sei o que você ouviu sobre minha relação com ele...

– Ah, eu não acredito em metade do que ouço. Mas acredito no que vejo. E é por isso que segui você. Observei você entrar nas sombras e vi o Homem-Aranha saindo. Vi o Homem-Aranha se balançando até o hospital e assisti a você aparecendo na entrada principal. Vê aonde quero chegar? – Ele fez alguns sinais no ar com as mãos, como se tentasse desenhar uma reação, mas Peter estava sem fala. Então, riu. – Ah, você sabe exatamente aonde quero chegar. Posso sentir o cheiro em você. Você sabe que sei quem você é. Será que tenho que dizer em voz alta?

O pior medo de Peter pairava no ar entre eles. Enquanto Cabelo de Prata enfiava a mão no bolso do colete, Peter prendeu no punho um lançador de teia que escondia no cinto.

Manfredi sacou um antigo caderno de anotações e o abriu.

– Vamos ver quem temos aqui... Harold Osborne, Mary Jane Watson, Eugene "Flash" Thompson. Ah. Eugene. Não é de se estranhar que prefira Flash. Randolph Robertson, o pai dele, Joseph. Estou deixando alguém de fora? Ah, é. Aquela velhinha que você estava ansioso para ver no hospital. May Reilly Parker.

Cada palavra fazia seus músculos tensionarem. E ouvir o nome de sua tia o fez tremer de raiva.

– A imagem é clara o suficiente para você? Ou eu consigo a tábula, ou eles...

Rapidamente Peter estava em cima dele. Atirou Cabelo de Prata contra um dos carros estacionados, uma mão contra sua garganta, a outra se afastando com o punho fechado. Um bom soco, apenas um, e seus amigos e família estariam a salvo. O mundo estaria livre de um assassino.

Apenas uma hora atrás, ele imaginava o que teria feito com o Duende em um momento como aquele. Agora ele sabia.

Seu punho avançou. E, no último segundo, atingiu o carro estacionado, dobrando a porta para dentro com tanta força que a dobradiça quebrou.

Cabelo de Prata usou a oportunidade para chutar Peter no abdome. Não doeu, mas o impulsionou para trás o suficiente para que Manfredi apontasse para ele e gritasse:

– Ei, pegue leve! Eu achei que você fosse mais inteligente.

Com medo de que algum passante visse seu rosto, Peter rapidamente o cobriu com uma teia, larga o bastante para que pudesse ver através dela. Com seus olhos mortos perfurando o inimigo, Cabelo de Prata ajustou o terno.

– Eu tomei meus cuidados, seu idiota. Se qualquer coisa acontecer comigo, envelopes selados serão entregues para toda a mídia. Então vá tomar alguma coisa ou comer uma mosca, ou seja lá o que tenha que fazer para aceitar o fato de que eu venci e não há nada que você possa fazer. Depois vá, pegue a tábula e traga aqui em exatamente seis horas, ou as pessoas que você conhece começam a morrer. Entendeu?

Peter não disse nada.

– Ótimo.

Quando Cabelo de Prata se virou e se afastou caminhando, Peter se segurou tempo suficiente para lançar um rastreador aranha no mafioso. E então correu por vários quarteirões, indo parar num terreno vazio – e gritou.

Gritou por um bom tempo, mas ninguém respondeu.

27

ASSIM QUE AS MÃOS DE PETER pararam de tremer de raiva, ele se trocou novamente, vestindo o uniforme vermelho e azul. Não era apenas a Tia May que estava em perigo. Todos que ele conhecia estavam. Ao mesmo tempo, sua escolha ficou muito mais clara:

Pelo menos Wilson Fisk tem Vanessa para acalmá-lo. Eu não posso dar a tábula para aquele mafioso. Tenho que encontrar outro jeito.

Cabelo de Prata havia se movido rápido. Já estava tão longe que Peter precisou do rastreador para descobrir de onde vinha o sinal. Ele o levou até o distrito das roupas, para o que restava das paredes de metal e vigas de aço do esqueleto de um velho barracão.

Algo naquele lugar incomodou Homem-Aranha, como se lhe fosse familiar. Não tanto no aspecto físico, mas como o fantasma de uma sensação de urgência que um dia ele havia ignorado.

Cabelo de Prata parecia próximo, tão próximo que Peter nem precisava mais do rastreador. Seu sentido aranha o levou para o ventre daquela besta apodrecida, direto para uma pilha de madeira velha caída no chão. O rastreador estava em algum lugar ali embaixo. Silenciosamente empurrou a madeira para o lado até que viu um buraco grande o suficiente para que sua forma fina passasse até as escadas abaixo. Descendo até os degraus, continuou seguindo em silêncio.

A maior parte do porão estava na mais completa escuridão, mas um grupo de velas tremeluzentes e lanternas fracas lançava sombras bizarras contra as paredes de concreto e apoios. Os outros sentidos de Peter não eram super-humanos, mas eram mais sensíveis e precisos do que os da maioria das pessoas. Ele sabia que não seria visto facilmente se não fizesse nada estúpido.

Silvio Manfredi estava no centro do espaço aberto, ajoelhado em cima de alguns blocos de concreto diante de uma folha de madeira desgastada. Ele murmurava, com as mãos grudadas como se em oração. Era a única vez que Peter via aquele homem numa posição de humildade.

Certo, eu o encontrei. E agora? Eu o pego e ele revela minha identidade. Bom, ele encontrou meu ponto fraco, talvez eu possa encontrar o dele.

A folha de madeira, o objeto de atenção do mafioso, estava coberta de fotos, artigos, páginas rasgadas e pedaços de tecido e joalheria, tudo grudado, preso ou pregado no lugar. Mesmo de longe, o tema principal era claro.

É tudo sobre ele. A vida do Cabelo de Prata.

Conforme os olhos de Peter se ajustavam à penumbra, se deu conta de que as paredes, todas elas, estavam cobertas com o mesmo tipo de coisa. Enquanto as analisava, notou que havia alguma ordem, como um catálogo desvairado de referências cruzadas. Uma das áreas estava organizada por ano e década, outra por feitos: uma lista de pessoas que ele assassinara – por arma de fogo, faca ou punho. Outra tinha uma lista de tudo que havia roubado – dinheiro, joias e outros. Numa quarta, apenas imagens agrupadas. A quinta era o contrário, uma imensidão de palavras: cartas, diários, artigos. Juntas, as peças formavam um estranho mosaico, que exibia padrões abstratos dependendo de como a luz das velas brincava com ele.

É como uma espécie de templo... para si mesmo?

Cabelo de Prata parou de murmurar e ergueu a voz.

– Eles nos dizem que nascemos para morrer...

Agora ele está cantando? E sem um aparelho de karaokê?

Seu tenor firme ecoava, preenchendo a escuridão. Mas então ele parou e voltou a murmurar.

– Não. Ainda não está certo.

As roupas, o modo como ele fala – é como se estivesse revisitando os últimos oitenta anos em pequenos fragmentos. Ele não está rezando, está tentando se lembrar.

– É isso!

Cabelo de Prata gritou tão alto que, por um segundo, Homem-Aranha temeu ter sido visto. Mas não, o chefão da máfia só estava se parabenizando. Animado, puxou um gravador digital novo do bolso, rasgou a embalagem e mexeu com as baterias.

Então ele apertou o botão de gravar, limpou a garganta e começou a cantar de novo:

Nos dizem que nascemos para morrer
O que não faz sentido, não ilude
Quais entre nós dizem a verdade conhecer
Irão beber, beber o néctar da juventude.

Ele ergueu o gravador como se fosse um troféu, então o baixou até os lábios e continuou falando.

– Para o meu eu futuro... eu finalmente consegui a canção. E, graças a essa coisa, ela nunca mais vai desaparecer. Assim que o Homem-Aranha tomar coragem e me der a tábula, tudo que tenho de fazer é entender como transformar aquele dejeto de dinossauro bizarro que deixei no esgoto em cientista novamente.

Dinossauro? Droga! Ele está falando de Curt Connors!

Surpreso, Homem-Aranha arrastou o pé no chão. Cabelo de Prata se virou, reagindo ao barulho, mas, no momento em que seu olhar chegou à escadaria, Peter já estava no andar de cima, correndo para fora do edifício abandonado.

Ele devia estar falando do laboratório secreto do doutor. Connors devia estar sob intensa coação para tê-lo levado até lá.

De volta ao espaço aberto, Homem-Aranha se lançou para o alto, para o céu da cidade.

Se Connors é o Lagarto novamente, seu botão de pânico deve ter falhado. O que significa que primeiro preciso detê-lo.

O relógio corria, e as seis horas que Cabelo de Prata havia lhe dado estavam passando. Chegando ao prédio de Ciências da Vida da UES, Homem-Aranha quebrou a menor janela que conseguiu encontrar e tentou abrir o reforçado armário de suprimentos sem destruí-lo por completo. Uma vez lá dentro, pegou um dos grandes cilindros de nitrogênio líquido que Connors mantinha por perto.

Imagino como ele justificou isso no orçamento.

Antes que a segurança pudesse se aproximar, já estava lá fora. Carregando o enorme tanque sob um dos braços, seguiu para um certo bueiro perto do campus. A maior parte deles havia sido selada depois do 11 de setembro, como segurança contra terroristas, mas Connors havia adaptado aquele para que se abrisse por torção.

O esgoto era quente e úmido. O odor era forte – mas não tão ruim quanto o do fundo do East River. Seguindo pelas paredes curvas, Homem-Aranha não precisava se preocupar em encontrar o ponto certo. O barulho de pancadas além do musgo o levou direto a ele.

Imagino que não sejam canos batendo.

Pressionou o ouvido contra a parede de tijolos que escondia a entrada e ouviu o som de correntes chacoalhando.

O lagarto está preso. Ótimo. Mas quem sabe por quanto tempo? Mais cedo ou mais tarde, tenho que lidar com aquela coisa; e mais tarde não vai ser nem um pouco mais fácil. Além do mais, Connors pode saber de algo útil a respeito da tábula.

Apertando o tanque contra si, pressionou a alavanca para abrir o laboratório. Lá dentro, a luz de espectro total piscava, fazendo a fera acorrentada sumir e aparecer diante de seus olhos como se fosse um boneco numa casa mal-assombrada.

E, mesmo vendo-o ali, sempre era difícil aceitar que aquele réptil do tamanho de uma pessoa era real.

Quando o Lagarto viu o Homem-Aranha, começou a se debater com mais violência. A voz era dura, sibilante, como se aquela garganta não fosse feita para a fala humana.

– Ah! É o saboroso e suculento Aranha!

Sempre que o Lagarto se movia, os ossos por dentro de sua pele verde encouraçada faziam um nojento som de estalo, como os dentes de um pente sendo cutucados por unhas. Ele se balançava, calculando a distância entre eles. E então, sem aviso, sua cabeça avançou como uma cobra atacando, erguendo o resto do seu corpo no ar. Por mais poderoso que o súbito ataque tivesse sido, as correntes suportaram, puxando os braços e as pernas do Lagarto com tanta força que a criatura caiu de peito no chão.

Enquanto a coisa tentava se colocar de pé, Homem-Aranha analisou o que restava do laboratório: mesas viradas, tanques de espécimes destroçados, rejeitos espalhados.

– É por isso que você não pode ter coisas bacanas.

– Pfff. Vocês, mamíferos, se acham tão superiores... mas, sem o núcleo réptil, seu frágil cérebro nem sequer existiria.

Segurando o tanque, Peter cuidadosamente circulou a fera.

– Você sempre me deixa meio tonto, Lagartinho.

Tenho que baixar a temperatura corporal de Connors o suficiente para causar a mudança. A couraça grossa de lagarto o protegerá, mas só até certo ponto. Muito frio pode matá-lo; pouco frio, e eu acabo com o nitrogênio líquido do tanque para nada.

Ele rodava pelo recinto procurando uma linha de tiro limpa. O Lagarto seguia seus movimentos enquanto tentava arrancar as amarras. A coisa mais perigosa era sua cauda, e ela não estava presa. Tinha que ficar fora do alcance dela e mesmo assim encontrar um bom ângulo.

– Estamos em todos vocês, sabe? – o Lagarto sibilou. – Sedentos para governar, para se alimentar. Se Connors entendesse como é sortudo em ter uma conexão direta com a própria força da vida.

As quatro correntes pareciam firmemente ancoradas na parede reforçada, mas o Homem-Aranha podia ver pelo brilho faminto naquelas pupilas verticais que a vontade de atacar estava deixando o Lagarto mais forte. Já conseguia ouvir a tensa corrente rachando.

– Claro, vou lembrá-lo de te escrever um bilhete de agradecimento da próxima vez que você arruinar a vida dele.

Os destroços deixavam mais difícil encontrar um ângulo certo. Mas quanto mais ele esperava, mais tempo o Lagarto tinha para pensar num contragolpe. Um dos cantos do laboratório tinha menos obstrução, mas também era o mais distante da porta. Sem ver opção melhor, decidiu que teria que ser ali.

Antes de abrir o registro, seu sentido aranha o fez subir na parede, saindo do caminho de uma mesa voadora.

– Você está fora de forma, Lagartixa. Essa passou longe, e ainda estou com o tanque.

As correntes sacudiram.

– Mas eu não estava mirando em você.

Enquanto nuvens de gás desciam do teto, Homem-Aranha viu que o Lagarto havia atingido o botão vermelho de pânico na parede.

– Ainda tem gás no sistema? Mas isso vai machucar você mais do que a mim.

– Será? Pense de novo.

As nuvens brancas preencheram cada espaço do recinto... com exceção de onde o Lagarto estava.

Ele destruiu os bocais acima dele! Esperto!

– Aquele primata idiota que me acorrentou aqui quebrou o botão quando o usou. Ele não percebeu que tinha liberado só metade do gás. Foi assim que consegui me manter no controle.

O Homem-Aranha não poderia escapar das nuvens congelantes sem saltar para dentro do alcance do Lagarto, então se torceu por entre os bocais, esperando limitar sua exposição ao gás. A névoa aerada era menos concentrada do que o jato direto do líquido que havia no tanque, mas nem por isso era menos fria.

Camadas de gelo se formaram em seu uniforme. Peter sentia o frio em seus ossos. O Lagarto parecia baqueado, mas ainda estava consciente.

– Me diga, Homem-Aranha, ela queima seu sangue quente do mesmo jeito que queima o meu?

Conforme o gás minguava, as nuvens começavam a se dissipar. Homem-Aranha, duro de frio, cambaleou na direção errada. A cauda solta do Lagarto chicoteou. Se enrolou em volta do cilindro que estava na mão do Homem-Aranha e o puxou.

Antes que o Aracnídeo conseguisse reagir, o Lagarto enrolou uma das correntes no tanque e torceu, forçando os elos. O torque não foi forte o suficiente para penetrar no grosso aço do cilindro, mas foi mais do que suficiente para romper a corrente.

Homem-Aranha rolou para uma distância segura, se levantou e esfregou os braços para tentar se reaquecer.

– Brrr! Boa jogada, Lagartixa, mas você está sem gás e ainda tem três correntes para soltar. Acha mesmo que vai me impedir de pegar o tanque de volta?

– Como qualquer outra fera capturada, não tenho muito no que pensar a não ser em como fugir. Me diga, sangue quente, você se lembra do que acontece quando segura na cauda de um lagarto?

O Lagarto flexionou as pernas, encostando a mão livre e a cauda contra a parede reforçada. E então puxou o braço ainda preso, esticando até tensionar. Com um ruído nojento de ossos se quebrando, o membro rasgou, soltando-se do torso. Surpreendentemente, não houve sangue; o braço ainda acorrentado ficou pendurado, batendo contra a parede.

– Ah, cara! Eu não precisava ver isso!

O membro perdido começou a crescer novamente; um toco nascente se formou no ombro do lagarto. Mas a criatura não esperou o processo terminar. Usou o tanque para jogar nitrogênio líquido em uma das correntes presas às suas pernas. O líquido congelante o fez uivar de agonia, mas ele aguentou até que a corrente ficasse branca. Então a torceu em volta do cilindro e puxou. O tanque estremeceu e ameaçou rachar – mas foi a corrente que quebrou.

Só faltava uma.

Homem-Aranha disparou os dois lança-teias, prendendo brevemente a perna e o braço livres do Lagarto, mas as garras da criatura rasgaram as teias. Peter tentou se aproximar, subindo pela parede e pelo teto. Mas quando tentou alcançar o tanque, a cauda do Lagarto o jogou para longe.

Se ele se libertar...

O Homem-Aranha redobrou seus esforços, cobrindo a cauda com uma grossa camada de teias. Mas isso apenas permitiu que o Lagarto se concentrasse na última corrente.

Ciente da dor causada pelo nitrogênio líquido, a criatura novamente tentou usar o cilindro para forçar a corrente. Mas o invólucro pressurizado já estava enfraquecido. Tanto ele quanto a corrente rangeram e começaram a ceder – e só Deus sabia qual quebraria primeiro.

Se o tanque rachar, vai explodir. O laboratório será inundado por centenas de litros de nitrogênio líquido! Mas, se ele quebrar aquela corrente, estará livre... E não posso arriscar que, além de tudo, esse bicho escape. Nesse ponto, não tenho muito o que fazer.

Procurando por algo que detivesse o Lagarto, seus olhos encontraram a base dura de metal de um bico de Bunsen caído no chão.

– Sinto muito, doutor! Isso vai doer, mas essa capa grossa vai proteger você!

Ainda torcendo o tanque, o Lagarto se voltou para o Homem-Aranha.

– O que você...

Usando o pouco que restava de seu fluido de teia, Peter agarrou a base de metal e atirou diretamente no ponto frágil do tanque danificado. Enquanto seu arremesso desesperado seguia rumo ao alvo, ele virou uma mesa e se escondeu atrás dela.

O tanque se rompeu. A terrível explosão lançou a mesa para cima do Homem-Aranha, fazendo-o voar pela porta do laboratório e bater contra a parede do esgoto. Em seguida, a mesa congelada se chocou contra seu corpo, se estilhaçando como uma folha de vidro. Algumas gotas de nitrogênio líquido caíram em seu braço, causando uma dor que parecia pior do que qualquer ácido.

Mas a maior parte do líquido liberado choveu apenas dentro do laboratório. Por mais desumano que o grito de angústia do Lagarto fosse, Peter estremeceu.

Fora da pressão, o nitrogênio rapidamente se reverteu para gás, escapando do laboratório para o esgoto e formando uma névoa gelada. Segurando o braço dolorido, Peter se levantou e tentou se aproximar o suficiente para que pudesse espiar lá dentro.

– Dr. Connors?

Através da neblina, viu uma figura bestial. Com o corpo tremendo e os olhos encolhendo, o Lagarto cambaleou para fora e tentou agarrá-lo. Seu sentido aranha lhe avisou que o ataque estava vindo, mas a dor e a desorientação por causa da explosão o impediram de reagir a tempo.

A pesada garra o segurou pelo peito, rasgando o tecido e cortando a pele. Mas os olhos amarelos estavam piscando rápido, a respiração aterrorizante minguava.

– Connors nunca se verá livre de mim! Parte de mim sempre estará com ele, esperando! Parte de mim... esssss....

A garra cedeu. A transformação se completou.

Por um tempo, os dois ficaram sentados na imundice do chão do esgoto, ofegantes, verificando suas feridas.

Connors foi o primeiro a falar:

– Parece que te devo mais uma.

– Hã... Não foi nada.

– Tenho remédio para essas queimaduras de frio no laboratório.

Se apoiando em um braço, ele se levantou e retornou para dentro a fim de procurar o remédio. O gás de nitrogênio, venenoso quando concentrado, havia sido drenado pelo sistema de filtragem de ar, deixando uma visão clara dos danos.

– Se eu conseguir encontrar...

Enquanto vasculhavam por entre os destroços, Homem-Aranha descreveu o esconderijo do Cabelo de Prata.

Connors localizou o unguento e o jogou para o atirador de teias.

– Faz sentido. O elixir está trabalhando para evoluí-lo além de qualquer necessidade de história pessoal. É claro que alguém como o Cabelo de Prata, que sempre viveu para lutar por si mesmo, continua gerando mais ego, enquanto o elixir continua trabalhando para eliminá-lo.

– Então, sem todos aqueles lembretes, ele esquecerá tudo novamente?

Como, digamos, minha identidade secreta?

Connors deu de ombros.
– Quando o cérebro dele é apagado? – perguntou o Homem-Aranha. – No fim do ciclo?
– Eu realmente não sei. Como cientista, sei que, antes da formação do cérebro, ou quando ele for velho demais para funcionar, a memória não é possível. Se Manfredi tentar se agarrar a ela, quem sabe do que pode se lembrar, ou do que pode se esquecer?

Peter pôs a pomada nos dedos e a esfregou na queimadura. No começo, pele e músculos doeram ainda mais, mas em seguida uma sensação de alívio emanou das feridas para todo o braço.

– E o Cabelo de Prata está certo? Há uma maneira de impedir isso?

– Não pelo que fui capaz de ler. Mas quanto mais tento entender como o elixir funciona exatamente, mais me sinto como o McCoy, de *Star Trek*. Sou um cientista, não um linguista ou... um mágico.

Vendo um pedaço de silicone no chão, ele pegou um dos restos do molde que fizera da tábua.

– E aparentemente não vou conseguir fazer mais nenhum tipo de pesquisa com isso. O que, provavelmente, é o melhor para todo mundo. – Ergueu o olhar para o escalador de paredes. – O envelhecimento deve acelerar mais em certo ponto. E ele vai ficar cada vez mais desesperado, cada vez mais perigoso, até que o ciclo recomece. Por que você não dá de vez a tábua para ele? Não vai ajudá-lo.

Homem-Aranha sacudiu a cabeça, pesando os possíveis resultados.

– Sem querer ofender, doutor, mas e se estivermos errados? *Além do mais, é muito mais complicado que isso. Se eu dou a tábua para Cabelo de Prata, Vanessa Fisk não ajudará a Tia May.*

Ele se levantou, pronto para partir.

– Eu adoraria ajudar na limpeza, mas tenho algumas decisões a tomar. E um mafioso insanamente egocêntrico com quem lidar.

– Entendido. – Connors olhou ao redor. – Suponho que posso considerar que minhas precauções de segurança foram parcialmente bem-sucedidas. Mas vou precisar de correntes mais fortes.

••••

Embora Peter Parker estivesse tentando aceitar a mudança como parte da vida, a jornada de volta às profundezas do East River não foi muito diferente da primeira vez. O cheiro que encontrou ao voltar à superfície foi exatamente igual. O sentimento de estar entre a foice e a espada era literalmente o mesmo. O interessante era que o pivô da atual desgraça, a tábula, não mudara nem um pouco em milhares de anos.

Escalou o pilar da ponte, se encarapitou num canto e encarou a relíquia, pensando em seu valor. Tanta coisa dependia daquilo.

Aqueles antigos malucos pensaram nela como um modo de levar a humanidade à sua forma definitiva. Cabelo de Prata acha que é um modo de permanecer igual. Vanessa Fisk tem esperança de que ela faça as coisas voltarem a ser como antes para sua família.

Eu ainda estou decidindo se faço dela um peso de papel. Ou uma luminária.

Olhando para cima, se deu conta do quão perto estava do local onde Gwen havia morrido. Seu rosto flutuava diante dele, com Tio Ben e Capitão Stacy não muito atrás. Eles ainda não tinham nenhum conselho a oferecer; a terrível decisão ainda era sua. Mas Peter tinha fé de que faria o melhor possível.

De certa forma, eu entendo o desespero do Cabelo de Prata. Não porque tenho algum grande motivo para permanecer como Peter Parker por toda a eternidade... Poxa, metade do tempo, eu preferiria ser qualquer outra pessoa. Mas nunca vou querer esquecer as pessoas que amei.

Sempre haveria coisas que não se podem mudar. Mas só o fato de ter conhecido o Tio Ben, Capitão Stacy e Gwen – os amado, convivido com eles – já o mudara. Eles o ajudaram a ter a força para não surtar e a paciência para sempre dar um passo atrás.

Sua esperança era a de que tivesse mudado o suficiente.

28

A ESPALHAFATOSA MOLDURA DOURADA estava lascada em alguns pontos, revelando a madeira barata e enegrecida por baixo dela, mas o espelho ainda servia ao seu propósito. Cabelo de Prata estudava a si mesmo, clicava no gravador e começava a descrever o que via para seu eu futuro.

– Aos 50, calculo que esteja nos meus 50 anos agora, tenho marcas ao redor dos olhos, esses... Como é que chamam? Pés de galinha. Fora isso, nenhuma ruga a mais, mas as que eu já tinha parecem mais profundas. O cabelo começa a ficar branco. O engraçado, no entanto, é que não me sinto nem um pouco mais fraco fisicamente. Posso até dizer que me sinto mais forte.

E, para provar, ergueu um dos blocos de concreto e o atirou para longe. Ele atingiu a parede mais distante.

– Mais forte do que nunca. Pelo menos até onde consigo lembrar. Então, esse é meu corpo, mas tem aquela outra coisa acontecendo, algo com que você terá que lutar caso eu não a vença dessa vez. Ei, será que posso chamá-lo de você? Você sou realmente eu! De qualquer forma... eu sei do que estou falando. Você é o meu futuro.

Olhou feio para o reflexo e se sentiu brevemente enciumado do Cabelo de Prata que estava por vir, aquele que ainda teria a vida toda pela frente.

– De todo modo, por mais saudável que eu me sinta, por dentro todos esses detalhes e pedacinhos estão sendo descascados. Não é como se meu cérebro estivesse indo embora... Está afiado ainda... mas tem lembranças, momentos, palavras que ficam escapando. Quais se vão e quais ficam? É como um jogo. A pior parte é que não sei nem dizer o que se foi, pois como se lembrar daquilo que não se lembra? Tudo que posso fazer é tentar repassar todas as minhas lembranças a cada dez minutos, mais ou menos, para ver se alguma coisa parece nova.

Enquanto ele falava, passeava pelas relíquias, lembranças e histórias, apontando a luz aqui e ali, analisando qualquer coisa que não lhe parecesse familiar.

– A primeira vez que fui preso, tinha 12 anos. Enfiei uma garrafa quebrada na cara de Micky Caleeso. Aquela cara gorda sempre me pareceu um hambúrguer mesmo. Depois, na escola, sexta série, a professora estava... ela estava...

Era como um muro desmoronando. A argamassa não conseguia manter os pedaços colados, e os tijolos continuavam se soltando. E, uma vez que um caía, a coisa toda desmoronava.

Tinha até se esquecido da canção novamente. Procurou a gravação correta, encontrou e a colocou para tocar, mas teve dificuldades em acreditar que aquela voz era realmente a dele. Era como aquele crocodilo falante havia dito: o elixir estava devorando sua identidade. De algum modo, aquilo supostamente deveria aperfeiçoá-lo.

Deu um soco no próprio estômago:

– Não é perfeito! Não é! Não vou deixar você, não vou deixar...

Mas o elixir não tinha pernas que ele pudesse quebrar, um rosto que ele pudesse socar, ou um coração que ele pudesse arrancar.

Já estava assustado, mas um inesperado ruído de madeira contra o concreto o encheu com aquele tipo de medo que gela o estômago e só as crianças pequenas são capazes de sentir. Agarrando sua metralhadora, acendeu a lanterna colada ao cano da arma e subiu as escadas.

– Quem são vocês? Os federais? Como me encontraram?

Dois intrusos congelaram ao se verem iluminados pela lanterna. Uma mulher magra, muito bem-vestida. O outro, logo atrás, ou era um monstro ou uma porta na qual haviam crescido braços, pernas e uma cabeça.

Manfredi berrou.

– Parem de assombrar as escadas como um casal de... um casal de... – A palavra sumira. – Entrem na luz ou vão se ver com minha ratátátá.

A mulher não se moveu, mas o homem entrou na frente dela. O nome do gigante, ao menos, lhe voltou à mente.

– Marko? Eu não te chamei. E, ei, ninguém sabe sobre este lugar, nem mesmo você. Você me seguiu, seu cão estúpido!

Marko ergueu as mãos, palmas à mostra, como se quisesse deixar claro que não era uma ameaça.

– Não, Sr. Cabelo de Prata. Eu nunca vi esse lugar antes, juro. Não sabíamos que você estaria aqui!

Cabelo de Prata não estava acreditando. Aquilo não fazia sentido. Marko *estava* ali, e isso significava ameaça.

– Mentiroso! Acha que sou burro? Que não me lembro?

Surpreso por sua própria velocidade, o antigo líder da Maggia correu pelas escadas. Era como um daqueles sonhos sobre voar. Ele praticamente atravessou o espaço entre eles voando e, assim que chegou perto o suficiente, aplicou um tapa com as costas da mão no cachorro.

– Eu me lembro bem! – Havia muito poder por trás daquele tapa, mais do que ele tencionava. – Eu me lembro disso! Você se lembra?

Mas Marko não se moveu. Ele olhou para a mulher, como se ela pudesse ajudá-lo de alguma forma.

Irritado, Cabelo de Prata segurou o queixo de Marko e torceu seu rosto, empurrando-o para trás.

– Não, você olha para mim e continua olhando! Posso apodrecer até me tornar um punhado de carne e ainda me lembrarei de como tratar um traidor.

O rosto de Marko corou de vergonha.

– Mas eu não...

Quando Cabelo de Prata o estapeou novamente, Marko se contorceu e caiu de joelhos. O som ecoou por todo o porão.

– É isso que você ganha!

A mulher se assustou e tentou correr, mas Cabelo de Prata segurou seu punho ossudo.

– Você fica e assiste! Este é o meu cão! Meu! Eu o roubei de forma justa.

O choque inicial sumiu de seu rosto pálido. Ela parecia... parecia ter pena dele.

– Você não está dizendo nada com nada.

Cabelo de Prata tremeu, aterrorizado por ela estar certa – mas não podia, não podia demonstrar. Soltou-a e a empurrou. Ela caiu nos degraus. Quem era ela? Uma espécie de acompanhante? Será que havia pegado pesado de novo?

Pegou um bolo de notas e jogou uma de cinquenta para ela. O dólar dançou pelo ar e pousou sobre as dobras do casaco chique dela.

– Cai fora, boneca. Pegue um táxi. Te ligo depois.

– Pare com isso.

– Quem disse isso?

Era Marko. Seu tom era desafiador, mas seus olhos ainda miravam o chão. Cabelo de Prata novamente se impôs sobre o gigante, apoiando as mãos na cintura.

– E o que você vai fazer? Chorar?

Cabelo de Prata se preparou para agredi-lo novamente – mas dessa vez o longo braço de Marko se esticou.

– Não! Não na frente dela!

A pata gigante segurou o cotovelo de Cabelo de Prata, mas, quando Manfredi fez força, o corpo todo de Marko caiu para trás.

Ele estava ficando enlouquecidamente forte. Será que o jacaré, Connors, estivera certo sobre isso também? Quanto mais ele se perdia de si mesmo, mais poderoso se tornava?

Marko o olhou nos olhos.

– Eu juro, chefe, eu não sabia que você estava aqui!

– Mentira! Então o que veio fazer aqui com...

Ele conhecia a mulher. Ele *sabia* que a conhecia. Ele se esforçou, como se seu cérebro fosse outro músculo. Se fizesse força o bastante, poderia obrigar o grande ponto vazio que existia dentro dele a ceder.

E, por um tempo, ele cedeu.

As palavras vieram apressadas, retomando o lugar de Manfredi no mundo.

– Vanessa Fisk! A rameira do Rei do Crime! Você a trouxe aqui?

– Só estou fazendo a segurança dela! Um trabalho extra!

Ele ergueu a metralhadora, encostando-a na têmpora de Marko.

– Mentiroso. A única pergunta é: mato você primeiro, ou a viúva para que você assista?

Um estalo alto e forte ecoou acima. Foi tão alto que Cabelo de Prata não soube se era coisa do mundo ou de sua própria mente. Uma seção do teto desabou. Cimento e madeira caíram em pedaços, deixando um pequeno buraco para trás. Uma figura ágil entrou por ele, se retorcendo como um ginasta, e tocou o chão ao lado do trono de blocos de concreto.

– Que pouso bonito! Ei, galera. Eu não devia estar nas Olimpíadas?

– Você parece o bobo da corte com essa roupa. Sai de perto do meu trono!

O bobo da corte ergueu as mãos.

– Devagar, vovô. Você precisa saber que Marko não está mentindo. Eu convidei eles.

– É o que você diz, mas ainda fica a pergunta de como *você* encontrou...

O rosto de Cabelo de Prata se contorcia como uma cabaça enrugada, pronta para rachar, enquanto ele tentava lembrar algo específico sobre aquele palhaço, algo que estava ali, na ponta de sua língua. Ah. Era isso. Segurando a arma em uma mão, usou a outra para tatear ao redor e atrás de si. Passou a palma da mão e os dedos pelo corpo, como se tentasse coçar um ponto que não conseguia alcançar.

– Chefe, você está bem?

– Cale-se, estou ocupado!

A mulher Fisk chamou o bobo da corte.

– Homem-Aranha! O que significa tudo isso? Eu fiz o que você pediu...

Mas o idiota fantasiado ergueu a mão, silenciando-a.

– Você vai ter que ser um pouco mais paciente, Sra. Fisk. Confie em mim.

Cabelo de Prata encontrou uma pequena protuberância no paletó. Arrancou o rastreador aranha, jogou-o no chão e o esmagou com o calcanhar.

– Escalador de parede, certo? Não, é Homem-Aranha! Ainda pensando como uma criança estúpida, não é? Você sabe o que acontece em seguida? Tem ideia do que farei com você?

Cabelo de Prata podia jurar que viu um cenho se franzindo embaixo da máscara de teia.

– Você está me perguntando ou me contando? – Homem-Aranha perguntou.

– Os nomes, idiota! Eu sei o nome de cada...

– Tá certo! Já ouvi a proposta que não posso recusar, poderoso chefão. Você queria *isso*, certo?

Escalou a parede e seguiu pelo teto até um ponto acima da cabeça de Cabelo de Prata, então puxou uma caixa prateada das costas e dali tirou uma pedra. Havia escritos nela. Cabelo de Prata sabia o que era. Teria lembrado mesmo que Vanessa Fisk não tivesse gritado:

– A tábula!

A cor era sem graça, os detalhes, obscurecidos pela pouca luz, mas sua atenção se colou nela como se fosse um diamante. Era a coisa que ele queria, a coisa de que ele mais precisava. A última pedra de seu palácio.

Silvio Manfredi poderia ter ficado para sempre olhando para aquilo, mas Vanessa Fisk sussurrou.

– A última esperança do meu marido.

E o cão traidor respondeu.

– Se quiser que eu a pegue para você, Sra. Fisk, basta apenas pedir.

Cabelo de Prata berrou para eles:

– Não! Ela é minha!

Um único soco no peito fez o Homem Montanha voar para o outro lado do porão. Colidiu de cabeça nos blocos de concreto que formavam o trono.

Homem-Aranha começou:

– Eita. Alguém andou comendo seus cereais direitinho. Como é...

Manfredi estalou o punho.

– É o elixir, inseto, me deixando mais forte. E isso foi só uma amostra. Por que não facilita as coisas e me entrega isso aí?

Homem-Aranha balançou a tábua na frente de Cabelo de Prata.

– Salive o quanto quiser, mas o negócio é que não vou te ajudar. Quer dizer, você nem sabe como ler isso aqui, certo?

Vanessa Fisk correu... não para pegar a pedra, mas na direção de Marko. Vendo a preocupação dela, Marko conseguiu se recuperar mais facilmente do soco.

Cabelo de Prata não se importou. Nada mais importava para ele. Apenas a pedra. Estava tão perto! Ele quase a tinha nas mãos, mas Homem-Aranha puxou a teia no último segundo e pegou a pedra.

– Me entregue.

Homem-Aranha seguiu pelo teto na direção da escadaria que levava para o barracão.

– Escuta aqui. Você tá preso, amigão. Vai ter que passar a eternidade envelhecendo e rejuvenescendo. Acho. É meio que um Peter Pan repaginado... só que muito mais feio e sem a Wendy para te contar histórias.

– Você está errado. Todo mundo ainda está tentando me enganar. Acham que eu sou fraco, muito velho, pronto para sumir, mas ninguém me engana. Ninguém engana...

Marko afiou os ouvidos.

– Chefe, você acabou... de esquecer seu nome?

A cabeça de Manfredi se virou para Marko, desviando a atenção da tábua acima dele, mas rapidamente voltou. Cerrou os dentes e se agachou.

– Não preciso de nome. Sei exatamente quem eu sou.

E então pulou, mais rápido e alto do que jamais conseguira, mesmo quando era garoto; alto o bastante para conseguir segurar a pedra.

••••

– Vamos logo! – Homem-Aranha gritou, acenando para Marko e Vanessa Fisk. – Mexam-se!

Homem-Aranha queria usar a relíquia para levar Cabelo de Prata para fora do porão, mas o chefão enlouquecido havia conseguido dar um salto de dez metros. Peter ainda estava com a tábula na mão, mas Cabelo de Prata estava pendurado no outro lado dela.

Lá se vai meu plano A. Hora de improvisar!

Lançou uma teia para além das escadas, o mais alto que conseguiu, para chegar aos andares superiores do galpão. Passando pelos vãos dos andares acima, ela grudou em um dos suportes restantes do telhado. Com dificuldade, ele conseguiu subir por ela, carregando a pedra e o bandido consigo.

Conforme o puxava por quinze metros e depois trinta, as madeiras apodrecidas começavam a fazer o colossal telhado rachar. Cabelo de Prata se debatia, tentando liberar a tábula da mão do escalador de paredes. Ou ele não havia notado a altura, ou não se importava.

– Solte-a! – Cabelo de Prata disse. As rugas se desenhavam em seu rosto.

Está envelhecendo enquanto eu olho!

– Não, você que solte!

Os cabelos do mafioso ficaram brancos, mas seus olhos brilhavam negros como carvão.

Mudando a pegada para que conseguisse se segurar na tábula com apenas uma mão, Manfredi agarrou o Homem-Aranha com a outra. Seu sentido aranha disparou. E, antes que soubesse o que estava acontecendo, Cabelo de Prata enfiou seus dedos ossudos e afiados no bíceps de Peter.

– Ai ai!

A força dele é insana! Como é possível?

Homem-Aranha largou da teia, permitindo que os dois caíssem. Girando pelo ar, ele conseguiu arrancar a pedra de Cabelo de Prata.

Esperando conseguir tanto prender quanto proteger o gângster, ele lançou uma teia grudenta logo abaixo do inimigo que caía.

O Homem-Aranha caiu de pé. Cabelo de Prata caiu na teia – e imediatamente se soltou.

Minhas teias têm a força tênsil de aço. Nenhum homem normal pode fazer isso, ainda mais um cara que parece ter passado dos 70 anos!

Mas algo mais do que a idade estava mudando nos traços de Cabelo de Prata. Ele não brilhava, exatamente, ou crepitava com Poder Cósmico. Mas enquanto o lugar estava escurecido pela noite, Cabelo de Prata parecia estar parado sob o sol do meio-dia.

– Você achou que poderia esperar, que eu ficaria frágil e fraco demais para lutar com você!

Sim, a ideia era essa.

Cabelo de Prata enfiou os dedos por um vão corroído pela ferrugem entre duas folhas de metal que formavam uma das paredes.

– Mas eu só estou ficando mais forte!

Quanto mais ele evolui, mais sua identidade pode desaparecer. Mas o que eu faço a respeito disso? Ando de um lado para o outro com a teia na mão, esperando que ele chegue a um plano espiritual mais elevado e comece a cantar Kumbaya... ou tento derrubá-lo antes que ele me mate?

O edifício tremeu quando Cabelo de Prata puxou uma das folhas de metal. Ela cortou o ar, voando na direção do atirador de teias, ameaçando rasgá-lo ao meio. Enquanto voava, Homem-Aranha saltou em cima dela, engatinhou pela superfície e então saltou de novo, pousando no mesmo lugar onde estava antes.

Chega de ficar esperando.

Cabelo de Prata atacou. Peter saltou para a parede e saiu do alcance dele.

Talvez se eu o mantiver distraído por bastante tempo?

Ele sacudiu a tábula.

– Parece que você já tem todo o poder de que precisa. Por que vai querer essa pedra velha?

A luz que cobria Cabelo de Prata ficou mais brilhante, até que o brilho de suas rugas atingiu o mesmo tom de branco de seu cabelo.
– Para terminar meu palácio. Para ser... para ser...
Homem-Aranha inclinou a cabeça.
– Ser ou não ser? Só quero ajudar.
– Para ser eu mesmo! Eu sou Silvio Manfredi! Eu nasci em Corleone, na Sicília. Minha mãe morreu me protegendo das balas, e minha avó me odiava por isso! Nunca tive nada sem que precisasse tomar para mim. Nunca soube de nada, nunca tive nada, nunca fui nada que não... machucasse.
Quanto mais ele falava, mais o brilho sumia.
Homem-Aranha franziu a testa.
– Confie em mim. Sei que não é minha função falar a respeito, mas, se isso é tudo o que você pensa que é, por que simplesmente não... deixa pra lá?
– Porque eu não quero!
Manfredi saiu correndo. No começo, Homem-Aranha achou que ele seguia para as ruas, mas ele parou diante de uma parede alta; placas de uns seis metros de altura mantinham a estrutura, formando um dos suportes remanescentes da viga central do prédio. Cabelo de Prata agarrou a placa que estava mais baixa e a puxou. Ela não saiu livremente, mas um lado inteiro do armazém se inclinou na direção do escalador de paredes.
– Calma! Você vai derrubar o lugar todo!
– Não me diga o que fazer, insetinho!
Sem fôlego, Cabelo de Prata olhou para cima. As luzes dos arranha-céus brilhavam através dos buracos no teto. Além delas, havia faixas de céu e algumas estrelas ousadas o suficiente para fazerem-se ver sobre o emaranhado elétrico da cidade. Manfredi soltou uma breve risada, segurou mais forte, afirmou o pé e puxou a viga novamente.
– Posso estar perdendo um pouco daquele poder, mas ainda sou forte o suficiente para usar isso e te esmagar!

Manfredi estava meio certo. Ele era forte o suficiente para arrancar a viga dos pontos onde estava soldada, mas não era forte o suficiente para usá-la como arma ou impedir o lugar de desmoronar.

Peter não precisava da ajuda de seu sentido aranha para saber que, se não fizesse algo depressa, todo o galpão viria abaixo. Sem nem perceber que havia largado a tábua, correu na direção da viga que caía.

Segurando-a com as duas mãos, quase não conseguiu impedir que o metal rachasse seu crânio.

Agora a parte difícil: colocá-la de volta no lugar.

Cada músculo de seus braços, pernas e das costas parecia prestes a se romper, mas, lentamente, ele tentou empurrá-la de volta para cima. No alto, a maior viga que apoiava a parte central começou a ceder. Apenas alguns rebites enferrujados a mantinham no lugar segurando a parede. Os suportes restantes rangiam. O barracão, negligenciado por tanto tempo, fazia chover pedaços de madeira e metal.

Milímetro a milímetro, Homem-Aranha empurrava o pesado aço para o alto. A sola dos pés de seu uniforme rasgava conforme era pressionada contra o chão de concreto, mas pelo menos ele havia conseguido enfiar o topo de uma viga embaixo da outra.

Não era o suficiente. A viga principal havia envergado. O peso de todo o armazém a pressionava contra a de baixo. Ela deslizava na direção do Homem-Aranha, mas de alguma forma ele encontrou forças para empurrá-la mais uma vez na direção da parede.

O galpão não corria mais risco de desabar, mas só enquanto ele pudesse ficar ali sem se mover. O suor corria por seu corpo, em sua testa; um pouco era absorvido pelo tecido de sua máscara e outro tanto escorria para dentro de seus olhos.

– É minha!

A voz coaxante o fez se lembrar de que havia perdido a noção de onde andava Cabelo de Prata. Ainda brilhando, mas muito mais fraco, careca e curvado, ele estava em cima de uma pilha de destroços, segurando a pedra antiga.

Ele está com a tábula!
– Eu nunca me esquecerei! Nunca a deixarei! Eu sou Silvio Manfredi! Silvio Manfredi!

Ele ficaria gritando seu nome eternamente, mas a voz de Vanessa Fisk sobrepôs o coaxado do velho e os estalos do edifício.

– Cabelo de Prata!

Manchas de gesso e poeira cobriam seu casaco e seu rosto, mas nada disso diminuía sua dignidade rígida. Marko estava a seu lado, com um dispositivo eletrônico nas mãos.

– Sua coleção está ensopada de gasolina. Um ignitor está conectado ao detonador que Michael está segurando. Foi isso que o Homem-Aranha me pediu para vir fazer. Eu presumi que fosse em troca da tábula.

Vanessa Fisk olhava de um para o outro – o atirador de teia agarrado na viga e o envelhecido Manfredi ofegando enquanto segurava a tábula.

– Mas parece que a posse do artefato trocou de mãos. Essa pedra é a única esperança do meu marido. E, como tal, estou disposta a trocá-la pelo detonador. E quando meu pessoal terminar de estudá-la...

Homem-Aranha tentou alertá-la.

– Sra. Fisk, você não compreende. Não se pode argumentar com ele!

Ela lhe lançou um olhar exausto.

– Ele ainda é uma pessoa, não é? Pela minha experiência, qualquer pessoa pode argumentar.

Mas o rosnado feral de Manfredi não parecia humano. Era quase impossível discernir o que ele gritava enquanto corria na direção dela.

– Meu palácio! Meu território! Minhas paredes! Meu céu!

A pouca luz que cobria Cabelo de Prata começou a piscar. Ficava escura e depois brilhava novamente. Contra as sombras do galpão, ele parecia sumir e reaparecer no mundo. E, mesmo rápido como Manfredi era, a distância deu tempo para que Marko se colocasse entre o louco e Vanessa Fisk.

Manfredi atingiu o Homem Montanha bem no meio do peito. Marko caiu. O detonador que ele segurava saiu voando. Quicou por sobre os destroços. No começo, pareceu que pousaria inofensivamente de lado... mas então, enquanto rolava, o botão foi apertado, não uma, mas três vezes.

Luzes vermelhas e amarelas irromperam no porão, erguendo-se como um oceano através do vão das escadas. Cabelo de Prata se arrastou por sobre o corpo de Marko e se lançou nas escadas, gritando:

– Não!

Homem-Aranha não sabia dizer se Cabelo de Prata ainda estava brilhando ou era apenas o fogo se espalhando.

Marko se levantou, com um sorriso no rosto. Pegou a tábua e entregou para Vanessa Fisk.

– Ora, obrigado, Michael.

– Para uma mulher de classe como você, estou sempre às ordens.

Ainda segurando a viga, Homem-Aranha cerrou os dentes.

Ela vai fugir com a tábula... mas eu não posso deixar Cabelo de Prata morrer. Mesmo que seja doido, mesmo que minha identidade seja exposta...

– Olha, eu não posso segurar mais! Vocês dois precisam fugir, agora!

Fugiram, Marko cobrindo Vanessa Fisk como um escudo. E assim que se foram, Homem-Aranha olhou de longe para os degraus em chamas, se virou e soltou. Enquanto a viga caía atrás dele, se impulsionou com os dois pés, executando um salto que o fez voar metade da distância até a escadaria.

A viga que ele estivera segurando caiu para o lado. A parede se dobrou na direção dele. Ao tocar o chão, se curvou e chutou novamente o ar, se jogando para a frente; dobrou as pernas e deu um salto final para dentro do inferno que o porão estava se tornando.

Acima, era como se o mundo estivesse acabando. Já ali, tudo que podia ver eram as chamas, avançando e rodopiando no ar, formando centenas de formas enquanto devoravam tudo que não era pedra. Silvio Manfredi estava parado no meio do fogo; aquela estranha luz interna ainda brilhava enquanto ele tentava salvar os papéis escuros e curvados, já consumidos pelo fogo.

Homem-Aranha lutou para chegar até ele.

– Temos que sair daqui!

Ao ouvi-lo, Cabelo de Prata se virou. Parecia o mais velho que uma pessoa era capaz de ser, mas o olhar em seu rosto ainda era o do garoto que invadira o anexo da polícia apenas alguns dias atrás.

Sacudindo a cabeça, Manfredi fugiu; as cinzas dos papéis que se desfaziam em suas mãos deixavam um rastro no chão. O escalador de paredes o perseguiu pelo palácio de Cabelo de Prata – até que houve outro desmoronamento grande no andar de cima.

Alertado por seu sentido aranha, saltou em busca de proteção enquanto metade do teto desmoronava. As pernas de Cabelo de Prata ficaram presas embaixo da massa de concreto e aço. Ignorando o perigo e sua própria dor, Homem-Aranha correu e começou a retirar os destroços. Seu sentido aranha gritou novamente, dizendo que os horríveis gemidos acima significavam que o barracão ainda não havia terminado de morrer.

Enquanto Peter puxava o velho, os olhos de Cabelo de Prata nadavam em seu crânio. Os dedos de sua mão livre se contorciam, como se ele tentasse se lembrar de algo que havia ouvido.

– Ei, inseto, como é que chamam aquilo? Você sabe, aquele animal que anda de quatro pernas de manhã, duas de tarde e três de noite? Como é o nome dele? É uma espécie de grande segredo, e sinto que, se eu descobrisse, seria rico para sempre.

E então ele fechou os olhos.

O brilho sumira. Parecia morto. Homem-Aranha franziu o cenho e continuou tentando desenterrá-lo.

Ouviu-se outro rosnado acima, ecoado por seu sentido aranha. O que restava do teto parecia pronto para ceder. Antes que pudesse libertá-lo, os olhos de Manfredi se abriram novamente, agora brilhando apenas com a mesma fome sombria e sem limites de sempre.

Coaxou suas últimas primeiras palavras:
– Quem é você?

O restante do teto caiu. Homem-Aranha tentou se manter no lugar, mas o sentido aranha, não mais conformado em apenas alertá-lo, o fez se afastar. As últimas toneladas da parede e do teto desmoronaram no porão, apagando o fogo, destruindo o já consumido palácio da lembrança, deixando nada para trás.

••••

A quarteirões de distância, Vanessa Fisk segurava a tábula e assistia ao barracão desmoronar sobre si mesmo. O que restava do fogo brilhou por pouco tempo e então apagou, largando para trás um imenso monte de cinzas, como um dente faltando na mandíbula de um gigante.

Se virou para o gigante humano ao seu lado. Seu braço estava sangrando, as roupas rasgadas pelo esforço em protegê-la, e a cabeça abaixada em sinal de submissão, mas ele continuava olhando de lado para ela.

De certo modo, ele a lembrava de Wilson: eles compartilhavam a mesma presença física poderosa. Mas as diferenças óbvias a faziam sentir ainda mais falta do marido.

– Michael, eu não fazia ideia de como você se sentia. Se eu fizesse, teria dito que só existe um homem para mim.

– Eu entendo. Você não precisa dizer nada. Na verdade, eu desejo que não diga. Preciso ir.

Ele começou a se afastar.

– Espere, ainda não te paguei.

O homem continuou andando.

– Não. Não quero.

Sua imagem curvada se tornava menos distinta, desaparecendo entre o restante das formas noturnas. Vanessa Fisk soltou um suspiro solitário.

– É, eu sinto pena dos grandões também.
Ela se virou. Homem-Aranha estava pendurado logo atrás.
– Você sobreviveu.
– Por pouco. – Deu de ombros, daquele jeito que os jovens fazem antes que a idade os deixe mais seguros de si. – A vida é só um sonho, certo?
– E o Cabelo de Prata?
– Enterrado, ou... não sei. Não o encontrei. Acredite em mim, eu tentei, mas tudo que vi foi fogo. – Cruzou os braços. – Mas você eu encontrei fácil. Poderia já estar fora da cidade.
– Eu decidi devolver isso para você.
Ela entregou a tábula para ele.
Homem-Aranha a recebeu.
– Não quero dizer que te avisei, mas eu esperava que você encontrasse a luz, como diz a frase.
Vanessa assentiu.
– Não achei que estivesse mentindo quando explicou como o elixir funciona, mas eu não havia compreendido completamente o que o Cabelo de Prata havia se tornado até que ele mergulhou nas chamas. É um destino que não quero para ninguém, muito menos para o meu marido. Tenho que encontrar outra maneira.
– Queria poder te desejar boa sorte com isso, mas você sabe...
Ela sabia. Sabia bem. Mas também esperava poder provar, algum dia, que ele estava errado, que o resto do mundo pudesse ver o mesmo homem que ela conhecia.
Homem-Aranha deu as costas para ela e colocou a pedra de volta em sua caixa prateada. Estava exausto e machucado, o que facilitou a ela se embrenhar nas sombras – e desaparecer.

29

NÃO ERA A PRIMEIRA VEZ que Peter Park atravessava a manhã aos tropeços com seu corpo inteiro dolorido, e ele não nutria ilusões de que aquela seria a última. Deixara a tábula com a S.H.I.E.L.D. e decidira que preferia não saber para onde a levariam.

Afinal, Vanessa Fisk estava certa. A fórmula da tábula era perigosa demais para se usar em qualquer um – incluindo a Tia May.

Quaisquer que fossem as anotações que Cabelo de Prata tinha sobre mim, foram destruídas com o armazém. E se ele sobreviveu de alguma forma, tomara que não se lembre nada de Peter Parker.

O alívio a respeito de sua identidade só durou até que as preocupações com Tia May voltassem a invadi-lo. Pelo menos não teria aulas naquele dia; poderia passar o tempo todo ao lado dela, onde deveria estar.

E se Anna Watson quiser olhar feio para mim o tempo todo, que seja. Não importa o que os outros pensem. Bem, talvez importe, mas eu me acostumarei com isso.

Ele só tinha que fazer uma parada antes, e não era para criar desculpas.

Esperava que o professor Blanton estivesse desconfiado. Mas, quando Peter bateu à porta aberta de seu escritório, o homem pareceu querer pular pela janela para poder escapar.

– Desculpe! Professor, por favor. Eu não tive intenção de assustá-lo. Só quero falar com você por um segundo.

Blanton assentiu.

– Peter, entre. Eu... tenho aula em cinco minutos, mas... eu a cancelo se você quiser. Por Deus, você não está aqui para me pedir para guardar dinheiro de droga...? – Seu olhar variava entre Peter e a porta, como se esperasse que Silvio Manfredi fosse aparecer.

Peter arregalou os olhos.

– Não! Nunca! O oposto! Quero dizer que você não precisa se preocupar em fazer concessões especiais para mim. Não quero isso. Quer dizer, você sabe, somente aquelas que você faria normalmente para qualquer estudante.

Blanton ergueu uma única sobrancelha.

– Isso soa... nobre, Peter, mas e se... certas pessoas... não compartilharem o mesmo senso de ética que você?
– É isso que estou tentando dizer. Não é segredo que tiro fotos do Homem-Aranha. Os bandidos que ameaçaram você estavam tentando me usar para chegar nele. Acredite em mim, senhor, eu não fazia ideia de que haviam te abordado. Mas o Homem-Aranha me garantiu que está tudo acabado. Os bandidos já eram, e eu sinto muito, muito mesmo por você ter sido envolvido nisso tudo.

Blanton não relaxou por completo. Mas, pelo menos, não tinha mais a aparência de quem estava louco para se esconder embaixo da mesa.

– Se você quiser me reprovar, ou me dar uma suspensão acadêmica, eu compreendo. Embora eu seja incrivelmente grato pelas oportunidades que você me deu aqui, eu sei que tenho sido um aluno terrível e estou pronto para aceitar as consequências.

Blanton pegou uma caneta vermelha e a esfregou na mesa.
– Eles se foram?
– Completamente. Você tem minha palavra.

Blanton fez uma pausa. Olhou para o trabalho que estava corrigindo e fez um grande X vermelho na primeira resposta. Isso pareceu agradá-lo; quando voltou a erguer o olhar, parecia-se muito mais com seu eu antigo.

Peraí, esse é o meu trabalho?
– Sua tia está doente, Sr. Parker, e eu não sou um monstro. Além disso, o comitê acharia que sou louco depois de retirar a recomendação para sua suspensão. Por enquanto, não vou prosseguir com isso, e a extensão continua valendo.
– Sim!
– Mas será a última.
– Entendido. Obrigado.

Peter retrocedeu em silêncio. Já estava no meio do corredor quando seu telefone vibrou.

Era uma mensagem do hospital, pedindo que ele ligasse imediatamente. Por que tentariam entrar em contato com ele? A não ser...

Não. Não, não, não.
Sentia como se seu dedo estivesse se movendo em melaço enquanto tentava selecionar o número do hospital. Cada chamada parecia demorar uma vida. Por sorte, ele não tinha que passar pela atendente da enfermaria. O próprio Dr. Bromwell atendeu.

– Boas notícias, Peter. O Obético está funcionando perfeitamente. Os níveis de bilirrubina estão subindo, e até o final da manhã ela já terá saído do coma.

Peter balançou a cabeça, incerto sobre estar ouvindo corretamente.

– Você está dizendo que ela está fora de perigo?

– Bem... sim.

O alívio tomou conta dele tão rápido que não conseguiu evitar de rir.

– Isso é fantástico, doutor! Mas estou confuso. O Obético é aquele tratamento experimental, não é?

– Sim, é claro. Sua tia aceitou qualquer tratamento quando permitiu que fosse colocada em coma induzido.

– Mas não podemos pagar por ele. É difícil acreditar que o plano de saúde mudaria de ideia.

– Não. Vanessa Fisk pagou por ele. Ela deixou um bilhete para você dizendo que você fez o possível para cumprir seu lado de algum acordo, mesmo que os resultados não tenham sido como ela esperava.

Marko estava certo. Ela é uma mulher de classe.

• • • •

O chiado do respirador encheu seus ouvidos, o grande peitoral subindo e descendo diante de seus olhos. Vanessa Fisk se sentou com uma postura rígida numa cadeira estofada perto da cama do marido, ainda tentando decidir se ele, de alguma forma, ainda estava ali – e se, apesar de suas dúvidas anteriores, ele podia ouvi-la. Não houve nenhum momento em particular que a fez mudar de ideia, mas eventualmente ela começou a falar.

– Wilson... eu quis morrer, sem você. Eu sei que dissemos isso um ao outro milhares de vezes, mas dessa vez foi diferente. O buraco que você deixou para trás foi tão fundo, que eu queria fechar os olhos e cair nele. A única coisa que me impediu foi saber que Richard se culparia por isso também. Então eu continuei seguindo em frente, mas avancei da mesma maneira que aquela máquina faz você respirar – mecanicamente, sem alma. E então, quase por acidente, me deram uma esperança. E, mesmo que tenha sido uma esperança falsa, ela me fez encarar o mundo novamente. E quanto mais eu o fazia, mais me dava conta de que você ainda estava aqui... nos chamados sem resposta de meu coração, nas fotos do rosto de Richard e mesmo nos homens que me lembram de você, mais por suas diferenças do que por suas similaridades. E isso nunca, nunca vai ser suficiente para me fazer feliz... mas é o suficiente para me fazer querer continuar na busca de um modo de trazer você de volta.

Um rangido contra o piso a fez se voltar na direção da porta.

Era apenas uma enfermeira, empurrando um carrinho com rodinhas de borracha. E isso a fez se lembrar de um certo jovem preocupado que ela avistara correndo por aquele mesmo corredor, menos de uma semana atrás.

Ela imaginou como as coisas estavam indo para ele.

• • • •

Meia hora depois, um profundamente aliviado Peter se aproximou daquela cama na UTI.

No momento em que o viu, Anna Watson se levantou para ir embora.

– Por favor, Sra. Watson, fique – ele disse. – Você é da família.

Ela olhou feio e saiu.

Ele ficou ali sentado pelo resto do dia e atravessou a noite segurando a mão de Tia May, acariciando-a para mantê-la aquecida, observando o amarelado de seu rosto desaparecer. Pensou nos jogos que jogavam com Tio Ben quando era criança, nos sanduíches que ela fazia para o lanche. E disse a si mesmo que, até se o Dr.

Octopus começasse a aterrorizar o centro, ou o Rino estivesse roubando algum banco – mesmo se o mundo estivesse acabando –, apenas uma vez deixaria que outra pessoa lidasse com isso.

Não havia outro lugar mais importante para ele estar.

Perto do amanhecer, a Dra. Fent interrompeu as gotas de pentobarbital que mantinham May Parker no coma induzido. Quando ela disse que sua tia acordaria em uma ou duas horas, ele decidiu que Anna Watson deveria estar lá quando sua melhor amiga abrisse os olhos. Ligou para Mary Jane e pediu que ela convencesse a tia a voltar para o hospital.

Não demorou muito para MJ chegar com Anna... e Harry Osborn, e Flash Thompson.

Peter se levantou para cumprimentá-los.

– Uau, MJ. Eu sabia que você sabia ser convincente, mas...

Ela sorriu.

– Eu sabia que Flash se sentia mal por aquela piada sobre covardia e imaginei que amigos devem ficar unidos. Além do mais, eles não estavam fazendo nada além de dormir, certo, meninos?

Harry grunhiu.

No meio de um bocejo, Flash murmurou algo do tipo:

– Que bom que sua tia está melhorando.

Apesar de claramente aliviada, Anna Watson ainda não olhava para ele:

– Não graças a você.

– Anna Watson! – A voz veio da cama. Era Tia May se esforçando para se sentar.

Sorrindo, Peter se apressou em ajudá-la.

– Faz quanto tempo que está acordada?

Ela sorriu e acariciou sua mão.

– Um tempinho. Estava uma paz tão grande ver vocês aqui ao meu lado que eu não tive coragem de dizer nada.

Seu sorriso sumiu quando voltou seus olhos azuis para a mulher atrás do sobrinho.

– Anna, não importa há quanto tempo somos amigas. Se você quiser falar comigo novamente, desculpe-se com meu sobrinho nesse instante!

Peter tentou fazê-la se recostar.

– Pega leve! Ela só estava preocupada com você. Ela não me deve desculpas por nada!

Ela afastou as mãos dele.

– Ah, sim. Deve, sim! Por anos eu não disse nada enquanto aqueles valentões te maltratavam na escola, porque seu tio me disse que só pioraria as coisas. Mas valentões vêm em todas as formas e tamanhos.

Ao ouvir a palavra "valentões", Flash deu um passo tímido para trás.

– Anna, o que você não sabe é que não foi culpa dele. Fui eu quem o fiz prometer que jamais se colocaria em risco por mim. Ele só estava tentando cumprir sua promessa.

Anna Watson franziu os lábios.

– May, eu... eu não fazia ideia de como você se sentia.

May pigarreou.

– Bem, da próxima vez, pense duas vezes antes de abrir a boca para dizer coisas que você não sabe!

A Sra. Watson engoliu em seco e encarou Peter.

– Sinto muito.

Mary Jane se inclinou e sussurrou para Harry:

– Para tudo tem uma primeira vez. Geralmente, quando a Tia Anna pega ranço, é para sempre.

Anna Watson se voltou para a mulher na cama com lágrimas nos olhos.

– May, é que eu estava tão preocupada!

Quando ela se inclinou para beijar sua bochecha, May sorriu e acariciou a parte de trás de sua cabeça.

– Eu sei, querida, eu sei. Também amo você. Peter e eu aceitamos suas desculpas.

Quando Anna se levantou, os olhos de aço de May se viraram para os amigos de Peter.

– E vocês, todos vocês. Não quero mais ouvir nenhum de vocês chamando Peter de covarde! Ele já sacrificou mais do que vocês imaginam. Na verdade, vocês deveriam levá-lo para jantar, ou dar uma festinha para ele, só para demonstrar que sentem muito.

Harry e Flash olhavam para baixo enquanto assentiam. Mary Jane sorria.

– Ei, estou sempre pronta para uma festinha. E com você se sentindo melhor, Sra. Parker, há muito para se festejar.

A Parker mais velha sorriu calorosamente.

– Que menina bacana. Não é, Peter? E que maravilha que vocês estejam todos aqui. Me sinto muito querida. Agora, se não se importam, eu gostaria de um minuto com meu sobrinho.

Mary Jane levou os outros para a sala de espera, se virando rapidamente e piscando para Peter.

– Falo com você mais tarde, Tigrão.

Assim que eles saíram, Peter voltou a se sentar ao lado da cama, um sorriso largo de alívio abaixo de sua testa franzida.

– Tia May, o que foi tudo aquilo? Você nunca me pediu para prometer nada.

Ele colocou as costas da mão na testa dela. Ela era quem estava sendo uma tigresa. Os barbitúricos ainda deviam estar em seu sistema.

– Calma. Não estou confusa. Eu sei exatamente o que disse e não disse.

– Tia May, eu quero que você saiba...

– Não tenho que saber de nada, Peter, exceto que você é a melhor coisa da minha vida. E enquanto eu estiver aqui, vou te amar e te defender.

Ele deitou a cabeça em seu ombro. Ela aproximou os lábios de seu ouvido e sussurrou:

– Esse tratamento que me deram custou um bocado, não foi? Aquele Homem-Aranha horroroso não teve nada a ver com o dinheiro, teve?

Ele não ergueu o olhar.

– Tenho que responder isso?
Ela acariciou seu cabelo.
– Não, suponho que não. Eu estava preocupada com o que poderia acontecer comigo, sabe?
– Eu também.
– Até que vi seu tio.
– Você viu Tio Ben?
– Ah, sim, parado bem ao lado da minha cama, todo marrento, ao lado de uma mulher linda.
– Aquele pilantra. Você ficou com ciúmes?
Ela riu.
– Não, não foi desse jeito. Ele não viria lá do pós-vida me visitar com um rabo de saia ao lado. Ela era mais como um anjo... um anjo muito, muito triste.
Ela está se lembrando de Vanessa Fisk?
– O importante foi o que ele disse: que você é o futuro dele. Isso fez com que eu me desse conta de que é a mesma coisa para todos nós. Eu sou a parte viva daqueles que me amaram e já se foram, e agora você é meu futuro também. Depois disso, parei de me preocupar, porque me dei conta de que, já que a morte vem para todos nós, a vida também vem.
– Acabei de te ganhar de volta. Podemos não falar sobre a morte agora?
– Ora, ora. Eu sei que você foi magoado, mas não é mais uma criança. Já passou da hora de você ver o lado bom. Se passar o resto da vida lamentando o passado, o que isso dirá sobre o Tio Ben, sobre mim e sobre a pobre Gwen? Se você vai ser a parte de nós que seguirá vivendo, me parece que o mínimo que pode fazer por nós é *viver*. Qualquer coisa menos que isso seria irresponsável. Não concorda?
– Sim, Tia May. Concordo.

AGRADECIMENTOS

Com isto, apresento meus mais profundos e sentidos agradecimentos à minha tríade editorial, Stuart Moore, Sarah Brunstad e Jeff Youngquist. E, para que ninguém pense que esses tomos cheios de ação saltaram por completo da mente do autor (pois é, pois é, além do fato de que eu não criei nenhum dos personagens deste livro), quero deixar claro que esses discretos editores muitas vezes também tiveram que fazer muito trabalho pesado.

E, nesse exemplo em particular, esse trabalho inclui lidar com meus ensandecidos esforços de criar uma estonteante carta de amor nostálgica para a obra clássica dos anos sessenta feita por Stan Lee & John Romita.

Por todo o caminho, fizemos um imenso vaivém para cobrir todos os detalhes, desde a escassez de becos em Manhattan, passando pelo comportamento de seguranças, entendendo o que constitui exatamente a qualidade de adesivagem das teias, a natureza da covardia, do bullying, da culpa e do luto, até chegar à capitalização apropriada do Poder Cósmico.

Ao longo disso tudo, eles consistentemente conseguiram não só apreciar e apoiar meu trabalho, como conseguiram melhorá-lo. E tudo isso apesar do meu ocasional vício no uso de termos como *guru, cavalheiresco* e *xícara de café pelando*. O comprometimento deles com os personagens, história, cadência, bom senso e, sim, com a própria gramática deixa todos orgulhosos.

Fora isso, foi muito divertido.

Este é nosso terceiro romance da Marvel juntos (aproveitem para ler *Deadpool: Dog Park* e *Capitão América: Desígnios Sombrios*), então, presumo que estamos fazendo alguma coisa certa.

STEFAN PETRUCHA escreveu mais de vinte romances e centenas de *graphic novels* para adultos, jovens adultos e adolescentes. Sua obra já vendeu mais de um milhão de cópias ao redor do mundo. Ele também dá aulas on-line pela Universidade de Massachusetts. Nascido no Bronx, passou seus anos de formação transitando entre a cidade grande e os subúrbios; entre esses dois mundos, sempre preferiu o escapismo. Fã de quadrinhos, ficção científica e terror desde que aprendera a ler, no colégio e na universidade também aprendeu a amar todos os tipos de obras literárias, entendendo eventualmente que a melhor das ficções sempre te traz de volta para a realidade – então, realmente, não existe saída.

grupo novo século

Compartilhando propósitos e conectando pessoas
Visite nosso site e fique por dentro dos nossos lançamentos:
www.gruponovoseculo.com.br

ns

- facebook/novoseculoeditora
- @novoseculoeditora
- @NovoSeculo
- novo século editora

gruponovoseculo.com.br

Edição: 1
FONTE: Chaparral Pro
IMPRESSÃO: Searon Gráfica e Editora